ナリーニ・シン/著
河井直子/訳

雪の狼と紅蓮（ぐれん）の宝玉（上）

Kiss of Snow

扶桑社ロマンス
1406

読者のみなさんに本書を捧げます。

雪の狼と紅蓮の宝玉（上）

〈本書主要キャラクター一覧〉

ファーストネームの五十音順

アシャヤ・アレイン　〈ダークリバー〉の一員であるサイで、もとは〈サイ評議会〉の下で働いていた科学者。ドリアンの〝伴侶〟、アマラの双子の姉。

アヴァ　〈スノーダンサー〉の女性。ベンの母、ラーラの友人。

アマラ・アレイン　〈ダークリバー〉の一員であるサイで、もとは〈サイ評議会〉の下で働いていた科学者。アシャヤの双子の妹で、精神的に不安定である。

アレクセイ　〈スノーダンサー〉の副官（ルーテナント）。

アンソニー・キリアクス　〈サイ評議会〉メンバー。フェイスの父。

アンドリュー（ドリュー）・キンケイド　〈スノーダンサー〉の戦士。インディゴの〝伴侶〟、ライリーの弟、ブレンナの兄。

インディゴ・リヴィエール　〈スノーダンサー〉の副官（ルーテナント）。アンドリューの〝伴侶〟、アベルとタラの娘、エヴァンジェリンの姉。

ウォーカー・ローレン　〈スノーダンサー〉の一員であるサイ。ジャッドの兄、マーリーの父、シェンナとトビーの伯父。

エイデン　〈アロー〉の一員である精神感応者（Tp）。

エグゼビア・ペレス　ヒューマンの神父。

エヴァンジェリン（エヴィー）・リヴィエール　〈スノーダンサー〉の一員。インディゴの妹。

エリアス　〈スノーダンサー〉の上級戦士。ユキの〝伴侶〟、サクラの父。

キーラン 〈スノーダンサー〉の戦士であるヒューマン。
キット 〈ダークリバー〉の見習い戦士。リーナの弟。
クーパー 〈スノーダンサー〉の副官（ルーテナント）。
クレイ・ベネット 〈ダークリバー〉の近衛（センチネル）。タリンの〝伴侶〟。
ケイレブ・クライチェック 〈サイ評議会〉メンバー。
ケンジ 〈スノーダンサー〉の副官（ルーテナント）。
〝ゴースト〟 反体制派のサイ。
サッシャ・ダンカン 〈ダークリバー〉の一員である特級（カーディナル）能力者の共感能力者（Eサイ）。ルーカスの〝伴侶〟、ニキータの娘。
ジェム（本名ガーネット） 〈スノーダンサー〉の副官（ルーテナント）。
シェンナ・ローレン 〈スノーダンサー〉の一員であるサイの見習い戦士。トビーの姉、ジャッドとウォーカーの姪。
ジャッド・ローレン 〈スノーダンサー〉の副官（ルーテナント）であるサイ。ブレンナの〝伴侶〟、シェンナとトビーとマーリーの叔父。
ショシャーナ・スコット 〈サイ評議会〉メンバー。ヘンリーの妻。
ソフィア・ルッソ ニキータの下で働いている元司法サイ（J）。マックスの妻。
タイ 〈スノーダンサー〉の見習い戦士。
タチアナ・リカ＝スマイズ 〈サイ評議会〉メンバー。
タムシン（タミー）・ライダー 〈ダークリバー〉の治療師。ネイサンの〝伴侶〟、ローマンとジュリアンの母。
タラ・リヴィエール 〈スノーダンサー〉の一員。インディゴとエヴァンジェリンの母。

テイジャン　〈ネズミ〉のアルファ。

トビー・ローレン　〈スノーダンサー〉の一員であるサイ。シェンナの弟、ジャッドとウォーカーの甥。

トマス　〈スノーダンサー〉の副官（ルーテナント）。

ニキータ・ダンカン　〈サイ評議会〉メンバー。サッシャの母。

ネイサン（ネイト）・ライダー　〈ダークリバー〉の古参の近衛（センチネル）。タムシンの〝伴侶〟、ローマンとジュリアンの父。

バーカー　〈ダークリバー〉の戦士。

評議会（〈サイ評議会〉）　超能力種族〝サイ〟を支配する組織。

ヴァシック　〈アロー〉の一員である瞬間移動者（Tk-V）。

フェイス・ナイトスター　〈ダークリバー〉の一員である特級能力者（カーディナル）の予知能力者（Fサイ）。ヴォーンの〝伴侶〟、アンソニーの娘。

ヴォーン・ダンジェロ　〈ダークリバー〉の近衛（センチネル）であるジャガー・チェンジリング。フェイスの〝伴侶〟。

ブレンナ・キンケイド　〈スノーダンサー〉の技術者。ジャッドの〝伴侶〟、ライリーとアンドリューの妹。

ベン　〈スノーダンサー〉の少年。アヴァの息子。

ヘンリー・スコット　〈サイ評議会〉メンバー。ショシャーナの夫。

ホーク　〈スノーダンサー〉のアルファ。

マーシー・スミス　〈ダークリバー〉の近衛（センチネル）。ライリーの〝伴侶〟。

マーリー・ローレン　〈スノーダンサー〉の一員であるサイ。ウォーカーの娘、シェンナとトビーのいとこ。

マサイアス　〈スノーダンサー〉の副官（ルーテナント）。

マックス・シャノン　ニキータの警備主任であるヒューマン。ソフィアの夫。

マリア　〈スノーダンサー〉の見習い戦士。

ミン・ルボン　〈サイ評議会〉メンバー。

ユキ　〈スノーダンサー〉の一員である弁護士。エリアスの〝伴侶〟、サクラの母。

ラーラ　〈スノーダンサー〉の治療師。

ライリー・キンケイド　〈スノーダンサー〉の副官(ルーテナント)。マーシーの〝伴侶〟、アンドリューとブレンナの兄。

リーナ　〈ダークリバー〉の戦士。キットの姉。

リアズ　〈スノーダンサー〉の副官(ルーテナント)。

リアダン　〈スノーダンサー〉の見習い戦士。

ルーカス・ハンター　〈ダークリバー〉のアルファ。サッシャの〝伴侶〟。

ルーシー　〈スノーダンサー〉の看護師。ラーラの助手。

X

一九七九年。

その年、サイは〈サイレンス〉を受けいれた。

冷酷で、感情を排した、無慈悲な存在となった。

サイたちの心は打ちくだかれ、家族はひきさかれた。

だが、はるかに多くの者たちが救済された。

狂気から。

殺人者となる運命から。

今日の世界では見られないような凶暴さから。

Xサイにとっては、〈サイレンス〉はきわめて貴重な恩寵(おんちょう)となった。〈サイレンス〉のおかげで、すくなくとも一部のXサイは、幼少期に命を落とすことなく、生きのびることができた。しかし、〈サイレンス・プロトコル〉という冷たい氷の波によって、暴力や絶望、狂気や愛といったものがすべて押し流されてから百年以上がたったいまも、Xサイは依然として生ける武器とも言うべき存在でありつづけている。Xサイにとって、〈サイレンス〉はいわば安全装置である。それなしでは――。

世界がとうてい立ちむかえるはずもない、恐ろしい悪夢に襲われることになるだろう。

1

ホークは腕組みをして、どっしりとした重厚感のあるデスクにもたれながら、目の前のふたりの若い女性をひたと見すえた。シェンナとマリアはうしろで手を組み、わずかに足をひらいて〝休め〟の姿勢をとっており、その姿はいかにも〈スノーダンサー〉の戦士らしい――ただし、ふたりの髪は顔のまわりで乱れてくしゃくしゃなうえに、泥まみれで、踏みしだかれた森の落ち葉や木屑（きくず）やらがからんでいる。さらに、ふたりの服は破れ、あたりには鼻をつく血の臭いがただよっていた。

ホークの内なる狼（おおかみ）が歯をむいた。

「つまり、こういうことか」ホークがおちついた声で言うと、マリアの傷がなく血のにじんでいない、あたたかく、なめらかな茶色の肌が青ざめるのがわかった。「おまえたちふたりはなわばりの防衛圏で見張りにつき、境界区域を守るはずが、勝手に主導権争いをおっぱじめることにしたわけだな」

当然ながら、シェンナがホークと視線を合わせた――群れの狼なら、この状況下でそんなまねをするはずがない。「あれは――」

「黙ってろ」ホークはぴしゃりと言った。「もう一度、許可なく口をひらいたら、ふたりとも二歳児たちの囲いの中にほうりこんでやるぞ」

特級能力者(カーディナル)のみごとな――漆黒の闇に白い星を散らしたような――瞳が真っ黒になる。ホークにはよくわかっていた。シェンナが激怒している証(あかし)だ。だが、彼女は歯を食いしばって耐えている。一方、マリアの顔はますます青ざめていた。それでいい。

「マリア」ホークは声をかけて、小柄なチェンジリングの女性のほうをじっと見つめた。人間の姿であろうと狼の姿であろうと、マリアは小柄な体に似合わず、なかなかすぐれた能力や体力の持ち主だった。「おまえはいくつだ?」

マリアはごくりとつばをのみこんだ。「二十歳です」

「未成年者ではないな」

泥まみれの、豊かな黒い巻き毛をふわりと揺らして、マリアがうなずいた。

「理由があるのなら、おれに説明してみろ」

「それはできません」

「まっとうな答えだ」どんな理由があろうと、こんな馬鹿げたケンカをしていいわけがない。「どっちが先に手を出した?」

沈黙。

ホークの内なる狼が満足げにのどを鳴らした。どちらが先に手を出したかは、たいした問題ではなかった。結局のところ、ふたりでケンカをしたことにちがいはない。だいじなことは、ふたりはチームとして働くはずだったのだから、チームとして罰を受けるべきだということだ――ただ、ひとつだけ警告しておかねばならない。

「これから七日間」ホークはマリアに言った。「自分の部屋で謹慎すること。毎日一時間だけ、部屋から出てもいい。だが、部屋にいるあいだは、だれとも接触するんじゃないぞ」厳しい処分だった――狼は群れの生き物であり、家族で暮らすものだ。とりわけ、マリアは巣穴の中でも陽気で社交的な狼のひとりなのだ。そんなマリアにずっとひとりですごすように命じるのだから、今回の件がどれほど重大な失態かがよくわかるだろう。「今度、見張りをさぼってみろ、もう大目に見てやらないからな」

ほんの一瞬、マリアはホークをちらっと見かえそうとしたが、すぐさま濃い茶色の目をそらしてしまった。いくら支配的な性質を持ちあわせていようと、ホークにかなうはずがない。「レークの二十一回目の誕生パーティーには出てもいいの？」

「その日に許された一時間を使うなら、かまわないぞ」自分の恋人のたいせつなパーティーの大半に出られないとなると、マリアにとってずいぶん酷なことをするように思えるだろう。とくに、このふたりは恋人同士としての第一歩を慎重に踏みだしたばかりなのだ。だが、仲間の見習い戦士とつまらないケンカをすれば、どんな結果を招くか、マリアは承知のうえだったはずだ。

〈スノーダンサー〉が強い群れでいられるのは、仲間同士、たがいに掩護しあうからだ。愚かさや傲慢さによって群れの基盤がむしばまれることなど許せない。あの血みどろの争いによっておのれの両親を失ってから、ホークはいちじるしい被害を受けた群れを、十年以上もしっかりと隔離することで一から立てなおしたのだ。

ぎりぎりのところで怒りを抑えながら、ホークはシェンナのほうに注意を向けた。「おまえの場合は」ホークの声には、内なる狼の気配がありありとにじんでいる。「なぐりあいを避けるようにと、とくに命じておいたはずだが」

シェンナはなにも答えなかった。それでもわかる――シェンナの強い怒りが、彼女そのもののむきだしの激しさで、熱く脈うっているのが、ホークの肌に伝わってくる。こんなふうにかろうじて荒々しさを封じこめているようすを見ていると、シェンナが群れに加わったときには、〈サイレンス〉によって、ホークの内なる狼を激怒させたほどの分厚い氷の中に彼女の感情が閉じこめられていたとは、とても信じられなかった。

ホークが先をつづけず、しばらく黙っていると、マリアが足をもぞもぞさせた。

「なにか言いたいことがあるのか？」ホークはマリアにたずねた。マリアは群れの見習い戦士の中でもずばぬけた実力を持っているが、それは怒りにわれを忘れなければの話だ。

「わたしが先に手を出したわ」頬骨のあたりが赤くなり、肩をこわばらせている。「彼女は身を守ろうとして――」

「いいえ」シェンナはしっかりした、断固たる声で答えた。冷ややかな自制心の壁のむこう側に、怒りを隠している。「わたしも自分のやったことに責任を負うつもりよ。ケンカをすることなく立ち去ろうと思えば立ち去れたんだから」

ホークはすっと目をせばめた。「マリア、行っていいぞ」

相手の見習い戦士の女性は、一瞬ためらったものの、狼として従属すべき立場にあり、生来の本能にあらがって群れのアルファにそむくことはできなかった――だが、この場に残って、シェンナを擁護したいと思っているのは明らかだ。ホークはそんな仲間に対する忠誠心に気づいて、こころよく思った。だからこそ、すぐさま命令にしたがわなかったことを叱責したりしなかった。

マリアの背中でドアが閉まり、カチッというかすかな音がした。重苦しい沈黙の中、その音はまるでショットガンの銃声のごとく、ホークのオフィスで大きく鳴りひびいた。ふたりきりになったいま、シェンナがどうするかと、ホークはじっと見まもっていた。驚いたことに、シェンナはその場から動こうとしなかった。

ホークは手をのばして彼女のあごをつかむと、横を向かせて、なめらかな顔のラインに光があたるようにした。「頬骨が折れなくて、運がよかったな」目のまわりには、ありとあらゆる色合いの紫色のあざができるだろう。「ほかにけがは?」

「だいじょうぶよ」

シェンナのあごをつかんでいるホークの手に力がこもった。「ほかに、けがはないのか?」

「マリアにはきかなかったのに」その一語一語に頑固さがうかがえる。

「マリアは狼チェンジリングなんだ。サイの女性の五倍ものダメージに耐えて、戦いつづけられる」それゆえ、シェンナは群れの狼たちとの身体的なぶつかりあいを避けるように命じられていた。それに、シェンナはおのれの殺傷能力を完全にコントロールできていない。「質問に答えろ。さもないと、本気でおまえを赤ん坊の囲いに入れてしまうぞ」それはきわめて屈辱的な経験であり、シェンナ自身そのことを自覚しているのか、荒々しく抑えこまれた怒りのせいで全身の筋肉をこわばらせている。

「肋骨を打ったわ」シェンナはついに、歯を食いしばるようにして答えた。「お腹も。肩もねじってしまった。でも、どこも骨は折れていない。来週にはよくなるはずよ」

彼女のあごから手をおろすと、ホークは言った。「腕をひろげてみせろ」

一瞬のためらい。

内なる狼が大きなうなり声をあげ、シェンナがびくっとする。「シェンナ、おまえが群れに加わってからというものずいぶん自由にさせてやってきたが、それも今日で終わりだ」未成年者による不服従ならば、しかるべき処罰を与え、許してやればいい。だが、成人の、しかも戦士の場合、そうあっさりと許されるものではない。シェンナは十九歳で、もうじき二十歳になり、見習い戦士の立場にある――勝手なふるまいを見のがしてやるわけにはいかない。「そのいまいましい腕をさっさとひろげろ」

ホークの声音から危険を感じとったのだろう。シェンナは命じられたとおりにした。日に焼けて金色がかったクリーム色の肌には、いくつか小さな切り傷があるが、かぎ爪によるものとおぼしき、えぐられたような傷跡はなかった。「マリアはおのれの内なる狼をなんとか制御したらしいな」そうでなければ、マリアを一からたたきなおしてやるところだ。自制心を失ったとしても、まだ許される。内なる狼を制御できないほうが、はるかに危険なのだ。

シェンナは両手をわきに垂らすと、その手をぎゅっと握りしめた。

顔を上げて、ホークは相手の純然たる、真っ黒な瞳を見つめた。シェンナはこちらに食ってかかりたいという、抑えがたい衝動と戦っているにちがいない。だが、それでも彼女はその場でじっとしていた。「どこまでやったんだ？」シェンナはみごとなまでの自制心を発揮している――どういうわけか、そのことにホークはいらだちをおぼえていた。とはいえ、シェンナ・ローレンが相手となると、なにごとも簡単にいったためしがないのだ。

「自分の能力を使ったわけじゃないわ」泥まみれになった首すじの腱（けん）が、ぴんと張りつめている。「もしそうなら、彼女はもう死んでいるもの」

「だからこそ、マリアよりもおまえのほうがずっとやっかいなんだぞ」ローレン一家が冷たく不毛な〈サイネット〉から逃れ、〈スノーダンサー〉のもとに亡命してきたとき、ホークは数多くの厳しい条件をつきつけたのだ。そのひとつが、群れの仲間に対してサイとしての能力を使わないというものだった。

あれから、群れをめぐる状況は大きく変化した。ローレン一家はいまや群れにとって不可欠の存在となり、仲間として認められている。シェンナの叔父であるジャッドは、ホークの副官（ルーテナント）のひとりであって、たびたびテレパシー能力や念動力を用いて、〈スノーダンサー〉の群れを守っている。ローレン一家のまだ幼いマーリーとトビーについても、ホークはふたりの能力を完全に封じこめようとはしなかった。やんちゃな狼チェンジリングの遊び仲間から身を守るためには、精神的なかぎ爪が必要だろうと判断したからだった。

しかし、そんな自由をシェンナに許すわけにはいかなかった。彼女がどんな能力を有しているのか、ホークは正確に把握していたからだ。ジャッドにとって、副官（ルーテナント）として血のきずなを受けいれたときから、おのれの忠誠心や信頼を疑われないためにもアルファに隠し事はできなかった。

「どうして？」シェンナはぐいとあごを上げた。「命令にそむいて、能力を使ったわけじゃないのに」

もちろん、ホークにはわかっていた。シェンナは異議を唱えるにきまっている。彼女の反抗的な態度に、内なる狼が歯をむきだしてうなりそうになるのを抑えながら、「だが」とホークは応じた。「おまえは直接命令にそむいて、売られたケンカを買った――立ち去ろうと思えば立ち去れたと、自分で言ったはずだ」

白っぽいしわが、シェンナの唇の両端をかこんでいる。「あなたなら、そんなまねができた？」

「おれの話をしているわけじゃない」ホーク自身、かつて血気盛んなころ、若気のいたりでケンカをふっかけて痛い目にあったこともあった……だが、あのとき、すべてが変わったのだ。激しい怒りと痛みと胸に突き刺さるような悲しみがどっと押しよせてくるとともに、少年時代が終わりを告げた。「おまえが自制心を失えば、はるかに深刻な事態になると、おれたちはふたりともわかっているはずだ」いまいましいことに、シェンナだって自覚している――それなのに最後の一線を越えてしまった。そのことが、ホークにとってなによりも腹立たしかった。

「わたしを〈ダークリバー〉のなわばりに閉じこめておいてもいいのよ」シェンナを

どうしたものかとホークが思案しているうちに、彼女が切りだした。「巣穴にいてほしくないなら」

〈スノーダンサー〉にとってもっとも信頼できる同盟相手である、豹の群れのことをシェンナが口にすると、ホークはふんと鼻を鳴らした。「そうすれば、おまえはあのボーイフレンドと遊びに行けるってわけか？　惜しかったな」

シェンナの頬がぼんやりと赤く染まった。「キットはわたしのボーイフレンドなんかじゃないわ」

そんな話をここでするつもりはない。いまも、この先もずっと。「処罰について、口答えはいっさい許さない」ホークはこれまでシェンナを甘やかしすぎた。自分のせいだ。そのつけがいま、まわってきたのだ。「一週間、戦士の居住区画におとなしくこもっておくこと。外出が許されるのは、一日につき一時間だけだ」どこかにひとりで隔離されたとしても、サイならチェンジリングよりもずっとうまく対処できるだろう。だが、〈サイネット〉から離脱して以降、シェンナは変わった。以前よりもはるかに深いきずなで、家族や群れと結ばれている。「二週目には、託児所で子供たちといっしょにすごすこと。近ごろ、おまえのふるまいは、まるで聞きわけのない子供みたいだからな。きちんと職務を遂行しうると確信できるまで、戦士としての当番からははずれてもらう」

「わたしは——」シェンナは反論しかけたが、ホークが片眉をつりあげると、さっと口をつぐんだ。

「三週間だ」ホークはおだやかな声でつづけた。「三週目には、キッチン区画で食器洗いをすること」

シェンナは頬をますますかっとほてらせたが、二度と口をはさもうとしなかった。

「もう行っていいぞ」

シェンナが去ってから——さながら無言の反抗のごとく、彼女の秋とスパイスの残り香がいまも鼻腔(びこう)をくすぐっており、そのことを知ったら、シェンナはきっと喜んだにちがいない——ホークはようやく、おのれの野性的な半身である狼の手綱をゆるめた。

内なる狼は、シェンナの匂いに飛びつかんばかりだ。

ホークは荒い息を吸いながら、彼女を追い求めたいという根源的な衝動を抑えようとした。シェンナはもう大人であって、正当な獲物として狙(ねら)ってもかまわない、とおのれの狼が決めつけてからというもの、すでに何カ月もこうした本能と戦っていた。人間である半身は、狼の決意を変えさせようとこころみたが、うまくいかなかった。シェンナがそばにくるたびに、きわめて親密な〝肌でふれあう特権〟がほしくてたまらず、ホーク自身、そんな渇望をこらえようとしていたからだ。

た。

「くそっ」四週間前に群れの技術班から支給されたばかりの、新しい、洗練されたデザインの衛星電話を手にとると、ホークは〈ダークリバー〉のアルファに電話をかけた。

二回目の呼びだし音で、ルーカスが応答した。「どうした?」

「しばらくのあいだ、シェンナはそっちに行って、おまえたち猫族のもとで暮らすことができなくなった」たしかに、シェンナはこの巣穴から、ホークから、離れる必要があるのだが、それのみならず、ルーカスの〝伴侶〟であるサイのサッシャとともに、彼女はみずからの能力を理解し、コントロールしようとつとめていた。だが——。

「ほうっておくわけにいかないんだ。今回だけは」

「わかった」同じく群れのアルファとして、相手が答えた。

ホークはデスクの端に腰かけながら、髪をかきあげた。「あいつはだいじょうぶか?」彼女はそうあっさりとこわれてしまうような人間ではない——シェンナはとても強い女性であり、その強さがホークの内なる狼を惹(ひ)きつけてやまないのだ——しかし、彼女の中に隠されたパワーはあまりにも強大で、すこぶる凶暴な野獣のように慎重に扱わねばならなかった。

「落ちこんでいたこともあったらしいが」ルーカスが応じる。「サッシャによれば、シェンナはそのときですら、ふたりでいっしょに作業をはじめたときとは比べものにならないほどの、並はずれた安定性を見せたそうだ。いまはもう定期的にふたりで会うこともないくらいだから、問題はないだろう」

すくなくともその点については安心だとわかり、ほっとしてホークは言った。「念のために、ジャッドには彼女から精神的な目を離さないように伝えておく」シェンナは監視されるのをいやがるだろうが、事実、監視が必要なのだから、いたしかたない――彼女は危険な存在で、ホークは群れ全体の安全を第一に考えなければならない。シェンナのこととなると、すさまじいまでの保護本能にかられてしまうが、それについては自分に嘘をついたり、ごまかしたりするつもりはなかった。

「なにがあったのか、きいてもいいか？」興味津々といった口調で、ルーカスがたずねる。

ホークは猫族のアルファに事の次第をざっと説明した。「この一カ月、シェンナはとくに素行がよくなかったんだ」それまでは、不安定なようすもなく、ずいぶんしっかりしてきたので、群れの上級戦士らもみなそれを認め、高く評価していたところだった。「これからは、シェンナも厳しく処罰することにしたんだ。でないと巣穴の中で不満がつのってくるだろう」階層組織であるからこそ、狼たちを群れとしてひとつにまとめることができる。アルファとして、ホークはその階層組織の頂点に立っている。おのれに従属する者たちからの反抗を許すことはできないし、そんなつもりはさらさらなかった。

「ああ、そういうことだったのか」ルーカスが答える。「だが、意外だったな。シェンナはこっちでは完璧(かんぺき)な戦士そのものなんだ。おれに口答えしたことはない。かみそりのように頭が切れるはずなんだが」

ホークはおのれのかぎ爪を曲げのばしした。「そうか。だが、シェンナはおまえのものじゃないぞ」

長いあいだ、沈黙がつづいた。「女と会っていたそうだな」

「つまらないうわさ話でもするつもりか?」ホークはいらだちを隠そうともしない。

「数週間前、キットとその仲間たちが、おまえがはっとするほどゴージャスな金髪の美女といっしょにいるところを見かけたそうだ。ピア39付近のレストランで」

ホークは記憶をたどってみた。「彼女はCTX社のメディア・コンサルタントだ」〈スノーダンサー〉と〈ダークリバー〉は、この通信会社の過半数の株を保有している。近ごろは、サイすらも、独裁的な〈サイ評議会〉の圧倒的な影響力に左右されないニュース報道を求めるようになっており、彼らの投資は大きな利益を生みつつあった。「おれにインタビューしたいと言ってきたんだ」

「それはいつ放送される?」

「窓の外を見れば、豚が空を飛んでいるころになったらな」ホークはカメラの前で愛(あい)

嬌をふりまくつもりはなかった。コンサルタントの女性にはきっぱりと告げておいた。〈スノーダンサー〉は近いうちにその卑劣な肉食動物のイメージを、かわいらしい、ふわふわした動物のそれに変更するつもりはないと。彼女がそれでよしとするか、それともべつの——。不愉快な記憶がよみがえったところに、突然、あることがぱっと頭に浮かび、ホークは思わず電話を握りしめた。「シェンナは見習い戦士たちといっしょだったんだな？」

「そうだ」

今度は、ホークが黙りこんでしまった。内なる狼は相反するふたつの欲求にひきさかれ、用心深く身がまえている。「おれにはどうしようもないんだ、ルーク」ホークはようやく口を開いた。全身の筋肉が痛いほど張りつめている。

「ネイトもそんなふうに話していたぞ」

その豹の近衛もいまは〝伴侶〟としあわせに暮らしており、二匹の子豹にも恵まれている。

「事情がちがう」たんなる年齢の問題ではない——とうてい受けいれがたい、容赦のない事実として、ホークの〝伴侶〟はすでに亡くなっていた。幼いころに死んでしまった。それがどういうことか、シェンナには理解できない。ホークは彼女に、いや、どんな女性にも、ほとんどなにも与えてやれないのだ。不可解にもふたりはたがいに強くひかれあっているが、ホークが身勝手な人間で、おのれの欲求にあっさりと屈してしまえば、シェンナをずたずたに傷つけ、こわしてしまうことになる。そのことはよくわかっていた。

「だからといって、しあわせになれないわけじゃないだろう。考えてみるんだな」

〝あのね、彼女は彼と寝てないわ……手遅れになるまでほうっておいちゃだめよ、ホーク。でないと、あなたはまさに、彼女を失うことになるかもしれないわ〟

二カ月前に、シェンナと、ホークがちらっと見かけるたびに彼女にしつこくまとわりついているあの若造について語った、インディゴの言葉がよみがえった。豹であることはさておき、あのキットという若者にはこれといって悪いところはない。あいつなら完璧な〝伴侶〟に――。

バリッとなにかが割れるような音がした。

見れば、新しい衛星電話の画面には、ぎざぎざのひびが入っていた。

コンピューター2(A)より回収

タグ：私信、父親、Eサイイ

必要な処理を完了

差出人：アリス <alice@scifac.edu>
宛先：父 <ellison@archsoc.edu>
日付：一九七〇年九月二十六日、午後十一時四十三分
件名：ニュースよ！

お父さん、

　すごくうれしい話があるの。いま、Ｅサイに関する論文を仕上げているところだけど、つぎに、あのとても稀(まれ)なＸ分類について研究するための資金をもらえたわ！研究助成委員会は、わたしが昨年発表した二本の論文に言及して、部外者がサイの能力を研究することで独自の結論に達したと評価してくれたの——たしかにそのとおりね。結局のところ、わたしはサイではないから。Ｅサイの協力者たちといっしょにいると、自分が部外者だという気がしないけれど、それこそＥサイたちが生まれ持つ能力でしょう？
　わたしの指導官で、まもなく研究仲間になるジョージが言うのよ。今回の研究プロジェクトは失敗に終わるかもしれないから、覚悟しておいたほうがいいって。最

近、〈サイ評議会〉からの締めつけがいよいよ厳しくなってきているから。それに、Xサイについては、くわしいことはほとんどなにもわかっていないのよ。でも、だからこそやりがいがあるんでしょうって、ジョージにいつも話しているわ。わたしはお父さんのような考古学者じゃないけれど、それでも自分にとっていわば未知の土地を探検しようとしているんだから。

ジョージといえば、彼はいまインターネットの発達について論文を執筆しようとしているわ。手本である〈サイネット〉がすでに存在して、それがきっかけにならなければ、インターネットはこれほど急速に発達しなかっただろうと、ジョージは主張してゆずらないのよ——たしかに、企業は情報面でサイと対等になろうとしたから、資金ひとつとってみても、インターネットの創成期には、かなり潤沢に、しかもどんどん流れこんできていたけれど。ジョージはほかの人類学者の意見も聞きたいんですって。だから、お母さんに伝えておくと言っておいたの（お父さんから伝えてもらえる?）。

ふたりがエジプトの砂に苦労していないことを願っているわ。

愛をこめて、

アリス

＊注：ジョージ・キムの脳をひそかにスキャンしたところ、エルドリッジ・プロジェクトに関して、一見それとはわからない巧妙なやりかたで、だが、完全に、テレパシーによる消去が行われた痕跡が見つかった。繊細な消去の手法からすると、ESPによるものである可能性が高い。ジョージ・キムは有用な、あるいは問題となるような知識をなんら持ちあわせていない。最終的な措置は不要と思われる。

2

平静をよそおっていたものの、背中でドアを閉じた瞬間、そんな仮面はガラスのようにこなごなに砕け散った。シェンナは自分に割り当てられた部屋の奥の壁を蹴った。ここは巣穴の中でも、まだ〝伴侶〟のいない戦士のための居住区画だった。彼女自身はこの部屋を使うことはめったになく、弟のトビーや伯父のウォーカー、いとこのマーリーといっしょに暮らすことを好んでいた。ところが、これから一週間、このせまく殺風景な部屋でじっとしていなければならない。

〝シェンナ、おまえが群れに加わってからというものずいぶん自由にさせてやってきたが、それも今日で終わりだ〟

ホークの声がよみがえって、シェンナはびくっとした。あのハスキー犬の目を思わせる、ごく淡いブルーの瞳には、激しい怒りの色しか浮かんでいなかった。シルバーゴールドのゆたかな髪に加えて、なによりも、アルファとしての魅力があるからこそ、ホークは男性としてやすやすと女性たちから注目を集めるのだった。

シェンナは片手をぎゅっと握りしめた。今日、ホークは目の前にいる彼女をひとりの女性ではなく、群れのたよりないメンバーのひとり、みずからの行動で〈スノーダンサー〉を危険にさらした者として見ていた。ホークからどんな処罰を受けようとまだものたりない。自分をとことん厳しく責めてしまいたかった。羞恥心がまるで冷たい氷の塊となって胸につかえているようだ。どれだけひどい過ちをおかしたのかを思い知って、シェンナはぞくっとした。これまでずっと自制しようと努力してきたというのに、結局、怒りにまかせて、理性を失うはめになってしまった。

「ああもう、シェンナったら」両手で髪をかきあげると、乾いた泥がはがれおちてきて、彼女は思わず顔をしかめた。それから、服を脱ぎはじめた。一分もしないうちに、一糸まとわぬ姿になっていた。そのまま小さなシャワー室に入る。仲間思いの群れの狼たちは、各部屋にシャワーなどの設備をそなえつけてくれていた。そのことに心から感謝しながら、シェンナは体から土や草、血を洗い流した。そして、泥がこびりつき、もつれた長い髪をほぐしはじめた。

それにはかなり時間がかかった。

そのあいだずっと、いらだち——自分自身への、おのれの体が痛ましいまでにばらばらにひきさかれそうだというのに未練を断ち切れないことへの——がシェンナの胸の奥で、檻に閉じこめられた虎のごとく暴れまわっていた。チェンジリングと同じく、シェンナにも内なる獣がいる。しかも、その獣はもっと凶暴で、その破壊力たるや、はるかに冷酷なものだ。いま、その獣はみずからの内面にむかってその焼けつくようなかぎ爪をふるっており、彼女自身を傷つけていた。シャワーの温度を下げると、シェンナは髪を二度洗いして、それから、髪を肩から前に垂らして、毛先までしっかりとコンディショナーをなじませていった。それが終わりかけたころ、自分が目にしているものに、彼女はやっと気づいたのだ。

濡れた髪の房をつかんで、目の高さまで持ちあげたとたん、シェンナは思わず毒づいた。自身の能力の強力な共鳴作用によって、染料が中和されてしまっている。またしても。この一カ月でもう三度目だ。それは自制心の欠如のあらわれであり、シェンナを不安な思いにさせた。〈ダークリバー〉のなわばり内で多くの時間をすごすようになってから、ずっと調子がよく、サイの能力はずいぶん安定していたはずだ。亡命以来、恐怖におびえ、のどを締めつけられるような思いをしてきたが、圧倒的な自信を得るとともに、そんな不安もすっかり消えていた。

それなのに――。「だめよ」

湯を止めると、シェンナはシャワー室から出て、大きめのふんわりとしたバスタオルを手にとった。誕生日のプレゼントのひとつとして、ブレンナがくれたものだ。厚手のタオルは肌にふれるとふわふわで気持ちがいい。感覚的な喜びに酔いしれずにいられない……ちょうど、いまのこの状況へと自分を追いやった、あの抑えがたい衝動にあらがえなかったように。

ぐっと歯を食いしばると、骨にそって痛みが走った。だが、感覚的な衝撃を受けたことで、つねに胸の奥深くでくすぶっている渇望をふりはらい、体をふいて乾かすことに集中できた。バスルームの鏡をちらりと見ると、そこには中くらいの背丈の、いまは濡れて真っ黒に見える、かなり深い赤色の髪の女性が映っている。

前回ふたりで髪を染めたとき、「ルビーの中心を思わせる色ね」と、共感能力者(エンパス)のサッシャは、彼女の頭皮に優しくふれながら言ったのだ。「隠さないといけないなんてもったいないわ」

しかし、残念ながら、染めざるをえなかった。シェンナの髪は独特の色合いをしていたからだ。とはいえ、彼女はふと思った——すっかり女らしくすっきりとした顔だちを見つめてみれば、少女っぽいやわらかいラインはいつしか、どこにも見あたらなくなっている——いまならもう安全かもしれない。

実際、〈サイネット〉を離脱してから何年もたつうちに、シェンナの髪はじょじょに暗い色合いに変わってきていた。顔だちの変化に加えて、体つきも目に見えて女らしい曲線をえがくようになり、筋肉もついている。それは隆々とした筋肉ではなく、なめらかなものだったが、それでも〈サイネット〉にリンクしていたころの知り合いがいまのシェンナを目にしても同一人物とはわからないだろう。とくに〈スノーダンサー〉のなわばりの外に出るときには、彼女はつねに茶色のコンタクトレンズをつけているからだ。

今日は、そのコンタクトレンズを装着していない。こちらを見つめかえしている、あざのできた両目は、特級能力者（カーディナル）のものだ。シェンナをほかのサイとはかけ離れたものにしている遺伝的なしるし。どれほどかけ離れているか、同じ特級能力者（カーディナル）ですら、想像がつかないだろう。彼女の中にひそんでいる凶暴性についてかろうじて理解できる人物がいるとしたら、それはおそらく彼女の母親だけだった。特級能力者（カーディナル）の精神感応者（テレパス）である母も、みずからの中にひそむ恐ろしい悪魔に苦しんでいた。シェンナの弟トビーも特級能力者（カーディナル）だ。一家に三人もの特級能力者（カーディナル）……めったにあることではない。

だが、特級能力者（カーディナル）のXが、大人になるまで生きのびることもめったにない。

鋭く、コンコンとドアをたたく音。

その音にびくっとして、シェンナは手早く下着と清潔なTシャツを身につけ、部屋でくつろぐときによく好んで着ている黒のソフトパンツをはいた。「すぐ行くわ！」

ふたたびノックが聞こえたので、シェンナはさけんだ。ドアには自室で謹慎中だという張り紙がしてあるはずだから、群れの上級戦士のひとりにちがいない。

湿った髪を耳のうしろにかけながら、シェンナがドアをあけてみると、目の前にはまぎれもなく、恐ろしく危険な男性が立っていた。「ジャッド」彼がテレパシーを送らずに、ここまでさがしにきたことに、シェンナは驚いた。

ジャッドが口を開いた。「ここに閉じこもることになっても、だいじょうぶなのか？」

思わずドアをぎゅっと握ってしまい、その先端が鋭く、冷たく掌に食いこんだ。「あの人にたのまれてたしかめに来たんでしょう？」

ジャッド・ローレンは亡き母の弟だが、〈サイ評議会〉のきわめて恐ろしい暗殺者集団、〈アロー〉の一員でもあった。シェンナが知るかぎり、ジャッドはだれよりも無表情をよそおうのがうまく、いまもその顔からはどんな感情も読みとることができない。「質問に答えるんだ」その声音から、ジャッドが叔父としてではなく、〈スノーダンサー〉の副官（ルーテナント）として詰問しているのは明白だった。

シェンナは気をつけの姿勢をとった。「わたしならだいじょうぶよ」思考がばらばらに飛び散り、感情がうずまいているせいで、彼女のシールドは揺らいでいたが、それでもなんとか持ちこたえている。そこがだいじなのだ。シールドなしでは、シェンナは人間がつくりだしたいかなる武器をもはるかに超える、破壊的な脅威をもたらすことになるだろう。

ジャッドの目は彼女をひたと見すえている。シェンナの状態をみずから把握しようとしているのだ。やがて、ジャッドはうなずいた。「なにかあれば、その瞬間にどうすべきか、わかっているな」

「ええ」シェンナは彼にテレパシーを送る。ジャッドは瞬間移動(テレポート)して、彼女を銃で撃ち、無力化する。激痛によるショックがあろうと彼女の精神的な集中がとぎれなければ、ジャッドはつぎに彼女の脳を狙い撃つ。残酷なように聞こえるが、そんなまねをすれば、ジャッド自身もどこかがこわれてしまうのだ。それでも、だれかが安全装置の役割を果たさねばならない。シェンナがもはや自分自身を止められないなら、だれかが代わりにやるしかない。というのも、彼女は戦闘能力を有する特級能力者(カーディナル)だからだ。その能力が発動された瞬間、シールドがロックされる可能性は大いにある。そうなれば、〈アロー〉といえども、精神的な次元でシールドを突破することはできないだろう。

残された手段は、身体的な攻撃だけだ。いざとなれば、ジャッドがそうやって彼女に攻撃を加え、無力化してくれる。そう確信しているからこそ、まわりの人々の身の安全をつねに心配することなく、シェンナは生きていられるのだ。いまはやや不安定な状態にあるとはいえ、これまで何カ月ものあいだ、シェンナは精神的な規律をほぼ完璧に守ってきた。Xが〈サイレンス〉の外で、こうして無事に生きながらえるとは、だれも、彼女自身すら、予期していなかっただろう。

そのことを思いだして、シェンナは鋼のごとく強く、決意を固めた。「ひとりでいるあいだ、あなたとサッシャのおかげでたもてるようになった自制心をさらに強め、鍛えておくつもりよ」ジャッドはXではないが、危険なほど強力な念動力者として、シェンナが心の底から感じている恐怖を理解していた。その恐怖にかられ、シェンナは恐るべきパワーを持つおのれの能力を、精神の鋼の檻の中に閉じこめておこうとしていた。そうした理解があればこそ、ジャッドはいざとなればシェンナを殺してくれるはずだ。

「いいだろう」身をかがめて、ジャッドは両手で彼女の頰をつつみこんだ。そのしぐさはもはや驚くべきものではない――ジャッドが、やはりまたべつの悪夢から生きのびた狼チェンジリングの女性と〝伴侶〟のきずなを結ぶ以前なら、驚いたかもしれないが。「いったいいつホークをとことん追いつめるのかと思っていたが」親指で彼女の頰骨をなでながら、ジャッドは彼女のひたいに軽くキスをした。「これを機会にすこし考えてみるといい、シェンナ。これからどうするのか」

感情が高ぶり、胸が締めつけられる。ジャッドが去ってから、シェンナはドアを閉じて、バスルームへもどった。鏡のそばの棚から、ブラシを手にとる。「ホークの〝伴侶〟は亡くなった」鏡に映った自分にむかって、あえて口に出してみた。彫刻のほどこされたブラシの柄を、こぶしが白くなるほどぎゅっと握りしめている。「〝伴侶〟の死とともに、ホークは自分の心も地中にうずめてしまった」

その過酷な真実をつきつけられようと、おのれの中にうずまく激しい衝動はどうしても消せず、抑えきれない。Xの破壊的なパワーのように、その衝動は、すべてが灰になるまでシェンナ自身を焼きつくそうとしていた。


巣穴から出ようとしていたとき、ラーラはジャッド・ローレンと出くわした。「ほら」ジャッドはそう言って、彼女が肩にかけようとしていた医療キットをぐいっと持ちあげた。

「ありがとう」ジャッドがやってきた方向に気づいて、ラーラはたずねた。「シェンナとマリアがけがをして見張りからもどってきたそうだけど、だれにも呼ばれなかったわ。ふたりともだいじょうぶなの？」

サイの副官(ルーテナント)は彼女のあとについて巣穴から、シエラネバダの山の焼けつくような日差しとすがすがしい空気の中へと出た。それから答えた。「かき傷やあざくらいで、たいしたけがじゃない」

治療師としてほっと胸をなでおろすと、ラーラは目が痛いほどあざやかなクロムブルーの空をあおいだ。「こんな日には〈スノーダンサー〉の一員でよかったと思うわ」そして、狼チェンジリングでよかったと。

「早朝、ブレンナといっしょに走りに出かけたんだ。まだ地面に霧が立ちこめているころに」本人は気づいていないのだろうが、〝伴侶〟のことを話すとき、ジャッドの声音が優しくなる。

「朝早い時間はいいわね」なにもかもさわやかで、全世界が静まりかえっていて、神秘的な雰囲気がある。「どのあたりに行ったの？」

「湖のむこう側だ」移動しながら、ジャッドは答えた。「それで——けが人はだれなんだ？」

ラーラはあきれたように目をむいた。「未成年者二名がむちゃをしたの。それで折れた腕一本と、ひびの入った肋骨三本を治さないといけないってわけ」

「いつもならこれは必要ないだろうに」ジャッドは医療キットをとんとんとたたいた。

「未成年者は」ラーラはこぼした。「ときには身をもって学んでおいたほうがいいのよ。骨を折ったりしないようにもっと気をつけるべきだとね。しかるべき手当てをしてから、腕をつって、肋骨に包帯をまいておくわ」治療師としての能力を用いて、けがを完全に治してしまうよりも傷の治りは遅いが、少年たちにとってはこのほうがいいのだ。

「加えて、ちょっとした利点として、そうすれば、自分の医療技術がさびつかないようにしておけるわ。さらに、仲間がいきなり致命傷を負った場合にそなえて、癒（い）やしの能力を温存しておけるから」その際には、治療師とアルファのきずなをとおしてホークが力を貸してくれるとはいえ、ラーラ自身が癒やせる人数は限られている。限界を超えると、ばったり倒れてしまうだろう。

「ほら」ジャッドが枝を押しあげ、その下をラーラにくぐらせた。そうして彼女が先に立ってひらけた場所へと出てみると、そこにはけがをした少年のひとりが、片腕をかかえるようにして、木の幹に頭をあずけて横たわっていた。もうひとりはあぐらをかいて、脇腹を押さえている。ブレイスは背が高く、ひょろっとしているが、ジョシュアはこの数カ月のあいだにやや筋肉がついてきた。とはいえ、いまはふたりともなんとも情けないようすで、まるで六歳児のようだった。

ラーラの心臓がどきんどきんと激しく肋骨に打ちつけている。そこに立ち、腕を組んで、二名の悪ガキどもを見おろしている男性のせいだ。「ウォーカー」ジャッドといっしょに近づいてきたときから、この男性の暗い水とうっすらと雪化粧したモミの木の匂いに、ラーラは気づいていた。だが、ウォーカーは十代前半の子供たちを連れてよくこのあたりを訪れるので、てっきりその移り香だと思っていたのだ。彼は十歳から十三歳までの子供たちの世話をまかされている。狼として扱いがむずかしい年齢だが、ウォーカーはどなることもなく、うまく面倒をみていた。

ラーラにはその理由がわかっている——口数すくなく、激しさを内に秘めたウォーカー・ローレンには、支配的な狼チェンジリングにそっくりの存在感があった。「あなたがここにいるなんて」その声は自分の耳にはややかすれたように聞こえたが、ほかのだれも気にしていないらしい。

ウォーカーの淡い緑色の瞳が、ラーラの目をとらえて離さず、一瞬、張りつめた空気が流れた。「ここを通りかかったとき、ふたりの姿が目に入ったんだ」そう言うと、ウォーカーは彼女の肩のむこうに視線を移した。「わたしが持って帰ろう」

「話があるんだ――夕食のときに子供たちといっしょに来てくれ」それから、ジャッドはあっというまに森の中に姿を消してしまい、ラーラがふりむいたときにはすでにそこにいなかった。

「ラーラ、痛いよ」ほとんど申し訳なさそうな声でうったえている。

息苦しいほどの欲求や怒り、痛みに全身がつつまれていたが、ラーラはそれらをふりはらうと、地面にひざまずいた。「見せてちょうだい、スイートハート」そう言ってから、まずはブレイス、それからジョシュアの具合をたしかめた。「しばらくじっとしていなさい」圧力注射器を使って、それぞれ痛み止めを打ってやる。

ウォーカーがそばにしゃがみこむのが、ラーラにははっきりと感じられた。大きな体。本人そのもののようにおちついた、控えめな匂い。ラーラが手当てをするあいだ、ジョシュアとブレイスに話しかけてやっている。ふたりがどういうわけでケンカになったのか知らないが、少年たちの内なる狼も、ウォーカーの注意が向けられたとたん、緊張を解いたようだ。ラーラ自身の狼も、彼がそばにいるからといってその毛皮が彼女の皮膚の内側にこすれるほど過敏にならなければいいのだが――だが、やけに敏感になっているとはいえ、内なる狼は用心深く、一歩退いたままだった。ウォーカー・ローレンに関しては、ラーラの人間と狼の双方がどうするべきか知っていた。

「これでいいわ」しばらくして、ラーラは少年たちにそう告げた。ふたりとも、ブレイスの腕を固定している、透明なプラスクリート製のハイテクギプスに見いっている。「痛みや不快感があれば、すぐにわたしのところに来るのよ。わかった?」

「助かったよ、ラーラ」ジョシュアが輝くばかりの笑みを浮かべた。それから、十代の若者ふたりはラーラに――それぞれ左右の頬に――キスをしたかと思うと、立ちあがり、走り去ってしまった。つい先ほどまで痛みに涙をこらえていたというのに。

ラーラがやれやれとかぶりをふると、内なる狼も同じく愛情をこめて、愉快そうに首をふるのがわかった。医療用具をまとめてから、ウォーカーがやすやすとキットを持ちあげるのをながめる。のどがすっかりからからになっており、何度かためしてようやく声を出せたが、それでもウォーカーのせいで動揺してなるものかと心の中で思った。「ありがとう」

相手は黙ってうなずいた。

ふたりで歩いてもどりながら、そんな決意に反して、ラーラの頭の中には、リアズが巣穴に帰ってきた夜にウォーカーと交わした、あのキスのことがよみがえっていた。群れの上級戦士たちは、副官(ルーテナント)の帰還を祝して、即席のパーティーをひらくことにした。シャンパンの栓が抜かれ、いつもはアルコールを飲まないラーラも、その夜はすこしシャンパンを飲みすぎてしまった。そのせいか、大胆になって、はじめて巣穴に入ってきたときからずっと魅了されていた、この長身のサイ男性につっかかったあげく、暗い隅にひっぱっていき、爪先立ちになって唇と唇を重ねてしまったのだ。

相手もキスに応じた。ゆっくりと深く。あの強靭(きょうじん)な肉体をぐっと張りつめながら、両手を彼女の脇腹にまわして、みずからの両腿が形づくるV字の中に彼女をひきよせた。ラーラの掌の下で首すじの力強い筋肉がぴくりと動いたかと思うと、ウォーカーは首を曲げて、さらに深いキスをした。うっすらと生えた無精ひげが、彼女の肌をざらりとなでた。

ラーラは大きな体ですっぽりつつみこまれ、きわめて官能的なやりかたで圧倒されていた。壁に押しつけられると、相手の肩でまわりの世界が遮断された。ほろ酔いかげんだったとはいえ、ラーラはそのキスをすべて鮮明におぼえている。女性と狼、どちらの自分もことごとく、キスの成功にあっけにとられていた……あの五分間というつかのまの出来事に。

やがて、ウォーカーは顔を上げると、パーティーの場にもどるように彼女をうながした。ラーラがやや酔っていたので、紳士らしくふるまったのだろう。だが、いくらウォーカーといえども、支配的な男性が女を求めるときのつねとして、ラーラがしらふのときにまた会おうとするはずだ。翌朝、彼から電話はなく、ラーラは上機嫌とは言えなかった。だが、のちほど、その日の午後に、ウォーカーから連絡があった。

そして、ふたりで散歩に出かけた。そのあいだずっと、ラーラの心臓はのどから飛びだしそうなほどどきどきしていた。なにかがはじまるのだと思いこんでいた。そのとき、谷をのぞむ切りたった崖の手前で、ウォーカーが驚くほどいきなり足を止めたのだ。彼のダークブロンドの髪が風でうしろになびいていた。「昨夜のことはまちがいだった、ラーラ」優しい声でそう告げられると、なおいっそうつらかった。「悪かった」

血管内に氷がひろがっていくようだった。だが、思いちがいかもしれない。念のためにたずねてみた。「わたしがシャンパンを飲みすぎていたから?」

その返答は断固たるもので、拒絶されたことは明白だった。「そうじゃない」

かすかにほほえんで、なにか返事をしてから、ひとりで巣穴にもどったような気がする。だが、思いだせるのは、どっと押しよせてきたどす黒い感情のことばかりだ。

ああ、この人はわたしを傷つけた。たんに実らぬ思いだったというなら、ラーラは相手を許せただろう——相手の気持ちを無理やり自分に向けさせることはできないのだから。

ラーラが傷つき、怒りをおぼえたのは、あれが彼女の勝手な思いこみばかりではなかったからだ。相手の男性から求められれば、ラーラにもわかるはずだ。あのとき、ウォーカーは彼女を求めていた……明らかに、キスをするほど。しかし、彼のものにしたいと思うほどではなかった。そこまでの気持ちがなかったのなら、あれだけ大柄で、たくましい体つきをしているのだから、唇がふれる前に、彼女のキスを止められたはずだ。だが、そうしなかった。まるでたいせつな女性のように彼女を抱きしめておいて、あとになってから彼女の心を打ち砕いたのだ。それが許せない。絶対に。

「ラーラ」

顔を上げて、男らしい、荒々しい顔だちに目をやると、ラーラはそんな記憶をあるべき場所へ、過去へと追いやった。「ごめんなさい」まさにプライドに裏打ちされた笑顔をつくった。「そのキットは重いでしょう。あとはわたしが運ぶから」

さりげない会話をつづけようとしたラーラを無視して、ウォーカーが切りだした。

「もう数週間、ふたりで話をしていないんだが」

キスをする以前には、ふたりでいつも夜遅くにおしゃべりしていた。ウォーカーはそのときのことを話しているのだ。ウォーカーは宵っ張りだった。ラーラはけが人を介抱して、夜遅くまで起きていることが多かった。そんなわけで、ふたりはいつしか、ほぼ毎晩、十一時ごろにいっしょにコーヒーを飲むようになっていた——シェンナが子供たちの面倒をみられないときは、そのあいだも、ウォーカーはテレパシーによって娘と甥っ子を見まもっていたのだが。ふたりでとりとめのない話をするだけだったが、そうしてともに夜をすごすうちに、勇気がわいてきて、ラーラは支配的な狼チェンジリングではない彼女にはなかなかできない、大胆なまねをしてしまったのだ。

治療師はけっして支配的な人間ではない——だからといって、従属的な人間というわけでもなかった。ふだんは、ラーラは群れの支配的な仲間たちからの影響をうけることはなく、一方で、彼女の内なる狼は、年齢にかかわらず、仲間たちみんなに安心感を与えることができた。ところが、ウォーカーが相手となると、勝手がちがった。それでも、ラーラはみずから行動を起こしたのだ。いちかばちかキスをしてみて、恥をかくはめになった。

ウォーカーに拒絶されてからというもの、彼女はあえて忙しくするか、いつも会っていた時間には診療所のあたりから離れておくようにした。まだ心の傷はあまりにも真新しく、とても癒えそうになかったからだ。だが、時がたつにつれて、状況は変わってきた。ラーラは立ちなおったのみならず、こうしてウォーカーと顔を合わせても耐えられるようになった。とはいえ、おのれの人生にふたたびウォーカーを招きいれるつもりはない。ようやく吹っきれて、ほかの人をさがす気になったのだから。

「忘れたの？　マーリーが膝をすりむいて、手当てをしたときに話をしたじゃないの」つとめて自然に笑いながら、ラーラは答えた。「ねえ」――彼女は医療キットのほうに手をのばした――「悪いけど、あとはひとりで歩いて帰りたいの。ちょっと考える時間がほしいから」

その場から動かず、ウォーカーは淡い緑色の目で彼女をじっと見つめた。「だめだと言ったら？」

なんとも居心地の悪い、重苦しい空気が流れた。

どうしてこんなふうに困らせるのか、ラーラには理解できない。だが、こちらから話をむしかえすつもりはなかった。それだけははっきりしている。今日はもちろん、これからもずっと。「キットを運んでいってくれるのなら」わざと勘ちがいしたふりをして、ラーラは言った。「助かるわ」それだけ伝えると、元気よく手をふって、森の中の、滝の方角へと向かった。

これで終わり。ラーラの人生の耐えがたくつらい一章が閉じられたのだ。

3

二カ月前、ヘンリー・スコット評議員は、サンフランシスコを犠牲にするという決断をくだした。サンフランシスコが破壊され、経済および金融上の混乱が生じようといたしかたない。いま、その計画は、最後の仕上げをするだけとなった。

そんな思いをいだきながら、ヘンリーはロンドンの屋敷にもうけたオフィスの窓から、車の往来の激しい通りをながめていたが、やがて、ふりむいて、おのれの軍事資源の統合をまかせた人物を見つめた——軍事資源はすべて、再編された〈純粋なるサイ〉の組織に組みこまれている。以前から組織に属している非戦闘員の面々は、指導的地位からそっと排除されていた。

ヘンリーはなにも政治的な組織がほしかったわけではない。武器を必要としていただけだ。

だからこそ、このバスケスがいまは〈純粋なるサイ〉のすべての軍事作戦をになっているのだ。この男には、印象に残るような特徴がまったく見あたらない——身長は百六十センチほどしかなく、兵士というよりも体育教師に似つかわしい体格で、会ってすぐに忘れてしまいそうな地味な顔だちだった。

「あとどれくらいで」ヘンリーはたずねた。「サンフランシスコおよび周辺のチェンジリングが支配する地域に侵入できる？」

「あと一カ月あれば」メインの通信画面にファイルを呼びだしながら、バスケスは戦闘員や武器の配置について現状をおおまかに説明した。「狼チェンジリングが〝巣穴の領域〟と呼んでいるなわばりの一帯は、占拠するのがきわめて困難かと思われます。しかし、それについてはなんらかの対応策を検討しているところです」

ヘンリーはうなずくと、それ以上はなにも言わなかった。バスケスが自分自身でなにひとつ考えられないなら、まったくの役立たずにすぎないだろう――〝妻〟であるショシャーナも顧問を選ぶ際には、すこしはヘンリーを見習ったほうがいい。ショシャーナのとりまき連中はおべっか使いばかりで、どいつもこいつもブヨ並の頭すらないやつばかりだ。それゆえ、ヘンリーがみずからこうして計画を進めているのだ。シヨシャーナは自分が手綱を握っているつもりだろうが。「わたしが知っておくべき問題はなにかあるのか？」

「いいえ」

「それなら、一週間後にまた会うとしよう」

バスケスが退室してから、ヘンリーはべつのファイルを呼びだした。彼の投資ポートフォリオだ。またしても、投資状況は想定していたよりもさらに悪化している。ヘンリーの財力をじわじわと、追跡不能なやりかたでむしばんでいるのがだれのしわざか、専門家ならずとも察しはつく――金をあやつることにかけては、ニキータ・ダンカンの右に出る者はいないのだから。だが、相手のやりくちはたしかにやっかいだが、これくらいの損失でヘンリーを止められるわけがない。ヘンリーはまもなくサンフランシスコを占拠して、ニキータの帝国の基盤を完全に破壊してやるつもりだ。

チェンジリングのほうは……これまで幾度となく、くりかえしサイにさからってきたとあって、やつらを生かしておくわけにはいかない。あの連中は自分たちに評議会の手がおよぶはずがないと思っているのだ。だからこそ、サイとチェンジリングの混血児の誕生を歓迎するようなまねをしている。そんな子供が生まれるようになれば、サイを地球上でもっとも強力な種族たらしめているサイキックパワーが弱められてしまう。

ヘンリーはそんなことは断じて許せなかった。

世界はこれまで百年にわたってそうであったように、あるべき姿へともどるべきだ。純血のサイが権力を掌握し、ほかの二種族は、サイのルールにしたがう場合のみ存在を許される。〈スノーダンサー〉と〈ダークリバー〉のやつらは不服従の代償を血であがなうはめになったと人々の記憶に残ることになるのだ、とヘンリーは思った。

4

マリアとシェンナの件があってから三日後、ホークはふと気づけば、大きな瞳の、小さな顔を見おろしていた。その場にしゃがみこむと、相手の問いかけるようなまなざしを受けとめて、話しかけた。「やけにむずかしい顔をしているじゃないか、ベン」

じつは、この巣穴の中でもホークのお気にいりの人間のひとりである、五歳六カ月になる少年がうなずいた。「ほんとにシンナをお部屋に閉じこめちゃったの？」

ホークは思わず頬の内側を噛んでしまった。「そうとも」

母親と同じ暗い色合いの、ベンの茶色の瞳が、狼らしい琥珀色へと変化した。「どうして？」

「群れのルールにしたがわなかったからだ」

ベンはしばらく考えていた。赤ん坊みたいになめらかなひたいに、しわを寄せている。「それって、大人のおしおきみたいなもの？」

「そうだ」

「へえ」ためらうことなくうなずく。「マーリーに教えてあげなきゃ」

「マーリーもしゅんとしているのか？」その少女はシェンナのいとこで、群れの仲間だ——ホークはその子を傷つけたくなかった。

ベンはかぶりをふった。「マーリーはパパから聞いたんだ。シンナが悪い子だから、閉じこめられたんだって。だけど、彼女は言うんだよ。ホークが閉じこめたりするはずない、シンナはたぶんむしゃくしゃしてて、だれともおしゃべりしたくないだけだって」

なるほどと——なんとか——すべて理解すると、ホークは立ちあがった。ベンの黒っぽい髪をくしゃくしゃにしてやる。掌に少年の頭のぬくもりが感じられた。「あと三日もすれば出てこられるさ」それから託児所で働くことになる。仕事そのものは、シェンナにとって苦痛ではないはずだ。彼女は生まれつき保護欲が強い。それゆえ、狼チェンジリングではないとはいえ、シェンナは子供たちの世話をするのがうれしいはずだ。子供たちのほうも、シェンナといっしょなら、なんの不安も感じないだろう。

そうとも、託児所での仕事は、彼女にとってちっともつらくないはずだ。見習い戦士としての地位にふさわしく、また期待される任務をとりあげられたこと。それこそが彼女にとって本当の罰なのだ——アルファであるホークから信頼されていない、その任務をまかせられるほどの能力がないと、おおやけに示されたようなものなのだから。プライドを鎧(よろい)のごとく身にまとっているシェンナにとっては、大きな打撃だろう。だが、ホークの内なる狼は、彼女には鋼の気骨、鉄の意志があると信じている。シェンナはなにものにも打ちのめされたりしない。ことにホークによっては。彼女の主義として。

そう心の中で思うと、内なる狼は歯をむいて、荒々しい笑みを浮かべた。「おうちに帰るんだ、ベニー」

ところが、少年はホークについていこうとした。遅れまいとして、まだ短いあんよを必死に動かして、走っている。「どこに行くの?」

「外だ」

「いっしょに行っていい?」

「だめだ」

「どうしてなの?」

ホークはかがみこむと、ベンを抱きあげ、フットボールのボールよろしく脇にかかえこんだ。「まだおちびさんだからだ」

ベンはくすくす笑って、空中で泳ぐふりをした。「先週よりも背がのびたんだよ」

「だれがそんなことを?」

「ママ」

その一語にこめられた、まぎれもない愛情に、ホークの唇がカーブをえがいた。

「それなら、本当なんだろう。それでも、まだまだおちびさんだな」

大きなため息。「いつになったら、おっきくなれるの？」

「あっというまだよ」子供たちにとっての安全な遊び場、安全地帯（ホワイトゾーン）へのドアの前でおろしてやってから、ホークはベンの背中をそっと押した。「ほら、ボールでも蹴って遊ぶといい。そうすれば大きくなれるさ」

「ほんと？」

「もちろん」

ベンは安全地帯（ホワイトゾーン）の左手にあるひらけた場所へと走っていき、すでにはじまっていたゲームに加わった。子供たちと遊ぼうとここにやってきた、非番の、支配的な狼チェンジリング一名が、監督をつとめているらしい。子供たちの半数は人間の、残りの半数は狼の姿をしている。これはチェンジリングのルールにのっとったフットボールで、狼のほうは人間のほうにうまくやんわりと嚙みつくことで、敵にボールを落とさせるのだ。

いつもなら、ボールをくわえた狼が、仲間たちが尻尾に嚙みつこうとするのをふりきって、猛スピードで走っていくようすを見れば、ホークは声をたてて笑い、ゲームに加わるところだった。だが、今日は、全身の皮膚がきつく張りつめており、内なる狼がぴりぴりしている。向きを変えると、ハードな訓練でもって緊張をほぐすことにして、森の静寂の中へと向かった。だが、安全地帯（ホワイトゾーン）から百メートルも行かないうちに、ホークはその場に凍りついた。

あのいまいましい若造がシェンナに手をかけている。

そう思ったときには、すでにかぎ爪が皮膚を切りさいて、飛びだしそうになっていた。

ホークがじっとうかがううちに、キットは体をずらして、シェンナをさらに抱きよせると、両手で彼女の頬をつつみこみ、わずかに口をひらいたままキスをした。ホークにとっては、若者を八つ裂きにしてやろうかと思うほど、長々としたキスだった。しかし、あやうく狼の本能に支配されてしまう前に、豹の若者は唇を離した。シェンナの手を握り、濃い緑色のモミの木におおわれた、森の奥へと連れていく。午後遅くの太陽の光がさしこんでいるが、高くまっすぐにのびた木の幹と幹のあいだの空間は、薄暗くなっている。

あの若者の魂胆なら、ホークにはすべてお見とおしだった。

「ホーク」

あわててかぎ爪をひっこめ、あくまで平静をよそおいながら、ホークはふりかえった。きわめて信頼のおける友人のひとりである女性に向きなおる。

だが、この女性は、うんざりするほどうるさい相手にもなりうるのだ。

　こちらに近づきながら、インディゴは眉根を寄せた。「キットがここにいたの?」

一瞬の間があった。もうひとりの匂いをとらえたらしい。「ああ、自由な一時間を使って、シェンナはここにいるのね」

「おれになにか用か?」ホークは彼女が持参したデータパッドに手をのばそうとした。

「パトロール区域を拡大したことで、なにか問題でも?」二カ月前、ヘンリー・スコット評議員による攻撃を受けてから——あの攻撃で、インディゴの〝伴侶〟のドリューはあやうく命を落とすところだった——〈スノーダンサー〉は森林地帯の内部の奥深くまで、巣穴の領域の隔絶した山のはずれにそって、パトロールすることにしたのだ。

　あれ以来、敵は鳴りをひそめているが、〈スノーダンサー〉は警戒をゆるめるつもりはない。ことに、サイの評議員たちはいまやたがいにナイフを突きつけあっているような状態なのだ。好むと好まざるとにかかわらず、サイは地球上でもっとも強力な種族だ。やつらが内部崩壊を起こせば、その影響ははかりしれず、みなが血を流すことになるだろう。「インディゴ、おれはひまじゃないんだぞ」

　相手の副官(ルーテナント)は腕を組み、その名のいわれとなった藍(あい)色の目をいどむように輝かせた。「群れの若い男たちがどうやら攻撃的になっているわ。どうしてかわかっているわね」

「おれがなんとかする」ホークは支配的なひびきに満ちた声で宣言する。ほかの者ならほとんど全員が、尻尾を巻いて逃げだしていただろう。

インディゴはゆったりとした、だが、危険な笑みを浮かべてみせた。「どうすればいいか、わかっているはずよ。あなたなら、指をパチッと鳴らすだけで、女たちがベッドに飛びこんでくるんだから――」ホークがうなり声をあげると、彼女は片手を上げて制した。「なにも自分の地位を利用しろと言ってるわけじゃない。でも、あなたはまぎれもないアルファであって、アルファたる理由――強さ、スピード、圧倒的な支配力――こそが強烈な魅力になっているわ。そのかわいい顔ももちろんね」

ホークは集中しようにも、気が散ってしかたがなかった。森の中のさほど離れていない場所でいまなにが起こっているか、うなるような思いで考えると、首すじがちくちくと痛んだ。「叱咤激励してくれて、感謝するよ」狼のけわしい声だった。

「黙りなさい」ホークに面と向かってこんなえらそうな口をきいてもたいへんなことにならないのは、巣穴の中でもふたりしかいない。インディゴはそのうちのひとりだ。彼女はそれを知っているからこそ、これほどずけずけとものを言うのだ。「その気になれば、いますぐ欲望を満たすこともできるでしょうけど、群れの仲間を相手にしたからといって――好ましいと思っている相手だろうと――どれほど効果があるのか、考えてみたほうがいいわよ」

チェンジリングの鋭い耳にも聞こえないあたりまで来ると、キットはようやく足を止めた——ここなら、通常よりもさらに聴覚の鋭い、獣にきわめて近い狼の耳にも声は届かないだろう。ホークをいじめるのはおもしろいが、一方で、キットは〈スノーダンサー〉のアルファをかなり尊敬している。度を越すつもりはもうとうなかった。

自分と年齢のさほど変わらない若い男が相手なら、キットの内なる豹はむっとしたかもしれない。だが、キットの内なる豹がおのれの実力を知っているように、人間と豹の双方が、ホークは捕食者チェンジリングとしていま人生の盛りにあると知っている。狼のアルファは汗ひとつかくことなく、キットをたたきのめせるだろう。

シェンナが握られていた手をひっこめた。「どうしてあんなことしたの？」いぶかしげにたずねる。怒りは感じられない。

「おれのキスがあんまりよくなかった？」キットはついからかいたくなった。

腕組みをすると、シェンナは教育係であるインディゴから学んだ中でも、とくに鋭い目つきでキットをその場に釘づけにした。「思いだしてみれば、あれは問題だったわね」

キットのプライドが揺るぎそうになる。ほんのすこしだけ——すぐさま、おのれの豹が猫族らしい自信でもって、そんな不安を払拭した。「もう一度ためしてみるかい？　たった一度のキスじゃわからないさ」

　シェンナは表情をくもらせた。その瞳が真夜中の色に変わる。「キット、わたし――」キットの唇に笑みが浮かんでいるのに気づいて、彼女はすうっと目をせばめた。彼の頭にむかって物を投げつけるふりをする。「からかわないで」

　笑いながら、キットは片方の腕をシェンナの首にまわしてひきよせた。こうして正式ではなく、さりげなく〝肌でふれあう特権〟を許すのは、彼女にとってそう簡単なことではない。自分はシェンナがこんなふうに――軽くキスするのを許したほど――信頼を寄せている、数少ない人間のひとりなのだと、キットはよくわかっていた。

「がまんできるはずがないだろう、シン？　きみはとってもかわいくて、まじめなんだから」

　シェンナは彼に肘鉄を食らわせた。ごつんと容赦なく。顔をしかめたものの、キットは彼女を自分の脇から離そうとしなかった。「じゃあ、いまだにおれになにも感じないのかい？」キットは彼女の頭にあごをこすりつけた。「残念だな。きみはすこぶる魅力的なんだが」

「もう、からかわないで」

「嘘じゃないさ」彼女が軽く首をふっているようすを見れば、彼のことをでたらめばかり並べているのだとわかる。ところが、シェンナが美しく、人目をひく存在であることはまちがいなかった——双方の群れの支配的なチェンジリングの男たちが、そろって彼女の魅力に気づいているほどだ。

その小柄できゃしゃな体つきにもかかわらず、シェンナの美しさは女性らしい繊細なものではない。シェンナは胸の奥深くに強さを秘めており、その強さが顔にも刻まれている。彼女はなにがあろうと屈したりしないだろう。捕食者チェンジリングの男性にとって、それはまさにあらがいがたい誘惑であり、きわめてそそられる挑戦なのだ。

興味深いことに、そんな内に秘めた強さを、キットはまた垣間見た思いがした。シェンナが彼を押しやって、ふたたび面と向かいあったのだ。「こっちの質問にまだ答えてくれてないわ」

「ホークが出てくるのが、匂いでわかったんだ」相手をじっと見すえながら、キットは言った……それゆえ、とたんに彼女の肩がこわばり、官能的なカーブをえがく唇がきゅっと結ばれるのを見のがさなかった。

口を開いたとき、シェンナの声は小さく、かすれていた。その声が、目の粗い薄絹さながらにキットの感覚を刺激する。「ふたりでいるところを見られたの?」

「ああ」キットはロッジポールマツの老木にもたれかかった。幹には太い枝がほとんどなく、見あげれば、はるか頭上の樹冠が目に入った。ジーンズのポケットに親指をかけながら、考えていた。やはりふたりがおたがいに惹かれあうのはむずかしいようだ。ぱっと燃えあがるような感情がめばえないのは残念だが――花火とまではいかなくとも、ちょっとした火花ほどの思いならあるが、どちらもそんなものでは満足できないだろう――ふたりの友情が変わることはないとたしかに感じている。キットは友だちをたいせつにする。ほうっておいたりはしないつもりだ。「そんなふうに見ないでくれ」

ふたたび、シェンナが腕を組んだ。怒りのまなざしでキットをじっと見つめる。

「わたしがああいうお遊びはきらいだって、わかっているくせに」

たしかに、キットも承知していた。大部分の人間に比べたら、シェンナは段ちがいに賢い。しかし、これまで人生の大半を〈サイレンス〉の中ですごしてきたのだ。条件づけによって感情を、心を、抑えつけられてきたので、感情面での教育で大きく遅れをとっている――だからこそ、とくにいま、シェンナには友人の助けが必要だった。

「たんなるお遊びと、戦略的な行動はちがうんだよ」口をはさもうとしたシェンナに、キットはかぶりをふってみせた。「捕食者チェンジリングは保護意識が強い。それはおれたちの性質の一部なんだ。その中でも、アルファともなれば、その意識は想像をはるかに超えるほど強いんだ」

「そんなの関係ないわ」シェンナはぐっと歯を食いしばり、身を守るように腕をしっかりと組んでいる。だが、キットが意図するところがわからないふりはしなかった。「あの人はわたしを大人の女性として見ていない。女として見てくれないのよ」「だから、おれが手を……場合によっては、唇を貸そうとするわけさ」キットは彼女に近づいて、三つ編みをひっぱってやった。たいせつに思っているだれかに手をふれないなんて、内なる豹にはとうてい理解できない。「信じてくれ、子猫ちゃん。おれにはわかるんだよ。相手の男がおれの頭をひっこぬいてやりたいと思えばね」頭どころか、全身をばらばらにするつもりだったらしいが。「ホークはおれのはらわたで豹ミンチをつくって、野生の狼どもに食わせてやるつもりだったんだぞ。ホークをアルファのごとく崇めてつきまとっているあの狼どもに」「仮にそうだとしても」——こわばった声、あごの腱がぴんと張っている——「どうにもならないわ。彼はすでに心を決めているんだから」

たしかにそれは問題だ。キットも同意せざるをえない。狼の群れのアルファについて、ひとつ知っていることがあるなら、それはホークの意志は岩のように硬く、とうてい曲げられないということだった。

ホークはみずからに課した二百回の腹筋運動を終えて、体を起こした。午前三時。

いまだに体がうずうずして、おちつかない。このせまい屋内ジムで、それこそ一時間以上、くたくたになるまであらゆる方法をためしてみたというのに。「くそっ」ホークは思わずうめいた。

立ちあがると、ホークはタオルで顔の汗をふいた。それから、壁にあるエンターテインメント画面のスイッチを入れた。そこは財務報告書を映すようにプログラムされている。〈スノーダンサー〉の投資については、クーパーとジェムが熱心な専門チームと協力して、日々、管理しているが、このふたりの副官（ルーテナント）から相談役として意見を求められることもあるので、ホークはつねに情報を頭に入れるようにしていた。

だが、今日はなにを読んでもさっぱりわからない。あまりにも生々しく、強烈な性的渇望によって、頭にもやがかかっているようだ。この欲望をどうにかしなければ、内なる狼がおのれに歯向かうようになり、群れのまだ〝伴侶〟のいない男たちのあいだで危険なほど攻撃性が高まってしまうだろう。いまのところ、みんながぴりぴりしているとはいえ、まだ手に負えないほどのレベルではない。もしおのれの狼が完全に解きはなたれてしまえば……ホークが両手で髪をかきあげ、水のボトルをとろうとしたとき、となりのトレーニングルームにだれかが入ってくる音が聞こえた。

たぶん、夜の当番の戦士のひとりだろう。ごくごくと水を飲んでから、ホークはそばのベンチにボトルをおいた。スパーリングでもやらないかと誘うつもりで、となりの部屋との仕切りドアをあける。巣穴の中で、ホークが全力を出しても太刀打ちでき、けがを負わせるだけの実力の持ち主といえば、ライリーただひとりだ。だが、ホークはほかの群れの仲間の相手をすることもよくあった――すこし手加減を加えてやればいい。

部屋に入って三歩進んだとたん、ホークの足が止まった。秋の炎と芳醇でエキゾチックなスパイスの香りがまとわりついてくる。彼の背後で、小さな音とともにドアが閉まった。彼女はこちらを見ていなかった。黒のミリタリーパンツに濃い緑色のタンクトップ姿で、トレーニングルームの中央に立ち、流れるような優雅な動作をくりかえしている。正確な、定型化された動きは、格闘技のそれではなく、安らぎを見いだすためのものだろう。

腰まで届く長い髪はきちんと編んであって、その濃い色の三つ編みに入ったルビーレッドのすじがきらめいている。ずいぶん年下の女性相手によからぬ妄想をいだくなど、ひどいろくでなしになった気分だが、あの絹のようにつややかな髪をこの両手いっぱいに……おのれの枕に、ひろげてみたくてたまらない。だめだ。いますぐ、くるりときびすを返して出ていかなければ。こんな気分のときには、絶対に彼女とふたりきりにならないようにしていたはずだ。

だが、もう手遅れだった。

彼女がぴたりと動きを止めた。捕食者の匂いを感じとった獲物のように。こちらをふりむいたときには、用心深く、慎重なようすがうかがえた。その唇から非難の言葉は一言も発せられなかったが、彼女に許されたこの日のわずかな自由時間を、ホークがじゃましてしまったことはまちがいない――というのも、素行はともかく、シェンナは絶対に嘘をつかないし、自分がルールを破ったせいで処罰を科されたのなら、それを免れようとしたことはないからだ。

ここから去るべきだとわかっている。だが、ホークは理性の声を無視して、彼女に近づいた。シェンナが背筋を硬くして、肩をこわばらせるのがわかる。それでも、鎖骨ににじんだ汗の輝きから、ホークは目が離せなかった。内なる狼はあれをなめて、彼女の匂い同様に甘く、官能的なスパイスの味がするのかどうか、たしかめてみたくてたまらない。

先刻、森でシェンナになにをしたのか知らないが、あの豹の若造はおのれの匂いを彼女の肌にしみこませるにはいたらなかったようだ。シェンナからは彼女の匂いしかしない。ホークは満足げにうなり声をあげそうになるのをこらえた。彼女を味わいたい、奪いたいという耐えがたい衝動をぐっと抑えこむ。「腕だ」背後に移動して、彼女の片方の腕に手をすべらせ、そのまま持ちあげてやった。「最後のターンでまっすぐにのばしておくんだ。腕が下がってしまっている」

彼女の首すじの敏感な肌をとおして、血管が激しく、速く脈うっているのがわかる。ホークはこらえきれず、身をかがめてそこを噛んだ。傷つけたりしない。そっと歯を立てただけだ。しるしがつくように。「こんなふうに」あたたかく、なめらかな彼女の腕にそって手をすべらせ、その腕をまっすぐにのばしていく。「わかるか?」

音もなく、シェンナは首をかたむけた。おそらく無意識の動作だろう。だが、ホークの内なる狼にとっては誘っているとしか思えない。そのだいじな場所をさしだしているのだと。ホークは彼女ののどをつかんで、頸動脈に歯を立てることができる。なんでも好きにできるのだ。シェンナよりもはるかに腕力が強いホークは、相手をねじふせ、意のままにできる。しかし、無理やり征服したからといって、相手を屈服させたことにはならない。「もう一度やってみろ」ホークはささやきかけた。「見せてくれ」

そのままシェンナの腕をおろして、彼女の無意識の誘惑をしりぞけるには、意志の力を総動員する必要があった。このまま体をからませ、ふたりで床に倒れこみ、肌の熱さを感じたくてたまらなかった。ただ、せめて、片手の関節部分で彼女ののどもとをなでてから、ホークは身を離した。下腹部がしめつけられ、全身がまるで鋼でできているかのように硬くなっている。シェンナをながめるのに最適な場所まで移動して、待った。長く、静かな時間が流れ、そのあいだ彼女は動こうとしなかった。こうして自分を拒絶するつもりかとホークは思った。

だが、そのとき、シェンナが体を動かしはじめた。

すると、内なる狼もうろうろと歩きまわるのをやめて、ようやくじっとしたのだった。

5

　はるか何百キロも離れた、べつの大陸の中心にある不毛の地で、〈アロー〉のひとり、エイデンは、荒涼たる砂漠をざっと見わたした。太陽の光を浴びると濃い赤さび色に染まる土地は、いまは月明かりに照らされ、銀色に輝いている。「どうしていつもここにやってくるんだ？」エイデンは、瞬間移動（テレポート）によって彼をここに連れてきた〈アロー〉の仲間にたずねた。

「ここは澄みきっている」なだらかな起伏をえがく砂丘をながめながら、ヴァシックが答えた。彼の瞳は、月の輝きを思わせる鋭い銀色だ。

「ここにはなにもない」

　ヴァシックは、ただかぶりをふっただけだ。「〈純粋なるサイ〉」

「問題になりそうだな」エイデンはときに疑問に思うことがある。意図せず、無意識のレベルで築かれたテレパシーによる結びつきがなければ、これほどやすやすとふたりがたがいに理解しあえただろうか。

「おそらく」その疑問をまさしく正確に読みとり、ヴァシックが応じる。「幼いころにいっしょに訓練を受けたからだろう。〈サイレンス〉の条件づけが完了する前のほうが、きずなが形成されやすい」

エイデンは当時のことを思いだしたくなかった。幼いころは弱く、純粋で、こわれやすかった。だが、自分はもはやそんな幼い子供ではない。「〈純粋なるサイ〉」この会合の目的のほうに話題をもどそうと、彼は言った。

「グティエレスとスハナはすでに潜入して、報告を返している。だが、われわれはアボットとシオネを失うことになるかもしれない」

「それは予期していなかったわけじゃない」その二名の〈アロー〉は、能力が不安定だった。

「ああ」

足もとの砂の上を一匹の小さな昆虫がはっていくのを、エイデンは見つめた。「〈純粋なるサイ〉の信奉者は、自分たちは〈サイレンス〉の完全性をたもとうとしているのだと言っている」昆虫はころんで、ひっくりかえってしまった。

ヴァシックは念動力を使って、昆虫をそっと起こしてやった。すると、昆虫はあわてて巣穴の中に逃げこんだ。「言行はしばしば一致しない。そううまくいくものではない」

「たしかに」百年以上前、ザイド・アデラジャは〈サイレンス〉を維持するために、〈アロー部隊〉を組織した。〈サイレンス〉が機能しなくなって、〈サイネット〉が崩壊することがないようにと。だが、いまは……。「まもなく決断せねばならない」

ヴァシックはしゃがみこんで、手で砂をすくった。指からこぼれおちるとき、砂の結晶が月光を反射してきらりと光った。「そうだな」

ふたりとも口にはしなかったが、その決断は〈サイネット〉を永遠に変えてしまうおそれがあった。

6

昨夜、わずかながらもふれあったことが、翌朝になってホークを苦しめることになった。おのれの狼がシェンナ・ローレンの味を知ったため、もはやこれ以上待てなくなったのだ。狼は彼女を求めていた。いますぐ手に入れたかった。シェンナの匂い――あのたまらないスパイスと鋼の――が自分の肌にしみついており、息をするたびにその匂いを吸いこんでしまう。

だが、そんな衝動に屈するわけにはいかない。ほかのことはさておき、シェンナはまだ十九歳なのだ。男として、狼としてのホークにうまく対処できる、成熟した大人の女性とはとても言えない。ましてや、ホークはいま、かなりきわどい状態にある。シェンナをおびえさせてしまうにきまっている。

ホークはぐっと歯を食いしばった。

心を決めると、ホークはかばんに必要な物を詰めて、〈スノーダンサー〉の車両が保管されている地下ガレージへと大股で向かった。「二週間でもどる」迷彩柄の緑色の前輪駆動車のかたわらでライリーと落ちあうと、副官（ルーテナント）にそう告げた。「山の上のほうへ行って、境界付近にどこか警備の手薄な場所がないかどうか、調べてみるつもりだ」

　そうやって、まっとうなやりかたで欲求不満を解消すれば問題ないだろう。ことに、その地域ではパトロールを強化しているからだ。ライリーはそこの担当の戦士の代わりにホークを配置して、その戦士を巣穴にもっと近い場所へと移せばいいだけだ――山での見張りはひっそりとして寂しいものなので、だれも不満をうったえたりしない。

「留守をたのんだぞ」副官（ルーテナント）たちへの断固たる信頼があればこそ、ホークはこれほど長いあいだ巣穴から離れようなどと考えつけるわけだ。

「いつもきちんとやっているだろう？」ライリーは腕を組んだ。濃い茶色の瞳が忍耐強く、静かにホークを見まもっている。その目の奥にひそんでいる鋭い知性は隠しようがない。「念のために衛星電話を携帯しておいてくれるか？」

　ホークはそれを持ちあげてみせた。こうした通信機器を通してであれ、狼の遠ぼえによってであれ、仲間が自分を呼べば、なにがあろうと巣穴にもどるつもりだ。

　ライリーはポケットから小型のデータパッドをとりだした。「タイを見習い戦士から正式な戦士へと昇格させるつもりだ」

「そろそろころあいだと思っていたよ」その若者は今年になってずいぶん大人になっ

ているので、新たな責任を充分果たせるはずだ。「もどったら、話をすることにしよう」

ライリーがうなずく。「マリアのことだが――自室での謹慎がとけたら、ほかの戦士の監視のもとで任務につく予定だ」

「いいだろう」

「おしおきが終わったら、きっとシェンナはおまえに突っかかりたくて、うずうずするんだろうな」

ホークはつい乱暴に荷物をトラックに投げいれてしまった。「今後は大目に見るつもりはないんだ、ライリー。規則を破ったら、彼女を厳しく罰する」

もっとも古参の副官（ルーテナント）かつ友人でもある男が、片眉をつりあげる。「あの子をいやらしい目で見たら、ぶちのめしてやると言ったろう？」ライリーもドリューもシェンナを家族の一員、つまり、守るべき相手だと見なしている。そのことをホークに思いださせたいのだ。「おまえがもし彼女を傷つけたら、やはりたたきのめしてやるつもりだが、ちゃんと求愛するつもりなら、じゃまはしない――シェンナはあのころのように弱々しい少女じゃないからな」

運転席に乗りこみ、ホークは手動運転用ハンドルをひきだした。うしろに手をのばして、スライドドアを閉じようとする。おのれの欲求を拒絶された、内なる狼の激しい怒りのせいで、つい動作が荒っぽくなる。「どうでもいいことだ」そんなことにかまっていられない。そうとも。自尊心をたもたなければ。

「ほう?」ライリーが窓枠に腕をかけた。巣穴でのありふれた出来事をしゃべっているかのように、リラックスした表情をしている……ただし、目だけはちがう。その目はすべてを見すかしているようだ。「それなら、なんでまた巣穴の領域の、もっとも寂しい場所へとひとりきりで車で向かうんだ?」

ホークはエンジンをかけた。「わかっているはずだ。エネルギーを発散するんだよ」その気になれば、シェンナを誘惑できる。それはたしかだ。それればかりか、彼女を喜ばせてやれるだろう——なにもうぬぼれているわけではなく、これはたんなる事実なのだ。ふたりが性的に惹かれあっていることはまちがいない。昨夜、シェンナの肌は欲望に熱く燃えていた。彼女の血管は官能的に激しく脈うっており、ホークは彼女の全身をあますところなく、秘められた部分まで手でなぞってみたくてたまらなかった。さらにホークの手管をもってすれば、シェンナ・ローレンを甘い言葉でベッドに誘いこむなど造作もなかったろう。そうやって人間と狼の双方が欲してやまなかったものを手に入れてしまえば、もはやかぎ爪にはらわたをかきむしられるような思いをせずにすんだはずだ。

そう考えたとたん、ハンドルを握る手に力がこもった。頭の中には、乱れたシーツの上でからまりあうふたりのイメージが次々と浮かんでくる。おのれの濃い色合いの肌に、金色がかったクリーム色のなめらかな肌が重なる。だが、そこまでだった――そんなイメージは頭の中にとどめておかなければ。うぶで純粋な女性の恋人に自分がなれるはずがない。ホークがいったいどれほど激しい欲望をいだいているか、彼女には理解できない……ましてや、とことん奪いつくすほどのすさまじい欲求を満たす代わりに、〝伴侶〟のきずなを与えてやろうにも、それすらかなえてやれないことなど、彼女は知らないのだから。

シェンナは巣穴の共同キッチンで鍋をごしごしみがいていた。ここでは、まだ〝伴侶〟のいない大人の狼たちのほとんどの食事をまかなっている。腹立ちまぎれに、シエンナは力をこめた。「ハイテク技術があるのに」彼女はぶつぶつ言った。「どうしてわざわざ鍋を真っ黒にする必要があるわけ？」処罰もすでに三週目に入り、食器洗いも三日目となる。重労働のおかげで、すっかり筋肉がついていた。

「それは」となりで皿を積み重ねながら、タイが応じる。「鍋で煮てこそ、おいしくなる料理もあるからさ。アイーシャがそう言うんだ。彼女の言うことは絶対だ」シエンナとちがって、タイは罰を受けているわけではない。キッチンでの当番にあたっているだけだ。だから、うっとうしいほどうれしそうなのだ。

「あと四日で自由の身になれるわ」シェンナは小声でつぶやいた。目の前の作業に集中しようとするが、自分の肌にふれたホークの手の感触をつい思い浮かべてしまう。こめかみに、うなじにかかった、あの熱い息。

偶然の邂逅（かいこう）から一夜明けて、シェンナは緊張と期待に胸が締めつけられる思いで、その日をすごしていた……だが、ホークは巣穴から出ていったとわかったのだ。鍋をみがく手にいっそう力がこもり、たわしが真っ黒になる。シェンナは狼チェンジリングではないが、ホークの考えていることならはっきりと理解できる。あの夜のトレーニンググルームでのふれあいはもう二度とくりかえされないだろう――ホークはおのれの判断ミスだと考えたにちがいない。アルファにあるまじき行為だったと。シェンナ・ローレンは、〈スノーダンサー〉の要（かなめ）である男性にふさわしい恋人ではないのだ。

指関節を鍋の内側にこすりつけていたが、それすら気にならないほど、シェンナは胸の奥深くがうずいてしかたがなかった。以前なら、なにかに激しく反応すれば、〈サイレンス〉をたもつように警告する苦痛のかけらである、〝不協和〟の波がどっと押しよせてきたはずだ。しかし、ジャッドの手を借りて、この〝不協和〟の引き金となる感情の最後の一片を、六カ月前にとりのぞいたのだった。

シェンナがそこまで踏みきるのに――ジャッドが苦痛をひきおこす〈プロトコル〉の機能停止にとりかかってから――一年ほどかかった。ついに完全な除去に同意したのは、〝不協和〟の力が強まってきたからにほかならない。このままでは永久的な、とりかえしのつかない脳損傷を起こしはじめる危険性があった。いまはこうして、シェンナはいかなる感情も自由におぼえることができる……X分類に属する能力のせいで大量殺戮をおかすのではないかという、骨の髄からふるえるような恐怖も含めて。

「なあ」タイが肘で突いてきた。

「なに？」鍋をすすぎながら、シェンナはたずねた。

「あんまり思いつめないほうがいい」一瞬、寄りかかってきた、たくましいタイの体のぬくもりが感じられた。「おれも馬鹿なまねをして、見張りの任務からはずされたことがある。よくあることさ」

タイの励ましに心の中で感謝しながら、シェンナは胸を締めつける、やり場のない怒りを押しのけようとした。だが、そんな努力もむなしいばかりだった。「エヴィーとまたデートしたそうね」洗い終えた鍋を水切りラックにのせると、次の鍋にとりかかった。

タイはカウンターにひょいと腰かけた。長い脚がほとんど床に届きそうだ。この一年で、肩にかなり筋肉がつき、すっかり、大柄で屈強な男性へと成長した。ホークにも負けないほど――。

だめ。ホークのことを考えるわけにはいかない。あの人はこれほどあっさりとわたしに背を向けたのだから。「それで？」

「おれが自分から認めたってだれかにばらしたら」タイが言う。「なんのためらいもなく、きみのことを嘘つきと呼んでやるからな」ふきんを肩にかけると、タイはエキゾチックな顔のラインをくずすことなく、怖い顔で彼女をにらみつけた。

「秘密を守るのは得意なんだから」それはいわばサバイバル技術のようなものだ。シェンナは幼いころにさとったのだ。だれだって怪物なんかとかかわりあいたくないと。

「馬鹿げているが、おれはエヴィーに詩を贈りたいんだ」――タイのきまりが悪そうな声が、シェンナの思考に入りこんできた――「彼女のためにセレナーデを歌い、月明かりの下で彼女の唇を奪いたい。彼女のほほえみを目にするためだけに、彼女の部屋をろうそくの明かりで満たしたい。一晩中彼女を抱きしめ、彼女の匂いの中で目をさましたい」

　どきっとするような告白がはじまったとたん、シェンナの手が止まった。「すてきだわ」その瞬間、これまで気づかなかった自分自身のはかない望みに、心臓がどくどくと脈うちだすのがわかった。

　わずかにつりあがった目におびえたような色を浮かべながら、タイがたずねた。

「ほんとか？」

「ええ」胸の奥に芽生えた、よくわからない、妙なもろさをぐっと抑えつけながら、シェンナはつづけた。「全部いっぺんにやるのはどうかと思うけど」

「インディゴに耐えられたらの話だが」タイがぶつぶつ言う。「信じられないほど保護意識をむきだしにするからな。エヴィーをデートに誘うたびに、インディゴからはさんざん脅されているよ」

「しかたないでしょう？　エヴィーはすごくおとなしい女の子なんだもの」シェンナ自身、インディゴからぜひとも妹に紹介したいと言われたとき、きっとエヴィーは自分のことを怖がるにちがいないと思った――だが、優しすぎる心の持ち主とはいえ、エヴィーには実はひそかに茶目っ気があったのだ。ふたりはすぐに意気投合し、ずいぶん前に、巣穴の中でもこれまでもっともあっと驚くようないたずらを、ふたりでやってのけたのだった。

　タイはうなずいた。「その鍋はそろそろいいんじゃないかな」

　タイにふきんでふいて片づけてもらおうと、その鍋を手わたすと、シェンナは流しをさっときれいにしてから、そそくさとキッチンから出た。外に出て、森の巨木の濃い緑色の薄暗がりの中に入ったとたん、何時間もキッチンにこもっているあいだ、どんなにシエラネバダのすがすがしい空気が恋しかったのかをさとった。〈スノーダンサー〉に亡命する以前は、街の中心にある高層ビルの中でずっとすごしていたので、ちがいがわからなかった。だが、いまは、野性的で荒々しい山の美しさを実感しているばかりか、友だちや、血のつながりだけではない家族のたいせつさも知っていた。

「心を決めたわ」シェンナは、音ひとつさせず、暗殺者らしいしなやかな身のこなしでそばに立っていた男性に話しかけた。「なにがあろうと、〈サイネット〉に、〈サイレンス〉にはもどらないつもりよ」おのれの能力が混乱と破壊へと突きすすんでいくかと思われたときには、シェンナは〈サイネット〉にもどることを考えざるをえなかった。

「どうなんだ？」彼女の発言に応じずに、ジャッドはたずねた。「力のコントロールは？」

「鋼のように強いわよ」巣穴から離れて、ほかの亡命者の、ことにシールドを作りだす天才の保護を受けたことで、シェンナはもう一度チャンスを与えられた。いまも心の奥にあるあの死のことは、けっして忘れられないだろうが――。「きっとやってみせるわ、ジャッド。わたしたち全員に死を宣告したやつに、ざまあみろって言ってやるんだから」

シェンナの自信に満ちたようすに、ジャッドはなにも言わなかった。迫りくる闇と戦い、生き残るためには、彼女にはこうした自信が必要だとわかっている――ジャッドは彼女が知らないある事実を知っていたからだ。長年のあいだ、それを胸の内に秘めていた。シェンナにその真実を明かすつもりはない。絶対に。本人に漏らせば、まさにその予言が的中しそうな気がしていたのだ。

シェンナが十歳のとき、ジャッドは評議会に保管された極秘データにハッキングしたことがある。仲間の〈アロー〉たちは、彼の姪がいつの日かその部隊に加えられるおそれがあるとわかって、力を貸してくれた。しかし、ジャッドは百五十年前のファイルを目にして、残酷な事実を知っただけだ。Xサイは、〈サイレンス〉のもとにあってさえ、これまで最長でも二十五歳までしか生きのびられなかった。

二十五歳まで生きのびたXサイの能力度数は、三・四度だったという。

だが、シェンナは並はずれた、はるかに高い能力度数の持ち主なのだ。

山にこもって一週目には、ホークは歩哨たちとの接触すら避けていた。だれかといっしょにいられるような状態ではなかったからだ。野生の狼たちも、一度うなり声をあげてからというもの、寄りつこうとしなかった……それでも、夜になればまとわりついてきて、毛皮におおわれた体を寄せあい、みんなで塊になって眠ろうとした。それほど激しい愛情を示されては、ホークもいつまでも不機嫌ではいられなかった。だが、彼の内なる狼は、なかなかおとなしくはならなかった。

自分の夢にも悩まされるばかりだ。

炎を思わせるルビーレッドの髪、日焼けした金色のなめらかな肌、秋とめずらしい野性的なスパイスの香り。あのふれあいの名残がいつまでも消えず、目を閉じただけで、感覚がくすぐられ、つかのま、絹のような感触がよみがえる思いがした。

あまりにも鮮明な夢のせいで、目をさましたときには股間は岩のように硬くなっていた。おのれの自制心のなさに、腹が立ってしかたがなかった。結局、ホークはげっそりして、ますます自己嫌悪におちいりながら、巣穴へともどってきた。すっかり消耗している。それに、内なる狼はいまのところおとなしくしているが、ごくわずかな刺激で、ほんのすこしのふれあいで、もはや抑えきれなくなるだろう。だが、いくら彼女を見つけだして、自分がもどったことを知らせたくても、そんな衝動に屈するわけにはいかない。「くそっ」

寝室の床に荷物をおろすと、ホークはTシャツを脱いでシャワーを浴びようとした。そのとき、なじみのある女性の匂いがした。うなり声をあげながら、入口に近づき、ぐいとドアをあける。「いまはなにも話したくない」インディゴにきっぱりと告げた。

インディゴはシャワーを浴びたばかりらしく、ジーンズとシンプルな白のTシャツ姿で、髪はポニーテールに結いあげている。ゆっくりとほほえんでから、ホークを頭のてっぺんから爪先までじっくりとながめた。「夜も眠れないほど悩んでいる男っていうのも、なかなか捨てたものじゃないわね」

ホークは歯をむきだした。「男の裸が見たいなら、おまえの〝伴侶〟のところに行くんだな」

インディゴがふんと鼻を鳴らす。「ドリューがここにいるなら、あなたの裸なんてわざわざ見ないわよ」

「さっさとどこかに行ってくれ」

「ええ、そうするわ——用がすんだらね」

「なんだ?」

「待って」インディゴはふりかえって、通路のほうを見た。「来たわ」

「ごめんなさい」ユキが声をかけた。きちんとスーツに身を固めているので、これから仕事に出かけるのだろうとホークは思った。「あなたのオフィスで話すつもりだったんだけど」肩かけかばんから、ユキがクリップボードにとめた印刷物をとりだす。

インディゴはそれを受けとって、ホークにさしだした。「わたしはこの巣穴でもっとも凶暴な狼に立ちむかうことにしたから」

思わずうなり声をあげながら、ホークはペンをつかんだ。「これは?」書類を読まずにサインしながら、たずねる。それは副官(ルーテナント)たちへの信頼の証だった。アルファが副官(ルーテナント)を完全に信頼できないとなれば、群れは窮地に立たされるだろう。群れの歴史において、一度だけ、そのような事態が起こったことがある。そんな悲痛な事件によって、副官(ルーテナント)たちとの信頼関係が損なわれることが二度とあってはならない。ホークはそう固く決意していた。「いつもなら、弁護士の立ちあいはいらないだろうに」

「この場合は必要なのよ」インディゴはそう答えて、ホークの署名のそばに自分の名前を走り書きした。それから、つづけてユキにもペンをわたす。「緊急事態が発生したら、あなたの財産を管理する代理権が、これでライリーに与えられるわ」

ホークは顔を上げた。「インディゴ」

「わたしは本気よ。さらに、必要とあれば、ライリーはあなたに代わって生死にかかわる決定もくだすことができるから」

「いったいいつから、群れでそんな書類が必要になったんだ?」群れはひとつ。群れは家族なのだ。

「ジャッドに指摘されてからよ。あなたがアルファとしての職務を果たせなくなったとき」眉根を寄せながら、ユキが説明する。「法的文書があったほうが、はるかに事がややこしくならないだろうと。さもないと、群れを弱体化させようとする輩が、その機に乗じて、群れに立ちふさがるおそれがあると。わたし自身、そのことに気づかなかったなんて、情けなくて」

ホークも納得せざるをえなかった。とくに……。そうか。「おれに近親者がいないからだな」両親も、兄弟も、〝伴侶〟も。

ユキは鋭いまなざしをホークに向けた。エリアスの忠実な〝伴侶〟であり、サクラの愛情あふれる母親であるこの女性は、彼女にとって最大の、もっとも要求の厳しいクライアント――〈スノーダンサー〉の群れ――のためなら、闘犬よろしく勇猛果敢に戦うはずだ。ホークはそのことをふと思いだした。「この文書が不要であればいいんだけど。だから、気を悪くしないでちょうだい」クリップボードと書類をかばんの中にもどすと、ユキは腕時計に目をやった。つややかな黒髪が揺れて、あごをかすめる。「急がないと。サクラメントで会議があるの」肩ごしにそう声をかけて、そそくさと行ってしまった。

「すべてユキの言うとおりよ。わたしも賛成するわ」インディゴはホークを抱きしめようとしたのか、身を寄せてきた。ホークがとっさにあとずさると、彼女はいぶかしげに目を細めた。「かなり深刻な状態みたいね。まったく性的関心のない群れの仲間にも手をふれられないなんて」

「自分でなんとかすると言ったはずだ」

ホークの意図に気づいて、インディゴは唇を真一文字に結んだ。「だめよ、ホーク」腕組みして、かぶりをふる。「あなたがどうするつもりか、わかっているのよ。シェンナを守っているつもりなんでしょう――だけど、そんなことをすれば、シェンナは絶対に許してくれないわ。ふたりのあいだに芽生えたものを、なにもせずにあっさり終わらせてしまっていいの？」

ホークは彼女と視線を合わせて、狼の支配的な力をちらつかせた。ライリーには敵わないかもしれないが、インディゴは群れのだれよりも長く、アルファの視線を受けとめられる。

「ああもう」目をしばたたき、視線をそらすと、インディゴはため息をついた。「ほんとに頑固者なんだから。わかってるの?」

「おれはこういう人間なんだ」そして、たしかに、内なる狼が勝手に決断をくださないうちに、ホークはおのれの性的渇望を満たす必要があった。でないと、狼は唯一、あの匂いだけを追い求めるだろう。

コンピューター2(A)より回収
タグ:私信、父親
処理は不要

差出人:アリス <alice@scifac.edu>
宛先:父 <ellison@archsoc.edu>
日付:一九七一年三月十六日、午後十時十三分

件名：お母さんのこと

お父さん、

お母さんに伝えてほしいの。お母さんに一度もメールを送っていないのは、こちらから電話しているからだって。ふたりには公平でないとね。でないと、えこひいきだって怒られてしまうもの。

忘れないうちにふたりに言っておかないと――プレゼントをありがとう。あの彫刻はすばらしいわ。わたしの研究にきっとぴったりでしょうね。お父さんとお母さんはやっぱり娘のことをよくわかっているわ。

わたしの新しいプロジェクトのことだったわね。まだはじまったばかりなの。サイの仲間たちが〈サイネット〉で情報提供を呼びかけることに同意してくれたんだけど、さっそく第一の関門に出くわしたわ――Ｘサイがまさに稀な存在だということよ。いまのところ、研究に参加を表明してくれたのは二名だけなの。だけど、あきらめないつもり。それこそエルドリッジ家の精神だから。

ファラオたちによろしくね。

愛をこめて、アリス

7

「わかってるわ。あの人にむしゃむしゃ食べられて、ぺっと吐きだされたようなものだって。だけど、ああ、それこそ素っ裸になって、どこでも好きに噛んでちょうだいってすがりつきたい。そんな気持ちを必死にこらえてるの」

そんなふうにだれかが女心を切々とうったえるのをふと耳にして、シェンナはその日四枚目の皿を落としてしまった。料理長のアイーシャが片手を上げて、流しのほうにひっこむように身ぶりで指示した。シェンナは口答えせずにしたがった——自分がうまくやれるのは、あの嫌われものの鍋をごしごし洗うことだけだ。ホークが巣穴にもどったことを知ってから、マーリーとトビーが日曜の朝に大喜びで食べているスクランブルエッグみたいに頭の中がぐちゃぐちゃになっている。

まるで弟のことを考えただけで呼びだせるかのように、気がつけば、トビーが自分の肘のすぐそばにいた。「うわっ、大きなお鍋だね、シェンナ」

体じゅうの血管に深いぬくもりが広がっていく。トビーのためなら、シェンナはなんでもするだろう。わずかながらも共感能力を持って生まれたトビーは、善良で、思いやりの心にあふれている。弟といっしょにいると、シェンナも善の存在になりたいと思った——だが、それはとうてい無理だとわかっている。Xサイがそのために生まれ、役立つものがあるとしたら、それはただひとつ。

破壊にほかならない。

腕に手がふれた。「シェンナ」

鍋をおろすと、シェンナはかがみこんで、泡だらけの腕で、思春期前のひょろりとした体を抱きしめた。だが、その体は、ちょうど去年まで、彼女がなだめすかせてベッドに寝かしつけていた子供の体ではない。「どうしていつもわかるの？」弟の髪にささやきかける。

弟の腕が首にまわされた。「ぼくらのネットで、シェンナが見えるんだ」トビーが話しているのは、一家全員を結びつけている精神的なネットワークのことだ。サイの精神にとって必要なバイオフィードバックを供給してくれる、このネットワークがあったからこそ、えんえんとつづく広大な〈サイネット〉から離脱したとき、一家は生きのびることができた。「精神がどこもかも氷みたいに冷たくなってるよ」

その声にはおびえるような響きがあった。シェンナがトビーの言うところの〝氷みたいに冷たく〟なるたびに、弟はおびえるのだった。トビーは姉の本当の姿を本能的に理解しているからだ。それは、つまり、シェンナはこれまで過酷な真実から弟を守りきれていなかったということだった──トビーは姉の中に潜んでいる怪物の存在に気づいているが、それでも彼女を愛し、必要としていた。

「〈サイネット〉にもどらないで、シェンナ」それは懇願だった。「お願い」

「ええ、もどらないわ、トビー。そんなつもりはないから」シェンナは先ほどの決意をいっそう固めた。全力をつくして、それでもおのれの能力を制御できなければ、ミン・ルボン評議員がかつて告げたように、みずからを〝構成要素から除外する〟ことになるだろう。姉の死はトビーにとってつらいだろうが、それでも二度と立ちなおれないほど打ちのめされはしないはずだ──シェンナが氷のような存在へと、〈サイレンス〉に支配された見知らぬ人間となりはて、弟の愛情をまったく無価値なものとして拒絶するのをまのあたりにするよりはずっとましだろう。愛しているわ、トビー。そうやって姉と弟の間で、息をするほどたやすく、テレパシーによってメッセージを送る。

シェンナがぼくの姉さんで本当にうれしいよ。

長いあいだ、ふたりは抱きあっていた。ふだんなら厳しく注意するはずのアイーシャも、いまはシェンナをせかしたりしなかった。ふたりをちらっと見たとき、アイーシャの目に笑みが浮かんだ──狼チェンジリングは、ふれあいや愛情のたいせつさを理解している。だが、シェンナがいったいどんな思いで、生きて、息をしている自分の心臓の一部とも言うべき少年を、人前でおおっぴらに抱きしめているのか、彼らには知る由もないだろう。

トビーが生まれた瞬間から、シェンナは弟への思いをすべて隠し、心の奥にうずめておかねばならなかった。弟に激しく、深い愛情をいだくこと自体、〈サイレンス〉の拒否にほかならないが、そんな感情をミンに見やぶられてしまった場合、あの人でなしは彼女自身にはまったく手を出さなかったはずだ。それくらい彼女はあまりにも重要な存在なのだ。代わりに、シェンナの〈サイレンス〉を〝守る〟ために、おそらくトビーの命を奪っただろう。

むろん、そんなまねをすれば、シェンナがみずからあの男を殺していたはずだが。

暗い思考を、トビーにも感じとれないはずの、精神の隠れた片隅に隠してしまうと、シェンナは体を離して、弟の目から髪をはらってやった。そのしぐさはすっかり癖になっている。「どうして学校にいないの?」トビーは巣穴の中にある五歳児から十三歳児のための小規模な学校に通っている――年長の十代の少年少女は、通信教育を選んだ一部の者を除いて、巣穴の領域外にある高校に通っていた。

「今日は昼からないんだよ。先生たちが会議だって」

「トビー、あなたの文法はめちゃくちゃね」亡命したとき、弟の話し方や文法は〈サイネット〉仕こみの完璧さを誇っていたはずだ――シェンナとしてはそのままでいてくれるほうがずっとうれしいのだが。

「もう、シェンナ」キスをふたつ。両頬にひとつずつ。「キッチンでの仕事が終わったら、宿題を手伝ってくれる？」

「いいわよ」シェンナはすっくと立ちあがった。「科目は？」

「理科。火山模型を作らなきゃいけないんだ」特級能力者の瞳を輝かせる。「全部本物そっくりで、ちゃんと噴火するやつだよ」

すでに手にとっていたたわしを、思わずぎゅっと握りしめてしまう。「すごいわね」手の力をゆるめようとしながら、シェンナは鉢に盛った果物のほうをあごで示した。「リンゴを食べなさい。体にいいから」

トビーは顔をしかめたが、おとなしくしたがった。「代わりに、クッキーを食べちゃだめ？」

「だめよ」

「意地悪」それでも、トビーは笑いながら、つやつやした赤い果物にかじりついた。アイーシャから掌ほどの大きさのオートミール・レーズンクッキーをこっそりもらうと、歯を見せてますますにっこり笑う。

「リンゴを食べてからにするのよ」料理長の女性が、トビーの髪をくしゃくしゃにしながら、注意した。

「ありがとう、アイーシャ」お礼を言ってから、トビーはふりかえってシェンナを見た。その目はきらきらと輝いており、サッシャ・ダンカンの瞳がそのように変化するのを目にしていなければ、シェンナはきっと驚いていただろう。トビーの瞳に散らばっている星々は、もはや白色ではなかった。そうではない。トビーの瞳はまるで……色づき、生命力にあふれ、きらめくかのようだ。

シェンナはときに、ふと思うことがあった。トビーが生まれてきたのは、弟を心の底から愛していながら、痛みや苦しみ、恐怖しか生みだせない姉に対する解毒剤として、この世界のバランスをとるためだったのではないかと。


ホークはエリアスの蹴りをブロックして、相手の上級戦士をあおむけに押し倒した。

「やれやれ、エリ。ガードが甘すぎるぞ」

エリアスは地面に倒れたまま、胸を大きく上下させている。「いや、そうじゃない。そっちがいっさい手加減してくれないからだ」そこで顔をしかめる。「ユキに言いつけてやるぞ――〝伴侶〟がこてんぱんにやっつけられたとあっては、黙っていないだろうからな」

もはやおもしろがっていられず、ホークは相手が立ちあがるのを待った。「スパーリングの相手がほしいと言ったのはおまえのほうだぞ。自分の弱点を知りたいからと」

「前言撤回だ」エリアスは膝に両手をおいて、上体を支えている。「こんな気分のときのおまえと互角に戦えるのは、ライリーただひとりだ」まっすぐに立つと、エリアスは汗で湿った焦げ茶色の髪をかきあげた。「とにかく、報告することがあったんだ」

内なる狼がぱっと身がまえ、動きだそうとする。だが、ホークは長く、深く息を吸い、獣の本能を抑えつけた。「街でなにか問題でもあるのか？」昨年、爆破未遂事件があってから、〈ダークリバー〉と〈スノーダンサー〉は双方とも、サンフランシスコにおいてつねに強い存在感を示すように心がけてきた。

「それがよくわからないんだ」エリアスはあごをさすった。「豹の連中はいつも重要な情報をつかんでいる。だから、連中に連絡をとったほうがいいだろう。だが、これはおれの勘なんだが、どうもいやな感じがする。理由ははっきりとわからない――ほら、いつになくおおぜいのサイがあの地域に流れこんできているからだと思うんだが」

「ああ。ニキータはもはや〈サイレンス〉を支持しないという決断をくだしたから、その影響だろうな」なにも善意や親切心からではなく、ニキータはただ政治的にもっとも理にかなった判断をしただけだ。サッシャの母親は冷酷非情な女なのだから。

「そいつらが面倒でも？」

「いや、教会の鼠みたいにおとなしくしているさ」エリアスもホークと並んで、トレーニング用コースのほうへと向かった。ホークが二名の見習い戦士の訓練をトマスにたのみたいというので、巣穴にもどってその副官に話をしに行くところだったが、その前にぜひとも肉体的に発散しておきたかった。そこの障害物コースはまさにうってつけだ。

「だが、あれだけおおぜいのサイが流入してくると」エリアスはつづけた。「友好的なやつらとそうじゃない連中を区別するのがむずかしい」

先ごろ、ホーク自身、ルーカスに同様の懸念を口にしたばかりだ。「〈ネズミ〉たちが」非常に効果的なスパイ網を組織している、小規模なチェンジリングの群れのことにふれる。「サイたちのおかしな動きがないかどうか、ちゃんと目を光らせているはずだ。だが、いっそう警戒を強めるように、ルークから伝えてもらうことにしよう」

ホークはエリアスの勘を信じていた。この男は群れの中でもきわめて有能な戦士のひとりだ。副官の地位にふさわしいほど支配的ではないが、賢く、経験豊かで――さらにだいじなことに、ライリーに負けないほどつねに精神が安定している。

「助かるよ」エリアスはトレーニング用コースを見て、ため息をついた。「やれやれ、リアズはサディストだな。あのごつごつしたスパイクみたいなやつはいったいなんだ？　あんなのは前にはなかったはずだ」

「タイムを計ってくれ」ホークの内なる狼が期待のあまり、歯をむきだしにする。リアズはこれまで以上に工夫をこらしたらしい。最初の傾斜を駆けのぼりながら、今回ばかりはエリアスの勘がはずれてくれれば、とホークは願った。しかし、この数カ月の状況にかんがみれば――さらに、どうやら地球上のすべてのFサイが、ことごとく戦いを予知しているらしいのだから――それははかない望みにすぎないだろうが。


ウォーカーは娘のポニーテールのリボンを結びなおしてやろうとした。そのあいだも〈ローレンネット〉上で娘と遊んでやっていた。娘のほうは、父親の精神である星の真ん中にある、めずらしい渦巻に夢中だった。

サイ医学界病院のスタッフにとっても、ウォーカーはいわば謎の存在だった。幼少期をかなりすぎてから、奇妙ならせん状の動きがあらわれた理由を、だれも解明できなかったのだ。さらに研究を進めるという話も出ていたが、すでに強力になっていたテレパシー能力が、このらせんのせいで損なわれることも、あるいは逆にいっそう強化されることもないとわかると、その話は立ち消えになってしまった。

しかしながら、子供たちの精神の発達をはかるうえで、これはかなり役立つとわかった――ウォーカー自身、そのためにこのらせんがあらわれたと信じているほどだ。

子供たちが相手だと、彼のテレパシーによる接触がとくにうまく働き、さらに、子供たちの教師となってからすぐにそのらせんが形成されたということもあって、そう考えるとすべてつじつまが合うのだ。事実、トビーはある程度大人になり、らせん状の動きを無視できるようになっていたが、マーリーはいまだに気になってしかたがない。

「もうすこしだよ。いい、いい」ウォーカーははげますように、精神的な次元で娘に言った。そのとたん、物理的な次元で、ウォーカーは言った。リボンが手からすべりおちてしまった。リボンをひろいあげながら、ウォーカーは言った。「パパはこういうのは苦手なんだ。知っているだろう」彼の手は大きすぎて、細かい作業には向かない。「どうしてシェンナにたのまなかったんだい？」

ウォーカーがリボンを結び終えて、目の前でしゃがみこむのを待ってから、マーリーは片方の腕を父親の首に巻きつけた。「パパにやってもらうのが好きなの」にっこり笑ってみせる。

一家で〈サイネット〉を離れ、亡命してから三年間、ウォーカーは多くのことを学んできた――〈サイレンス〉の存在しない世界でどう生き、狼チェンジリングの群れ内での優位性をめぐる争いにどう対処するか、そして、手本がない中、いかにマーリーとトビーを育てていくか。しかし、いまだにひとつ困ったことがあるとしたら、それは娘の笑顔によって過度の感情が呼びさまされ、どう反応してよいかわからないことだった。

　娘が自分から抱きついて、首に両腕を巻きつけてくると、ウォーカーは胸がきゅっと締めつけられるような気がした――やがて、そんなせつなさが全身に広がっていく。自分の腕を娘の体にまわすと、そのまま立ちあがろうとした。マーリーがびっくりして声をあげる。「もうこんなに大きいのに！」

「マーリーはこれからもずっとパパの子供なんだよ」チェンジリングの親たちがつねに自分の子供たちにささやきかけているような、あの甘く優しい言葉を口にできるものなら。だが、ウォーカーは四十年もの長きにわたって〈サイレンス〉にとらわれていた。優しい言葉はなかなか口をついて出てこない。しかし、手を上げて、マーリーのポニーテールの、まだ幼い子供らしい細い後れ毛をはらってやり、こめかみにキスをしてやるのは、驚くほどたやすいことだった。

「トビーの火山ができたかどうか、いっしょに見にいかない？」とマーリーからたずねられると、ウォーカーには拒絶できるはずもなかった。ちょうど、息を止めることなどできないように。

　家族用居住区画のそばにある広い娯楽室に入り、トビーとシェンナが顔を突きあわせるようにして、一方にかたむいた火山模型をながめている姿を目にしたとたん、ウォーカーはまたしても胸が締めつけられた。マーリーが父親の腕をふりほどいて、いとこたちのもとへと駆けよる。さっそく三人そろって、左右対称ではない模型に首をかしげている。その光景を前にして、ウォーカーはふと思った。こうして家族がいるからこそ、自分は〈サイネット〉から離脱しても生きのびられたのだろうと。

わが娘と、ウォーカーには兄として愛することをけっして許されなかった妹の、息子を、まもっていくために。もちろん、そこにはシェンナも加えるべきだ。あの子はまだ幼いうちから、大人としてふるまわざるをえなかったのだが。ウォーカーはこの子たちのためにここに存在していた。あのキスの瞬間、まばゆいばかりの陶酔感につつまれ、思わずなにもかも忘れてしまいそうになったが……あのキスについては、おのれがくだした判断はまちがっていない。

あの一度きりの焼けつくようなふれあい、その興奮が、とうに二カ月もたったというのに、いまだにまとわりついて離れなかったとしても。

翌朝、通信画面に映ったマサイアスの顔を、ホークはじっと見ていた。「まちがいないのか？」

「ああ」相手の副官は答えた。「たしかに大量の武器がこの地域に持ちこまれているふしがあるんだ。すこしずつじょじょに運びこまれたようだ――瞬間移動されたものもあるらしい。だが、船でも兵器を運んでいるにちがいない」

「だれのしわざだと思う?」

「まだわからない」

「ニキータやアンソニーにたしかめてみよう」そんなふうに答えるのは、ホークにとっていまだに違和感がある。〈スノーダンサー〉が〈サイ評議会〉の二名の評議員とビジネス上のかかわりがあると思うと、ますますもって違和感があった。「猫族と情報を共有すべきでない理由が、なにかあるか?」〈スノーダンサー〉と〈ダークリバー〉の同盟関係はかなり強固なものとなっている。とはいえ、どちらも捕食者チェンジリングの群れなのだ。たがいに完全な、無条件の信頼をいだくには、まだまだ数十年の歳月を要するだろう。

「いや、ないよ。おれたちよりも連中のほうが、すぐれた情報提供者を街中にかかえているからな」マサイアスは眉根を寄せた。「鷹(たか)のやつらにも警戒を呼びかけたほうがいいんじゃないか——空高くから監視すれば、おれたちが見すごした情報がなにか見つかるかもしれない」

ホークは同意した。鷹チェンジリングの群れ、〈ウインドヘイブン〉とは同盟を結んでまだ日が浅いが、それでもこの関係は充分機能している。「詳しい情報を送ってくれ。こっちで目を通して、必要な情報を相手に伝える」

「二時間以内に送ろう」マサイアスは通信を終えようとしたが、思いなおした。「インディゴとあの若造はどうしてる？」

その〝若造〟であるドリューは、群れの中でホークの目や耳であると同時に、〈スノーダンサー〉の〝追跡者〟でもある。「このあいだ、ふたりを保管用のクローゼットで見かけたぞ。なにかさがしているようには見えなかったが」内なる狼が、愉快そうに歯をむきだしにする。

マサイアスも大笑いする。「なにをやっていたのか、匂いでわかったはずだ。わからなかったとは言わせないぞ」

「おれはずいぶん控えめにしてやったんだ」ホークがにやりと笑う。「ドアをほんのちょっとだけあけて、声を抑えてくれとたのんだのさ」

「頭にモップを投げつけられたな、きっと」

「じつのところ、あれは巨大な一巻きの糸だった――あそこは裁縫道具のクローゼットだったらしい」かぶりをふりながら、ホークはもっと真剣な顔つきで質問に答えた。「ふたりが〝伴侶〟となり、ライリーとマーシー、クーパーとグレース、ジャッドとブレンナのペアに加わって、よかったと思うんだ。群れの安定のために、本当によかった」こうして〝伴侶〟と強いきずなで結ばれた副官（ルーテナント）たちがいることで、ホークの内なる狼の、いまだに〝伴侶〟を持たず、アルファとして〈スノーダンサー〉の群れに安定をもたらしてやれないといういらだちも、やわらげられた。

「そうだな。以前よりも、みんなおちついているよ」マサイアスはすこし椅子にもたれた。「来月には巣穴のほうに行くつもりだ。それでいいか？」

ホークはうなずいた――各地に散らばっている副官（ルーテナント）はいずれも、すくなくとも二カ月に一度はこのあたりを通過し、巣穴に立ちよることになっている。おかげで、そのとてつもなく広大なわばりにもかかわらず、群れがひとつにまとまっているのだ。

「最近、アレクセイと話をしたのか？」

「あのことを耳にしたんだな？　やつにもそう言ってやったんだ」マサイアスが苦笑いを浮かべる。「あいつはだいじょうぶだ。近ごろ、よそ者がやたらと優位を争おうとするんで困っているだけさ」

本人にとっては不運にも、アレクセイは若き黄金神のような顔だちをしている。彼をよく知らない連中は、アレクセイの整った顔ばかりに注目して、あの皮膚の下では支配的な性質が静かに、だが力強く脈うっていることに気づかない。「よその群れのアルファたちと話しあうべきことはあるか？」優位性をめぐる争いは、ときには異なる群れのあいだで起こることがある。たいていの場合、それは強い狼チェンジリングが新たな群れをつくるときや〝伴侶〟をさがしているときだ。しかし、気の毒なことに、こうした連中の矛先はアレクセイひとりに向けられがちだった。

「いや」マサイアスはかぶりをふった。黒っぽい髪が光を反射してきらめく。「かくして、われらが〝ロシアの花婿〟は、そうした愚かな連中をたたきのめしてやる――それから、上級戦士として群れにひっぱりこむわけだ」

「おまえがそんなふうにあだ名をつけたことを、やつは知っているのか？」

「おれは馬鹿じゃないんだぞ。アレクセイはきれいな顔をしているが、けっこう意地が悪いんだからな」

　笑いながら、もう二言三言、さっと言葉をかわしてから、ホークは通信を終えた。そのあいだもずっと、皮膚の下で内なる狼がうろついていた。狼は満足しているわけではないが、それでもせめてうなり声をあげてはいなかった。いま、内なる狼が、外に出て、獣の姿に変身しろ、〈スノーダンサー〉のなわばりの、野生の森の真ん中を駆けぬけろ、とうったえている。ホークはそんな本能にあらがい、のどの奥で低くうなった。

　狼は駆りたてようとする。人間はがんとしてゆずらない。とはいえ、これだけ強い衝動があるのだから、もはやこうせざるをえないことは疑いようがない――この性的渇望をどうにかしなければ、いずれおのれの野性の本能に完全に支配されてしまうだろう。ホークは電話を手にとり、コードを押した。

「もしもし」女性のハスキーな声が応答する。

「ロザリー、ホークだ」

8

最後の一時間、キッチンでの夜の務めを果たしてようやく処罰の明けたシェンナは、十分間、外の夜気の中ですごしてから、巣穴のウォーカーや子供たちといっしょに住んでいる居住区画へと歩いてもどった。そのころには、伯父はすでにトビーを寝かせていたが、シェンナは寝室をのぞいて、おやすみを言った。マーリーのようすも見にいったが、彼女のほうはすでに眠りこんでいた。年下の少女のほうが、就寝時間が早いのだろう。

弟たちの顔を見るのにもほんの数分しかかからず、シェンナは自室に入って、あっというまにひとりきりになってしまった。そのとたん、一日じゅう避けていたある思いが、シエラネバダの山をおそう雷雨のごとく激しく、どっと押しよせてきた。

シェンナは耳をそばだてたりせず、なにも聞かないようにしていたが、それでも、昨日、今日と、ホークが、あの魅惑的でセクシーで、経験豊富なロザリーといっしょにいるところを目撃されたことがわかったのだ。狼チェンジリングたちがゴシップ好きとあって、ふたりの任務のスケジュールが合わず、おそらくホークはまだ彼女と寝ていないことも……だが、それも時間の問題だろう。たぶん、今夜にもそうなるおそれがある。

生々しく暗いパワーが、さざ波のように全身に伝わり、指先に集約されていく。一瞬でも自制心を失えば、この壁を破壊し、天井をぺしゃんこにつぶしてしまうはずだ。歯を食いしばり、シェンナはおのれをXたらしめている激しい怒りと戦った。その怒りがささやく。ロザリーとその一族などとるにたらない者たちだ。かつて、彼女自身をミンに対してきわめて弱い存在へとおとしめた、この破壊的なパワーにかかれば、あっさりとちりに帰るだろう。なんて恐ろしいことを。そう思ったとき、シェンナははっとわれに返った。

同時に、痛みがおそってくる。

容赦のない激痛。

シェンナはいまもあのときの衝撃をありありと思いだすことができる。ジャッドとともに、複雑な第二段階の〝不協和〟のプログラミングをはじめて発見したとき、彼のテレパシーによる接触を通して、全身に衝撃が走ったのだ。しかし、あの苦痛という隠されたナイフの刃は、シェンナにとって完全に筋が通っていた――それは感情とは結びついておらず、〈サイレンス〉とはいっさいかかわりがない。ただ、〈サイレンス・プロトコル〉が機能した結果として、こうしたメカニズムが発達しただけだ。そうではなく、このレベルの〝不協和〟が作動するのは、シェンナのXとしての能力が無意識のうちに誘発された場合のみだ。つまり、これは、能力が活性化するおそれがあるという、けたたましい警告なのだ。

いよいよすさまじい痛みが背筋に走り、シェンナは気絶しそうになった。視界には白い点が浮かんでいる。危険を承知で、あえて〝不協和〟がその鋭いかぎ爪を突きたてるにまかせ、自分の意識をどうにか家族用居住区の自室へと連れもどした……トビーのグラフィックアートと、マーリーの水彩画を飾った部屋へと。

胃がむかむかして、苦く熱いものが、のどにこみあげてくる。〝不協和〟の余波でいまも全身がぶるぶるとふるえているが、シェンナは体を動かして、服や身のまわりの品々をダッフルバッグにほうりこんだ——おのれの〝能力(ギフト)〟をコントロールできると信じているが、それでも彼女はXなのだ。まちがいが起こることもあるだろう。

シェンナが部屋から出ていくと、ウォーカーはダイニングテーブルにすわって、データパッドになにやらメモしていた。「どこかに出かけるのか？」涼しげな緑色の目がシェンナをとらえ、その場に釘づけにする。

「戦士用の居住区のほうに移るわ。こっちにはもう帰ってこないつもりよ」思わず、バッグのキャンバス地の取っ手をぎゅっと握りしめる。「トビーとマーリーには、明日、わたしから説明するわ」シェンナはやっとの思いでそう伝えた。あまりのつらさにのどがきつく締めつけられる。

ウォーカーが立ちあがった。「ふたりのことなら心配ない。群れにおけるきみの立場を理解しているはずだ」ウォーカーはなにもたずねなかったが、シェンナは無言の問いかけにどうしても答えなければならない気がした。ウォーカーにはついそんな気持ちをいだいてしまう――この人は彼女の父親ではなく、その役割を担おうとしたこともないが、それでも、事実上、ローレン一家の家長と言うべき存在だった。

「わたしは感情が不安定で、そのせいで精神的なコントロールがあやうくなっているの」シェンナはみずから認めた。背筋に冷や汗がにじみだす。「精神シールドが裂けるようなことがあれば、あの子たちを傷つけてしまうおそれがあるから、そばにいたくないのよ」

「〈ダークリバー〉のもとにもどる必要はあるのか？」

「いいえ」いくら距離をおこうが、もはや意味はない――どのみち、ホークのことを始終考えることになるのだから。せめてここにいれば、あの人がロザリーをベッドに誘えば、すぐにわかるはずだ。そのときがいつ来るかと、はらわたをすこしずつ食いちぎられるような思いをしながら、何日もすごさずにすむ。「自分でなんとかするわ」

「シェンナ」彼女がほとんどドアのそばまで近づいたとき、ウォーカーが声をかけた。

「きみはひとりじゃない。そのことを絶対に忘れないでくれ」

シェンナはうなずいた。だが、通路を歩いて、巣穴の、まだ〝伴侶〟のいない戦士用の区画へと向かいながら、それは嘘だと思った。彼女はひとりぼっちだ。家族のだれにもわかってもらえないだろう。

シェンナ・ローレン

分類：X

能力度数：特級能力者（カーディナル）

じつのところ、〈サイネット〉によれば、彼女は大人になるまで生きのびた唯一の、特級能力者（カーディナル）のXサイだった。おそらく、特級能力者（カーディナル）のXサイとしてこの世に生まれたのは、シェンナただひとりだろう。こうした突然変異は稀だった——かなり稀だからこそ、シェンナは五歳になってやっと正式にXサイとして分類されたのだ。

その日、シェンナはあやうく母を殺害するところだった。

自分の居住区画にたどり着き、ダッフルバッグをベッドの上におろすと、シェンナは耐えがたい記憶を頭の暗い片隅へと押しやった。床に足を組んですわり、おのれの能力を厳しい管理下へとふたたびねじこむための、精神的な訓練にとりかかる。一時間後、Tシャツは汗で体にべったりと貼りつき、髪も顔にくっついていたが、荒れくるう激しいパワーをぶじに封じこめることができた。

シャワーから出たとき、誘いの電話がかかった。「行くわ」シェンナは応じた。ここに残って、たえまなく自分を責めさいなむ、残酷な思考に耐えるのは、ごめんだった。

電話を切ると、シェンナはパンティーをはいてから、あちこちひっかきまわして、着ていく服をさがした——ダッフルバッグに入れて運んできたものや、ここのクローゼットにしまってあったものの両方とも。そのほとんどは、めったに着ない服ばかりだ。まずはぴっちりとしたジーンズを選んだ。体をねじり、ゆすって、悪態をつきながら、ようやくジーンズをひきあげ、はき終えることができた——ひとりで買いに行ったわけではなく、このあいだ、同じ年ごろのニッキーという豹チェンジリングの女の子に無理やりショッピングに連れていかれたのだ。

あのとき、シェンナは自分が身につけたシンプルなジーンズとグレーのトレーナーをさっと見おろした。「このかっこうの、どこがいけないの?」

すると、小柄なハニーブロンドの女性は、絶望したようにやれやれとかぶりをふった。「それじゃあ、まるで二百歳を超えるおばあさんみたいよ」

ときどき、シェンナ自身まさにそう感じるときがあった。だが、その日は、ニッキーの勢いに負けて、いつになくはしゃいでしまった。シェンナのこのジーンズ姿をはじめて目にしたとき、キットはひゅうと口笛を吹いた。コーリーはその場にひざまずいて、胸に片手をあてた。狼の仲間たちといっしょのときには、シェンナはまだこのジーンズをはいたことがなかった……ホークの前では……でも、自分にもプライドがあるのだから、彼があの力強い両手でべたべたとほかの女にふれているというのに、そのあいだ、部屋でじっとすわっていられるはずがない。

いつしか、両のこぶしを握りしめていた。いや、いや、いやよ。

ホークは彼女のものではない。あの人は幾度となく、いろいろな形で、おまえのものになるつもりはない、ときっぱりと告げてきたのだ。いいわ。

ジーンズの上に、真っ赤なサテンの、白いレースをあしらったブラジャーをつけた——胸をふっくらと大きく見せるもので、シェンナは試着室で思わずニッキーに抗議したのだ。「こんなのつけられないわ。見せびらかしているみたいじゃない」

「ねえ、わたしだってもっとりっぱな胸をしていたら、見せびらかしたいわよ」ニッキーは自分のぐっと小ぶりの胸を見おろして、悲しげにため息をついた。

「ジェイスはあなたのが気にいってるみたいだけど」

ニッキーの頬が桃色に染まった。「さあ、次はトップスね。行きましょう」

シェンナはそのときに買った一着をひっぱりだして、さっと身につけた。長袖の黒いシャツ。体にぴったりフィットするので、女らしい曲線がはっきりと見てとれる。金属製の鋲(びょう)のボタンがついているほかは、飾りと呼べるのは二個の小さな黒いポケッ身につけると、たしかに気分がよかった。

撫するように体のラインをなぞり、強調するような服は着ないのだが、このシャツを

トのみで、胸の上にやはり鋲のボタンがとめてある。ふだんは、こうした、まるで愛撫するように体のラインをなぞり、強調するような服は着ないのだが、このシャツを身につけると、たしかに気分がよかった。

セクシーな気分。

さらに、ブーツをはいた。つややかな黒のブーツで、膝まで脚をおおうタイプのものだ。高いヒールは、先が恐ろしくとがっている。

もう片方のブーツのファスナーを上げていたとき、携帯電話が鳴った。「もしもし」

「シン、エヴィーよ。用意はできた?」

「もうちょっとなの」そこで一呼吸おいた。「みんなおしゃれするんでしょう?」

「もちろん！　わたしなんて、銀色のワンピースを着ているんだから」

エヴィーの意気ごみに、シェンナも腹を決めることにした。固い決意が、体じゅうの血管を駆けめぐるような気がする。「そんな派手なワンピースを着て、逮捕されたらどうするのよ」

親友がうれしそうに笑う。「そうなったら、保釈してくれるわよね。じゃあ、十分後に！」

電話を切ると、シェンナは手早く特殊なコンタクトレンズを装着して、夜空の瞳を隠した。でないと、そのままでは、特級能力者であることが明白だからだ。それから、

髪をしっかりとポニーテールに結いあげる。髪について、インディゴや自分の家族に相談したところ、全員一致で、独特の髪色はもはや気にしなくてもいいという結論に達した。巣穴の仲間に加わってから、髪色がずいぶん変化していたからだ。コンタクトレンズに加えて、さらに、友人たちは彼女を〝シン〟と呼んでいるとあって、いまのシェンナはまるで別人のようになっている。彼女を見かけたとしても、ミン・ルボンはほとんど目もくれないはずだ。

髪を結い終えると、シェンナはジャッドの〝伴侶〟のブレンナからもらった化粧ケースをひっぱりだした。インディゴから教わった通りに、目のまわりを黒系のアイシャドーでかこんで〝スモーキーアイ〟をつくる。このメイクをすっかり気にいったニッキーにせがまれ、シェンナはやりかたを教えたのだ。あのときはとても気分がよかった――友だちといっしょにそんなささいなことを楽しめるなんて。ああしていると、年相応に若くなったような気がした。ミン・ルボンがなぜ彼女を、精神的な鎖でつないだ、ひそかな怪物としてそばにおいたのか、その理由がわかってからというもの、シェンナは自分が年老いた、まるで老婆のごとく感じられてならなかったのだ。

「やめなさい」鏡の中の茶色い目をした女性に命じる。「今夜はだめ。今夜は、若々しく、気ままな少女になるのよ。踊って、飲んで、笑うの」それだけ言うと、シェンナはオレンジがかった赤色の口紅をつけた。そして、小ぶりのバッグを手にして、部屋から出た。

「うわっ、すごいな。驚いたよ」

男らしい感嘆の声にびっくりして、シェンナが顔を上げてみると、目の前にリアダンが立っていた。一歳年上の見習い戦士だ。「わたしたちといっしょに出かけるの？」ドアを閉めながら、シェンナはたずねた。

「そのつもりじゃなかったとしても、いまなら絶対に行くとも」リアダンは腕をさしだした。がっしりした体によく似合うストーングレーの半袖シャツから、腕がむきだしになっている。「おれに寄りそってくれ、シン。ぴったりと。ぞくぞくしちまいそうだ」

やれやれとかぶりをふると、シェンナは通路を歩きだした。ヒールが床にあたってこつこつと音を立てる。まもなく、リアダンが遅れてついてくるのに気づいた。「なにをぐずぐずしてるの？」ふりかえって、現場を押さえてやる。「わたしのお尻を見てるんでしょう？」

リアダンはしらばくれようともしない。いたずらっぽく、感心したように濃い茶色の瞳を輝かせる。「なあ、すごくいい尻をしてるよ。それにそのジーンズときたら、ああもうこらえきれない」

シェンナは、まさしく、おのれの自信を高めてくれる、そんなほめ言葉がほしかったところだ。ふたりがたがいにひかれあう、脈動らしきものを感じながらも、ホークがそれを認めようとしないのなら――シェンナは彼にふさわしい大人におのれが成長するのを何年も待ち、そのあいだずっと、ホークがいつだれといっしょだったかというゴシップにもすべて耳をふさいできたというのに――それなら、その屈辱を甘んじて受けいれるつもりはない。「つまらないこと言ってないで、さあ、行くわよ。エヴィー、タイ、ケイダンスはたぶんもうガレージに着いてるんだから」

たしかにそのとおりだった。だが、三人だけではない。マリアも、恋人のレークといっしょにガレージにいた。

「ねえ」マリアがためらいがちにほほえみながら、声をかけてきた。「謝りたかったの。わたしよりもそっちのほうがひどい罰を受けるなんて」

シェンナは肩をすくめた。「わたしが悪いのよ」ホークのこととなると、ほとんど苦痛をおぼえるほどの反応を示してしまうからだ。だが、そのせいで自分の人生がじゃまされるのは、もう二度とごめんだった。あれを最後にしなければ。「ちっとも恨んでないから」

「ちょっといい……」マリアが首をかたむけ、合図した。

うなずくと、シェンナはみんなからやや離れて、ふたりだけで話そうとした。「わかってるわよ」声の聞こえないところまで移動してから、切りだした。「とっくみあいのケンカになったのは、あなたの狼が優位性を示そうとしたからなんでしょう」

「まあね。そんなにうまくいかなかったけど」自虐的な笑みを浮かべる。「でも、あなたのことを冷血漢——」

「いいのよ」ホークのことをあきらめきれない自分自身に腹が立ち、いらいらして、シェンナは無防備で、傷つきやすくなっていた。だから、マリアの挑発にのって、なぐりかかってしまったのだ。それほど感情的になっていたのだから、冷血漢呼ばわりされるいわれは、まったくなかったのだが、そのことに気づく余裕すらなかった。

「いいえ」マリアが彼女の腕に片手をおいた。「よくないわ。あなたがそんな人間じゃないって、ふたりともわかってるんだから。とにかく、そっちがかっとなっておそいかかってくるなら、どんな中傷だってよかったのよ。わたしに言い訳ができるとしたら、この年齢の狼たちが、しょっちゅう、くそったれ野郎みたいなまねをしでかすってことね」

シェンナの唇がぴくっと動く。「それはむずかしいわね。だって、あなたは野郎にはなれないんだから」

マリアがふんと鼻を鳴らす。「まあね——いずれにせよ、わたしは愚かなまねをしでかしたのよ」ジーンズのうしろポケットに手を入れると、かかとに体重をかけて、体をうしろに揺らした。「あなたのパートナーになるべきだったのに、食ってかかるなんてね」マリアの顔にはいまや笑みは浮かんでおらず、濃い色の瞳には真剣な光があった。「二度とそんなまねはしないわ。わかっておいて。いつだってあなたに背中をあずけるつもりだから」

「わたしもよ」シェンナはためらうことなく応じた。〈サイネット〉にいたなら、相手がどんなに悔恨の念を示そうと、その裏に隠された背信の証をさがそうとしただろう。だが、〈スノーダンサー〉の群れですでに長く暮らしているシェンナは、マリアの言葉を額面どおりに受けとった——忠誠と友情の告白として。「それに、そっちだけが悪いんじゃないわ。わたしだって、ちょっとむしゃくしゃしてて、はけ口がほしかったのよ」マリアがちょうどいいケンカの口実を与えてくれただけだ。

「あんなすごいキックができるなんて」ふたりでひきかえしながら、相手の戦士が言った。

「ジャッドが特訓してくれるから」

「うらやましいやら、気の毒やら」

ふたりとも声をたてて笑いながら、みんなのところにもどった。

「仲なおりがすんだなら」——エヴィーがふたりの腰に腕をまわした。彼女の性格そのままに、晴れやかで、明るい笑みを浮かべている——「そろそろ踊りに行く？」

シェンナはダンスを楽しむつもりだった。でも、今夜だれかが言い寄ってきたら……それもいいかもしれない。もう待つのはやめにしたのだから。

　子供たちが眠ったあと、部屋でひとりになったウォーカーは、十歳児から十三歳児の〝主任世話係(ラングラー)〟となったことから、先ごろ、わざわざ支給された衛星電話をふとながめた。

　この電話には、〈スノーダンサー〉のほかの上級メンバーの連絡先がすでに登録されている。電話帳を見ていると、ラーラの名前が目にとまった。ウォーカーはシェンナの心の状態について不安をおぼえていたが、治療師であるラーラなら、相談相手としては打ってつけだ――彼女は群れの中でもとくに繊細な仲間のひとりだった。

　親指を〝通話〟ボタンに近づけ、押そうか押すまいかと迷った。あのパーティーの夜の官能的なキスがよみがえり、なにやら期待するように全身の筋肉がことごとく硬く張りつめる。チェンジリングとは異なり、ウォーカーはふれあいへの欲求に突き動かされるような男ではない。ところが、ラーラが相手となると、予期せぬ、どうも居心地の悪い反応をしてしまう。あんなふうに自分の肉体が節操のないまねをしたことなど、さらに言えば、精神的な反応についても、自制心を失うことなどこれまで一度もなかったというのに。

　あれから何週間もたつが、ウォーカーはいまだに指先に彼女の肌のやわらかさが感じられるような気がした。掌の下にある肉体のそそられるようなぬくもり。唇を押しあてると、わずかにひらかれたあの甘い唇。彼女は小柄だが女らしい体つきをしており、思わずじっくりと両手でなでてみたくなった。あの体の、興味をそそられる暗いくぼみや弧をえがく部分をさぐってみたい。あの夜、おのれの手が彼女の体をまさぐろうとするのをなんとかこらえた……だが、心の中ではそうはいかなかった。

またしても、ウォーカーはちらっと電話を見てしまった。

連絡すれば、ラーラはここに来てくれるだろう。ウォーカーはジャッドのように〈アロー〉の一員ではないが、やはり必要にせまられ、人の心を読むすべを心得ていた——ふたりの友情はもはや修復不可能なほど損なわれてしまったが、ラーラはだれよりも優しい心の持ち主なのだ。シェンナへの不安を口にすれば、すぐさま、彼女の注意をひくことができるだろう。彼女がこの居住区を訪れた瞬間……キスに濡れた唇、この手でふれたあたたかい女性の体といったイメージがぱっと浮かぶ。

ウォーカーの全身が張りつめた。

ラーラの存在がどんな影響を自分におよぼすか、おのれの人生の土台となる規範がどんなにあっさりと崩れてしまうか、また思いだすはめになった。ウォーカーは〝通話〟ボタンから親指を離した……それから立ちあがった。託児所に行けば、おそらくラーラに会えるだろう。

　シェンナを追い求めたいという衝動とつねに戦ううちに、真夜中になるころには、ホークの神経は極限まで張りつめ、ぴりぴりしていた。〈ワイルド〉の店主からの電話を受けるのに最高のタイミングとはとても言えない。そこはチェンジリングが所有するバー兼ダンスクラブで、なわばりの領域をちょうど越えたあたりの、小規模だが人気の高いナイトライフ・スポットに位置していた。

「ホーク、おまえのところのガキどもを迎えにきてほしいんだ」

　ホークはひたいをこすった。ホセが電話してくるのは、もはや事態が収拾できなくなったときだけだ。「いくらだ？」

「うちの店に損害が出たわけじゃない」意外なことに、ホセが答えた。「だが、さっさと来ないと、やつらの何人かを、留置場から出してやるはめになるぞ」鹿チェンジリングの男性は――支配的で、さながら雄牛のような体つきのこの男は、非捕食者チェンジリングにもかかわらず、どんなに手ごわい相手だろうと角を突きあわせられるだけの強さの持ち主だ――それだけ言うと、電話を切った。

「くそっ」まんじりともせずすごしていたので、まだジーンズとTシャツ姿だったホークは、すりきれた作業ブーツをはくと、ライリーに電話をかけた。

　相手の副官（ルーテナント）はうれしそうではない。「何時だと思ってるんだ？」

「ああ、わかってるさ。今夜、若い連中の何人が〈ワイルド〉に出かけた？」ライリーなら知っているはずだ。この男はなんでも知っているのだ。

「七人だが、たしかエボニーとエイモスは警備のためにサンフランシスコにいたな」――しばらく間があった――「ふたりが巣穴にもどった記録はシステムに残っていないので、たぶんそっちに合流したんだろう」

「わかった」

「もう一名、運転手がいるだろう」

「マーシーに寄りそって、また眠るといい」ホークは答えた。すでにガレージまであと半分というところまできている。「夜の勤務のやつを見つけるつもりだ」

「ほどほどにしておいてやれ」

ホークは立ち止まった。「どういうことだ？」

「イライラしているんだろう、ホーク。あいつらに八つあたりするなよ」

うなり声をあげながら、ホークは電話をぱちんと閉じた。ホークがアルファであるのにはそれなりの理由があるのだ――そのひとつが、部下の扱いを心得ているということだ。もちろん、ライリーも、それなりの理由があるからこそ、もっとも古参の副官（ルーテナント）であるわけだが。「やれやれ」ホークは残りの道のりを小走りでガレージへと向かい、ふたり目の運転手としてエリアスを同行させることにした。「連中は車で出かけたのか?」

エリアスはコンピュートロニック・ログを確認した。「ああ。二台に分かれて。GPSによれば、クラブから歩いて五分ほどの場所に駐車してあるらしい」

「よし。その一台を使おう——二台目の車の運転をまかせるぞ。残りの一台は、明日、街の警備担当の戦士のだれかにとりにいかせよう」

到着するまでに一時間以上かかったので、ホークはそのあいだに若者たちがひどい面倒を起こさないことを心から願っていた。ホセの勘は高性能レーダー並に鋭い。かなり余裕をみて、ホークに警告したはずだ。

一ブロック手前に車を停めておいて、午前一時半ごろ、ホークはエリアスとともに〈ワイルド〉に到着した。ふたりの姿を見ると、ホセのいとこのひとりの、屈強な体つきの用心棒が、手を上げてあいさつした。「あのチェリー色っぽい髪の小柄な子だが」——ひゅうと口笛を吹く——「いままでどこに隠していたんだ?」

ホークはぴたりと動きを止めた。

9

「なにがあった？」その声に狼の気配をにじませながら、ホークはきいた。

用心棒の男は目をそらした。ホークはかなり気が立っていて、ほんのささいな挑発すら許さないことがわかったのだろう。「店に入って、自分の目でたしかめるといい」

バーに足を踏みいれると、ホークは暗がりに立ったまま、中のようすをうかがった。店内はヒューマンとチェンジリング――豹、狼、鹿、白鳥、それから〈ネズミ〉も一名――の客であふれかえっている。彼らの匂いがはっきりと糸のように感じられ、狭い店内にひしめきあっているため、その糸がからみあっているのすらわかった。非捕食者チェンジリングのほとんどが仲間同士、群れをなしており、それは捕食者チェンジリングもやはり同じだった。ところが、狼たちと豹たちはたがいに入り乱れて、楽しんでいる。その多くの者たちが。

おりしも、エボニーはうれしそうに猫族にべったりとくっついているところで、リアダンのほうは、ダンスフロアからやや離れたところで立ち話をしながら、相手の豹の女の子を食いつきそうな目でじっと見つめている。エヴィーは——インディゴがかんかんに怒るにちがいない——きらきらした素材の肩ひものない、ミニワンピースに身をつつみ、肌のかなりの部分を惜しげもなく露出している。泡立つ、ピンク色のカクテルを手にして、酔っているのか、くすくす笑っている。タイはそんなエヴィーを胸に抱きよせながら、すわっており、どうやらしらふのようだ。この連中も、まんざら捨てたものではないのかもしれない。

マリア、ケイディーといった面々は前方に陣どって、やんやとはやしたてている。シェンナに向かって。

彼女はバーカウンターの上で踊っていた。扇情的なブーツをはき、ぴっちりとしたシャツは胸の部分がはちきれそうになっている。

狼の目になって、ホークは客たちをかきわけ、大股で近づいていった。ケンカ早い、数名の若い男たちが文句を言おうとしたが……その場に凍りついてしまった。相手の目に圧倒的な支配力を見てとり、さっと視線をそらせた。ヒューマンすら気配を感じとり、青ざめたかと思うと、ホークに道をあけようとできるかぎりその場から離れた。

カウンターにずらりと並んだヒューマンの男たちを見たとき、ホセが電話を寄こした理由の一部が、ホークにもぴんときた。男たちはいちように熱っぽいまなざしでシエンナを見つめており、これほど激しく、みだらで、しなやかなダンスを披露している彼女を手に入れるためなら、ライバルの血を流すこともいとわないだろう。当然ながら、だれかがシェンナに手を出そうとしたとたん、〈スノーダンサー〉の男たちはおのれのこぶしとかぎ爪でもって彼女を守ろうとしたにちがいない。

　そうなれば、ホセのバーはあっというまにめちゃくちゃに破壊されてしまう。

　さらに、豹と狼の双方の青年たちは、自分たちの仲間がよその群れの男女といちゃつく中、たがいに怒りの目を向けあっていた。リアダンはすくなくとも三人の猫族によっていまにもおそいかからんばかりの目でにらまれている。一方、レークとエイモスはいまやエボニーのダンス相手を凶暴な目つきでねめつけていた。

　これだけお膳立て（ぜんだて）がととのえば、とんでもない騒動が起きるにきまっている。

　荒っぽい手つきでカウンターからヒューマンたちを押しやると、ホークは手をのばして、革のブーツにおおわれたくるぶしをつかんだ。

　シェンナが動きを止める。

「おりろ」ホークはうなるように命じて、相手の、特級能力者（カーディナル）の本来の瞳と比べるとごくふつうの茶色の目を見た。「い、い、いますぐにだ」

　音楽はいまも鳴りひびいているが、バーの中はまるでしんと静まりかえってしまったようだ。

シェンナはすぐさましたがおうとはしなかった。それが内なる狼を激怒させた。

「これが最後の警告だぞ、ベイビー」

シェンナは視線をそらさずに答えた。「群れのルールはひとつも破っていないわ」

バーにいる全員が、ひとり残らず息をのんだ。

ホークは周囲の人間には目もくれなかった。もうたくさんだ。一瞬の隙をついて、さっとくるぶしをひっぱり、シェンナのバランスをくずしてやる。倒れかけたところをつかまえ、肩にかついだ。「出るんだ！」店から出ながら、ほかの狼たちに命じた。

あまりにいきなりのことで、シェンナはなにが起こったのかわからず、息もできなかったらしい。だが、やがてわれに返ると、身をよじって暴れだした。「放してよ！」

ホークは彼女の尻をたたいてやった。とたんに、彼女がびくっとして凍りつくのがわかった。「おれをこれ以上怒らせないほうがいいぞ」

「ひどいわ」小声でささやいたものの、ホークには筒抜けだったろう。「わたしをこらしめる権利なんて、あなたにはないのに。これっぽっちもね」

冷たい夜気の中へと出たとき、ホークは彼女をつかんでいる腕に力をこめた。「そんなふうに言うんなら、教えてやろう。あのバーで、いったいどういうつもりであんなまねをした？　大騒動でもひきおこしたかったのか？」

「楽しんでいただけよ」苦しげに息をしている。「おろしてちょうだい。そっちの肩がお腹にあたって、息ができないわ」

「残念だな」シェンナを自分が運転してきた車の助手席にどんとおろしてから、ホークはようやく彼女から手を離した。「車に乗れ」ホークは彼女の仲間たちに命じた。全員、彼の命令にそむくことなく、店を出たらしい。

タイが片方の手をあげた。もう片方の手は、突然酔いがさめたらしいエヴィーの腰にまわして彼女を抱きよせ、自分の体のぬくもりでつつんでやっている。「おれはアルコールを一滴も飲んでいない。だから、もう一台のトラックを運転できるよ」

ホークの嗅覚(きゆうかく)によれば、この若い戦士が嘘をついていないことは明らかだった。

「いいだろう」ほかの連中の顔を見る。「なぐりあいになる前にホセがおれに電話をくれて、おまえたちは運がよかったな」

数名の男たちの表情からは後悔の念がうかがえたが、一方、女たちのほうは顔をしかめるばかりだ。男連中は、あのバーでの張りつめた空気にすっかり気づいていたらしい。

「今度こういう電話があってみろ、外出禁止令を出してやるぞ。わかったな？」

「わかりました」

若者たちが散らばっていき、エリアスとタイがそれぞれ運転するトラックに分乗していくにつれて、ホークはこれから一時間以上、シェンナが十八歳になってからというもの、あらゆる手をつくして避けてきたはずが、その彼女と狭い車内でふたりきりになることに気づいた。いまにもはだけそうな彼女のシャツから、金色がかったクリーム色の肌をおおう、真っ赤なサテンの布地がちらっと見えているというのに。

くそっ、なんてことだ。


友人たちが散らばっていくのを、シェンナは怖い顔で窓からながめていた。エヴィーがちらっとふりかえったとき、声に出さず、唇の動きだけで「裏切り者」と言ってやった。

エヴィーがウインクをしてみせる。「こまらせてやるのよ……ベイビー」エヴィーも唇の動きだけで返した。

ホークがあのこわばった、怒りの口調で〝ベイビー〟と呼びかけたことを思いだすと、シェンナは思わず頬を赤らめてしまった。あのときぞくりとして、全身の毛が逆立つような気がした。たぶん、なんの意味もなかったのだろう。ホークは文字どおり彼女をそんなふうに見ただけ。つまり、子供だと。なにをしようと、どんなに大人びたふるまいをしようと、ホークが彼女を見てくれるのは、最悪の瞬間ばかりのようだ。

今夜のように。

いいえ、そうじゃない。ホークに――こんなふうにいつまでも彼に翻弄されている自分自身に――激しい怒りをおぼえながら、シェンナは考えた。今夜はなにも最悪の瞬間だったわけではない。彼女は楽しんでいた。楽しんでなにがいけないのだろう。ホークがかっかしているのは、ロザリーとベッドにいたところをひっぱりだされたからにちがいない。掌に爪が食いこむのがわかる。自分にかぎ爪があれば、いまごろむきだしになったかぎ爪がシートをずたずたにひきさいていただろう。

「口答えはするな」運転席に乗りこむやいなや、ホークがぴしゃりと言った。「あんなまねをしてどうなるかわからなかったのか？」返事をする機会すら与えず、ホークはつづけた。「あの男どもの大半は、おまえをひっつかんで、あの場で裸にひんむいてやろうとしていたんだぞ」

すでに鬱積していたシェンナの怒りに火がついた。「自分の身くらい自分で守れるわ。インディゴのおかげでね。わたしの知るかぎりでは、たしかダンスは罪にならないはずだけど」

「口答えはするなと言ったはずだ」にぎやかなナイトライフ・スポットをあとにしながら、ハンドルを握るホークの手に力がこもった。

シェンナはふんと鼻で笑った。まさに怒りくるっている捕食者チェンジリングの男性にさからうなど正気の沙汰ではないというのに、すでに頭に血がのぼっていた彼女は、そんなことにすら思いがおよばなかった。「ねえ、群れのアルファの狼さん、頭ごなしに命令するのはやめて、隠れてないで、出てきて話をしたらどう？」

「おれをけしかけるんじゃない、お嬢ちゃん」おちついた、静かな声だった。

その声音に、シェンナの全身の筋肉がこわばった。しかし、彼女は冷酷な評議員のもとで訓練を受けたのだ。シェンナにとって、恐怖はすっかり慣れ親しんだものとなっていた――それは、いまこの瞬間、血流の中で煮えたぎっている怒りのように熱い感情ではない。「命じられたとおりにしろというのね？」シェンナはたずねた。「そうすればあなたは大喜びするってわけ？」

「今回だけだ」ホークがひたすら冷静に言う。いまにも鎖から解きはなたれようとしている捕食者と車内にふたりきりなのだ、とシェンナはさとった。「今回にかぎり大目に見てやろう。おまえは酔っぱらっているんだから――」

「お酒なんて、一滴も飲んでない」アルコールはサイの能力に予想だにしない影響を与える。シェンナは、精神のコントロールを一瞬たりとも失うわけにいかないのだ。

「わたしがあなたに腹を立てているのは、そっちがアルファの権限をふりかざして、いつだってわたしを言い負かそうとするからよ」

危険な沈黙。それが危険きわまりないことに気づいて、シェンナはさっと口をつぐんだ。思わず漏らしそうになった言葉をのみこむ。

やがて、巣穴の領域の奥深く、なじみのないあたりで、ホークがトラックを止めた。

星も月もない闇夜に、木々が暗い影となって浮かびあがり、まるで壁のようにふたりをとりかこんでいる。シェンナは口をひらいた。「どうして車を止めるの？」

「言いたいことがあるんだろう。それなら、言えばいい」

その絹のようになめらかな声音に、シェンナの掌がじっとりと汗ばんでくる。

「〝アルファの権限〟とやらは、いったん忘れることにしよう」

ホークはかんかんに怒っているらしい。

「それで、おれを言い負かせるかどうか、やってみようじゃないか」すわったまま横を向くと、ホークは身を乗りだして、片腕をシェンナのシートの背もたれにおいた。

「さてと、どういうことか説明してもらおうか。今夜、あのバーで男どもがなぐりあい、大騒動になったら、いったいどうするつもりだったんだ？」

「わたしのせいじゃないわ」シェンナは答えた。ホークの圧倒的な力のせいで、息苦しくてしかたがない。「女のことなんて、都合のいい口実にすぎない――みんなであの店に入った瞬間から、男連中はケンカがしたくてうずうずしていたんだから。いつだって、どっちが優位か、争ってばかりなのよ」

「それがわかっていながら、店内で、あえて性的興奮をあおったわけか？」

とつぜん、トラックの中がやけにせまく感じられた。きゅうくつでならない。ホークのたまらなく男らしい匂いが、毛穴からしみこんできて、どんな男性もまだふれたことのない体の奥をそっとなでるような気がする。「わたしは悪くない」

「ほう?」

「そうよ」とたんに激しい怒りがこみあげてくる。「わたしだけが責められるなんておかしいわ! わたしだって、たまには楽しみたかったのよ。たぶん、ほんのつかのま、はめをはずしたかったんだわ! ただ踊りたかっただけなのかも」

ホークがまつげを伏せた。ふたたび目を上げたとき、その瞳は闇の中で光っていた。みごとなアイスブルーの瞳が、明るく輝いている。シェンナははっと息をのんだ。いま、自分は狼と話をしているのだ。

「踊りたいのか?」ハスキーな声が、このうえなくやわらかな毛皮のごとく、シェンナの肌をなでた。

シェンナはうなずいた。

「それなら、ふたりで踊ろう」ホークは手をのばして、車の音響システムのスイッチを入れた。曲を選んでから、車の外に出る。

ゆったりとした曲調の、けだるいバラードが流れてきたかと思うと、助手席のドアがひらいた。「さあ」誘っている――いや、これはほとんど命令なのだ。

「こんなヒールじゃ無理よ」シェンナはだしぬけに言った。期待と不安がどっと押しよせてきて、怒りの感情はいつしか埋もれてしまった。

「地面は乾いている。そんなに沈みこんだりしない」

これは夢なのかもしれない。そう思いながら、シェンナはさしだされた手をとった。手と手がふれあい、ホークの匂いを吸いこむと、くらくらするような感覚におそわれる。それでも、必死に平常心をたもちつつ、ホークに導かれるままに、トラックの前方にまわった。手を離すと、ホークは両手を彼女の腰にあてて、ひきよせた。彼の息が熱い愛撫となって、シェンナの頬をなでる。ホークは身をかがめて、耳もとでささやいた。「おれの首に腕をまわすんだ」

そんなふうに命じられたとたん、シェンナは思わず口走った。「いまはアルファじゃないはずでしょう」

「そうだが」

ああもう。

シェンナが両腕を上げてみたところ、ヒールのおかげで背が高く感じられたので、片腕をホークの首にまわし、もう片方の腕を彼のあたたかい肩におくことができた。ホークが体をずらして、彼のあごがこめかみをこすったとたん、シェンナの心臓は早鐘をうちはじめた。

こうして身を寄せあっていると、ホークの体はまさに硬い熱の塊のようだ。純然たる筋肉や力強さ……そして誘惑そのもの。つねにシェンナを惹きつけてやまない存在。

この人のせいで、〈スノーダンサー〉のなわばりに足を踏みいれた瞬間、〈サイレンス〉が無数のかけらに砕け散ってしまったのだ。ホークとは距離をおくべきだった。だが、できなかった。一度だけ――ほんのつかのま――でいいから、この人を自分のものにしたかった。

いきなり、耳朶（みみたぶ）に歯が立てられる。

シェンナはびくっとした。

「ぼんやりするな」低いうなり声がひびいた。

胸の先端がきゅっと硬くなる。ホークに気づかれないように祈った。掌を上げて、絹のようになめらかなシルバーゴールドの髪に手をさしいれたくてたまらない。だが、この瞬間をこわしたくなかった。ホークの髪はとても美しい。狼の姿になったときの毛皮と同じ色合いだ。ホークの内なる狼が、表面近くまで出てきている証拠だった。

「シェンナ」低いささやき声が肌をなでる。ホークの唇がこめかみをかすめた。「こんなことはいけないんだぞ。わかっているはずだ」

血管がどくんどくんと、雷のように激しく耳もとで鳴っている。生々しく、痛いほどの欲求がこみあげ、全身がやけに敏感になっていた。皮膚がぴんと張りつめる。

「わたしがサイだから？」シェンナはなんとか言葉をしぼりだした。ホークはサイを憎んでいる――それだけは知っている。その激しい憎悪の裏にある理由は知らないが。

ローレン一家をこうして懐深くまで、群れに受けいれたのは、まさに奇跡にほかならない。

低いうなり声がして、シェンナは凍りついた。「おまえがまだ子供だからだ」安心させるように、ホークは片手で彼女の背中をさすった。

しかし、シェンナのほうは、そんなふうになだめられるつもりはない。「五歳のときに家族からひきはなされてから、子供だったことなんて一度もなかったわ」特級能力者のXである自分が、評議会による支配を受けずに生きられるはずがない。「ミン・ルボンはわたしに子守歌なんて歌ってくれなかった」

背中の腰のくぼみに、ホークの手が押しあてられた。大きくてあたたかい手。シャツの薄い生地を通して、手の感触がぞくっとするほどはっきりと伝わってくる。「五歳だって？」ホークの声には内なる狼の気配がはっきりと感じられ、集中しなければよく理解できないほどだ。「まだほんの赤ん坊じゃないか」

シェンナはふっと笑ったものの、愉快そうな響きはまったくないとわかっていた。「特級能力者は、言葉が話せるようになる以前から訓練を受けるのよ」まだいっしょに暮らしていたころ、母から優しく命じられたものだ。精神的な次元で自分の身を守るすべを、母はわが子に学んでほしかったのだ。命令どおりにしなければ、頭の中に響いてくる声の洪水に溺れてしまうとわかっていたので、母からの指示がうとましかったことはない。母のテレパシーによる呼びかけが、いまも恋しかった。「生まれてはじめて意識的になにかを考えたのは、思いおこせば、精神シールドの必要性についてだったわ」

だが、シェンナがXだと判明すると、それまでまったく知らなかった、まるで牢獄(ろうごく)の壁のような、容赦のない鉄壁のシールドが、彼女のまわりに張りめぐらされた。まだ幼かったシェンナは、すっかりおびえきってしまった。強く、気丈な母ですら、娘と接触できなくなった。テレパシーによるあの優しい声も、ミンがつくりだした硬い甲羅(こうら)にはばまれ、シェンナには届かなかった。だが、おそらくそれでよかったのだろう——そもそも、子供っぽいかんしゃくを起こしただけで、母親を集中治療室に入れてしまうような娘など、母のクリスティンには手に負えなかったのだから。

「子供らしく遊んだことは一度もなかったのか？」ホークの声は、なんてけわしいのだろう。それにこの体はなんてたくましくて、圧倒的な強さを感じさせるのだろう。

シェンナはいまほど自分が女だと思ったことはない。これほど性的な存在だと意識したことはなかった。「そうよ」

すこしの間があった。「シェンナ——」

「いいえ」彼女は言った。「もうなにもきかないで。今夜だけは」シェンナはこの男性と踊りたかった。いっしょにいると、思いもよらなかったほどの渇望を体のすみずみまでかきたてられるこの男性の腕に、女として抱かれていたい。いまこの魔法のような瞬間だけは、この人はわたしのものなのだ。
ホークが身じろぎして、彼女をぐいとひきよせたとき、無精ひげの生えたあごが、またしてもこめかみをざらりとこすった。音楽が流れ、夜がおだやかに、静かに深まる中、ふたりはこうして踊りつづけた。

コンピューター２（Ａ）より回収
タグ：私信、父親
処理は不要

差出人：アリス <alice@scifac.edu>
宛先：父 <ellison@archsoc.edu>
日付：一九七一年十一月五日、午後十一時十四分
件名：Re: Re: ＪＡ掲載の論文

わたしは異議を唱えるわ！　考古学ジャーナル（ＪＡ）に掲載された、お父さん

の論文を興味深く拝読しました。あなたの娘だから擁護するわけじゃないの——新たに発見された象形文字について、お父さんの解釈にまったく賛成だからよ。チョー博士の意見はまちがっている。わたしにはわかるわ。お父さんだってわかっているはずよ。

お父さん、ほかにも聞いてもらいたいことがあるの。ちょっと不安になっていて。いまのところ、四名のXサイが、わたしの研究に参加してくれることになったわ(能力度数は三から四・二)。サイの研究者から聞いたところ、それはすごいことらしいのよ。Xサイは非常に稀な存在なので、いつの時代でも、存命中のXサイが十名見つかったとしたら、ほとんど奇跡なんですって。

そのことが不安なわけじゃないわ。わたしが見つけた四名のXサイは、十六歳以上がひとりもいないのよ。そのうちのひとりの少年が教えてくれたんだけど、じつは、五人目のXがいたの。〈サイネット〉で知りあった少女ですって。どうやら、その少年は彼女に恋をしていたみたい。ところが、悲しいことに、その女の子は、十九歳の誕生日を前にして亡くなってしまったの。自分自身の能力をコントロールできなくなったそうよ。

わたしのだいじなXたちが死ぬなんてつらいわ。

アリス

10

この一週間、内なる狼に支配されかけていたホークだが、翌朝には、狼の荒々しさはすっかり影をひそめていた。いま、ホークは〈ダークリバー〉のなわばりへと車を走らせている――サンフランシスコ地域に武器が流入している件について、ルーカスと話しあうためだ。〈純粋なるサイ〉がこの街で怪しい動きをしているなら、それについて〈ダークリバー〉がなにか情報をつかんでいるかたしかめたかった。おのれの凶暴な欲求が一時的に満たされている理由については、じっくり考えるまでもない。シェンナとのふれあいをみずからに許したからだとわかっている。

シェンナにはずいぶん腹を立てていた――どうしてあの娘にはこうもかっかさせられてばかりなのかと。ところが、彼女を腕に抱いたとたん、そんな怒りはいつしか、暗く、激しい所有欲へと変化していた。そんな熱い衝動に突き動かされ、うつむいて、彼女の首の脈うっているあたりについ歯を立ててしまいたくなった。おのれのしるしを残したかったのだ。

ああ、あのシャツときたら。くいっとひっぱるだけでボタンがはずれて、金色がかったクリーム色の素肌があらわになっただろう。その肌を味わい、なでて、愛撫してやりたかった。ただ抱いていたかった。いっしょに踊っていたかった。おのれの狼の半身が気もくるわんばかりになったとしても……それでも、夜のなめらかな闇に隠れた、あのスローダンスをじゃまする者がいれば、この手で八つ裂きにしてやっただろう。

「あんたの毛皮は」ルーカスの自宅周辺のひらけた場所に入ったとき、けだるい声が聞こえてきた。「おれの〝伴侶〟のコートにぴったりだろうな」

姿は見えないが、ヴォーンがいるらしい方向に中指を突きたててやった。琥珀色の髪の近衛(センチネル)は、幹が濃い赤茶色になった、大きなジュニパーの木の陰に立っているらしい。ホークは声をかけた。「ルークの匂いがするな——中にいるのか？」またべつの大木の下にあるキャビンのほうにあごをしゃくってみせる。上の枝には、いまは使われていない樹上の家も見えた。

「ああ。中に入ろうとするんじゃないぞ」

「おれがロボトミー手術でも受けたように見えるのか？」ルーカスの〝伴侶〟のサッシャは、出産を間近に控えている。それゆえ、豹のアルファの保護意識は、危険なほどに高まっているのだ。「ここで待つつもりだ。おれの匂いにすぐに気づくだろう」

　ホークが言い終えたところで、ルーカスがキャビンから姿を見せた。「サッシャが眠っているんだ」そう言って、森のほうに首をかたむけ、合図した。「ヴォーン」

「ああ。目を離さず、見張っておく」

「サッシャはどうだ?」ホークはたずねた。こずえからまだらに漏れてくる日ざしの中をふたりで歩いて、森の奥へと入っていく。

「サッシャのほうは、出産の準備ができているんだ」含み笑いをする。「残念ながら、赤ん坊のほうは、男の子にせよ女の子にせよ、お腹の中にいるほうが居心地がいいらしい」

「いまだに性別を知らないのか?」ホークなら、そこまでがまんできるほどの自制心はないだろう――実際にどうか、ためしてみる機会が訪れることがないのはずいぶんつらいが、それでも、豹のアルファをからかってやる楽しみがそがれるほどではない。

「サッシャにきけば、おれには教えてくれるかな?」

「やってみろよ」歯をむきだして、荒々しい笑みを見せる。「それで、大量の武器がもちこまれているそうだが、その件についてくわしく教えてくれ」

　ホークはことのあらましを説明した。「おれの勘では、スコット夫妻は――どの点から考えても連中があやしい――今回、思いきった攻撃を仕掛けてくるつもりなんだろう。全面的に、堂々とな」

「驚くほどのことでもない。やつらやそのほかの連中は、何度もひそかにおれたちをおそっては失敗している」清らかな小川のそばの、苔（こけ）むした一帯で、ルーカスは足を止めた。「サッシャが母親にきいてみたんだ――たしかに、街で〈純粋なるサイ〉の動きが見られるそうだ。だが、やつらはかなり慎重に行動しているらしい。この街で歓迎されるはずもないことは充分承知しているだろう。前回、やつらのスパイは、ニキータに正体が露見したせいで、耳から脳漿（のうしょう）が流れだして、死ぬはめになったわけだからな」

ホーク自身は、ニキータ・ダンカンを好ましく思っているわけではない。だが、ああして敵を効率よく始末する手腕については、なかなか感心していた。「すると、やつらを特定するのはむずかしそうだな」

「〈ネズミ〉たちが、街じゅうに散らばって、やつらをさがしている。〈純粋なるサイ〉の拠点について、どんなささいな手がかりでもあれば、知らせがあるはずだ」豹のアルファは、ホークをちらりと見た。「群れの弱い者たちをよそに避難させるつもりか？」

「今の時点では、そのつもりはない」その件に関して、ホークはすでに副官（ルーテナント）たちと協議していた。「いまのところ、まだ明らかな危険はない。それに、おれたちは狼の群れだぞ、ルーク」そんなおそまつな理由で自分たちの巣から避難するとなれば、支配的であろうとなかろうと、どんな捕食者チェンジリングの群れも士気がくじかれるにきまっている。「いよいよ危険となれば、そのときには非戦闘員を避難させる」避難計画はずいぶん前に策定されており、一時間以内に実行に移せるはずだ。四時間以内に、群れの弱者全員を巣穴から退避させられる。いかなる侵略者であろうと、〈スノーダンサー〉の防御の最前線を突破するには、はるかに多くの時間を要するだろう。

森の薄明かりの中で、ルーカスの瞳が猫族らしい緑色に光った。「こっちも同様の決定をくだした。マーシーにはライリーと連絡をとりあい、避難計画を進めてもらうつもりだ。それでいいか？」

「そうしてくれ。〈ウインドヘイブン〉にも、前もって警告しておくべきだろうな」

この鷹の群れは、いざとなれば空から掩護してくれるだろう。「ドリューから連絡させよう」ホークがそう言うと、ルークはうなずいた。

「いまグランド・キャニオンにいると聞いたが」

「鷹の連中は、ドリューがお気にいりなのさ——あからさまに誘われたことも、何度かあるらしい」

ルーカスがキャビンのほうに顔を向けた。「インディゴは知っているのか？」

「流血沙汰はごめんだったからな」相手のアルファがもどりかけたので、ホークも並んで歩きだした。「サッシャが起きたのか？」

「そうだ」

とたんに羨望(せんぼう)の念が芽生え、ホークの胸の奥がきりきりと痛んだ。これほど親密なきずなでだれかと結ばれるのは、いったいどんな心持ちがするのだろう。たしかに、ホークはアルファであり、副官(ルーテナント)たちと強いきずなで結ばれ、さらにそれほどではないにしても、そのほかの群れの仲間たちともつながりがある。だが、ルーカスとサッシャのそれとはちがう。仲間のだれひとりとして、彼のものではないのだ。

いっきに記憶がよみがえってくる。女らしいなめらかな体が、おのれの体に押しつけられる感触。息を吸うごとに感じられる、野性的なスパイスの匂い。どきんどきんという彼女の激しい鼓動が、おのれの支配的な本能に誘いかけるように響いていた。内なる狼がささやく。あの娘なら、自分のものにできる。自分だけのものに。やがて、独占欲に満ちあふれた渇望が体内で脈うち、筋肉が硬く張りつめてきた。

キャビン近くのひらけた場所で、ホークはルーカスと別れた。抑えがたい欲望を断ち切ろうとして、かぎ爪を掌に食いこませていた。あたりに血の匂いがただよっている。おかげで、ほんのつかのま、熱く猛る欲望を抑えこむことができた。だが、長くはもたない。ホーク自身、充分承知している。自分自身のため、群れのためだとわかっているなら、数日前にはじめたことを最後までやりとおすべきだ。恋人を見つけるのだ。こちらの事情を察してくれる女性を。翌朝、傷ついた目で見つめることのない女性を。ホークには彼女の望みをかなえてやることはできないのだから。

おのれのすべてを与えてやることは、ホークにはできなかった。


境界区域での半日の任務を終えたシェンナは、自分の居住区画にもどってから、ゆっくりと研究課題にとりくみ、マーリーとトビーといっしょに夕食をとった。「ふたりとも、もうベッドに入ったわよ」それよりも遅い時間の任務からもどってきた伯父のウォーカーに、シェンナは声をかけた。

ウォーカーが上着を脱ぐと、粗い目のデニム生地につつまれた、がっしりした肩があらわになる。「そうだろうな」

シェンナはその場に残って食事をあたためなおし、テーブルの上においた。さっと寝室に入ったウォーカーが靴を脱ぎ、手を洗ってから、もどってきたときには、料理の皿のとなりに水をおいたところだった。ウォーカーは彼女の頭のうしろに手を当てながら、身をかがめてひたいにキスをしてくれた。ちょうど、シェンナ自身がトビーやマーリーにしたように。「なにか思いつめているようだ」

こんなふうに優しく抱かれると、シェンナの心は折れそうになる。「なんでもないの」昨夜のことは、だれにもうちあけられない。つらく、魔法のようなあのダンス。もう二度とないはずの、それなのにいまもよみがえってくるあの抱擁。いまもこめかみにホークのあごがこすれるような気がする。大きく温かい手が、腰のくぼみにふれて、硬い筋肉でおおわれた胸板が、胸のふくらみをかすめるようだ。

ウォーカーは体を離すと、すべてを見すかすような淡い緑色の目で、シェンナを見つめた。しかし、それ以上なにも言わなかった。安堵感がどっとこみあげ、シェンナはさよならもそこそこに、自分の上着をはおってドアから出た。星明かりの中を散歩するつもりだった。ホークの腕に抱かれた夜、空はまさに真っ暗な闇につつまれていた。まるで宇宙そのものが、ふたりだけのひそやかな時間をあとおししてくれたかのように。

「シェンナ！」

驚いてふりかえってみると、マリアがこちらに走ってくるところだった。「いまから任務なの？」

相手の見習い戦士が、つややかなゆるい巻き毛を揺らしてうなずく。「昨日の夜はホークとどうなったの？　教えてよ」

「べつになにもないわ」ただ、胸が張りさけるようなスローダンスを、ふたりで踊っただけ。ホークへの思いを断ち切れると思ったのに、そんな幻想を打ち砕かれてしまった。ひょっとすると、あの人が思うほど、ふたりの年齢差は大きくないかもしれない。だが、そんな考えすら、ホークは頭ごなしに否定しようとした。

助かったことに、マリアはその答えを本気にした。「そっちは朝早かったわけね？　夜更かししたから、起きるのがつらかったはずよ」

「平気だったわ」起きる必要はなかった——巣穴にもどってから、シェンナは一睡もしていない。「ねえ、いっしょに走っていってもいい？　疲れがたりないのか、まだ眠る気になれなくて」眠りに落ちると、夢を見るだろう。なめらかな闇の中で、ホークの匂いがまとわりついてくるはずだ。

「いっしょに走る仲間なら、いつだって歓迎するわよ」狼らしい返事だった。

なごやかな沈黙の中を走って、ふたりは境界区域へと到着した。そこで、マリアはレークから任務をひきつぐことになっている。まだ息切れするほどではないが、荒い息を吐きながら、シェンナはふたりからそっと離れることにした。ふたりは狼らしく愛情にあふれたやりかたで、ふれあっている——鼻と鼻を、体と体をぴたりと合わせながら、全身のふれあいの延長としてキスをかわしていた。

シェンナは巣穴の領域のほかのエリアで任務についていたので、このあたりを新たな目で見れば、なにか発見があるかもしれない。それでも、あやうく見のがすところだった。一本のペンが暗く、ぼんやりと光っている。群れの仲間のポケットから落ちたのかもしれないと思い、それをひろいあげた——〈スノーダンサー〉は自分たちの土地にゴミが散らかったりしないように、ふだんから注意している。だが、手にしてようやく気づいた。このスマートな円筒状の金属物はペンなどではなく、高性能のペンライトだった。かなり高価な品だ。

〈スノーダンサー〉でも、数は多くないが、ペンライトを常備している。使用するのは、もっぱら、チェンジリングではない群れのメンバーだ――狼は夜目がきくので、ペンライトの光よりも自分の目のほうがたよりになる――群れのペンライトは、利用記録が残され、管理が徹底されている。これをなくして、だれかが困っているだろう。ポケットにすべりこませると、シェンナは、そろそろ巣穴にもどろうとしているレークに合流した。

疲れきって、これでようやく夢も見ずに眠れそうになったころ、シェンナは巣穴の入口でレークと別れて、ペンライトを返しにいった……ところが、群れのペンライト一式は、保管箱の中にひとつ残らずそろっていた。うなじの毛が逆立つのを感じながら、シェンナはマリアに連絡を入れた。「悪いんだけど、ちょっといい？」相手の女性が応答すると、そう切りだした。

「どうしたの？」

「そっちに到着したときにレークが歩哨に立っていた場所から、東に百メートルほど行って、そこで匂いを嗅いでみて」

マリアがそこに走っていく、木の葉のすれるような音だけが聞こえた。そして、

「サイだわ。サイの匂いがする」

ホークはみずから、シェンナがペンライトを発見した場所を調べ終えた。マリア同様に、やはり、サイ――とりわけ、〈サイレンス〉にすっかりとらわれ、人間性をなくしてしまった者たち――が発散する鋭い金属臭をすぐさまとらえた。こうしたサイたちには、もはやぬくもりのかけらもなく、冷たさだけが残されているのだ。

だが、シェンナには冷たさは感じられなかった。

温かく、丸みをおびた、女らしいしなやかな筋肉におおわれた体。そのやわらかな肉体に、ホークは驚きをおぼえた。ふたりはしょっちゅう衝突しては、言い争ってばかりだった。あれほど女らしい、魅力的な彼女をこの腕に抱けるとは、思いもよらなかった。あの場から去るのが、まさに拷問に近かったほどだ。内なる狼には、ホークがそうした理由が理解できなかった――獣である半身にとっては、シェンナは大人の女性の匂いを発散させていたからだ。シェンナはまだ大人ではなく、若い娘にすぎないが、そのことが狼にはわからなかった。

〝五歳のときに家族からひきはなされてから、子供だったことなんて一度もなかったわ〟

シェンナの声がよみがえるとともに、すさまじい怒りがこみあげてくる。まだ幼いころに〈サイレンス〉の条件づけが行われたと、ホークは以前から知っていたが、本人の口から聞いてはじめて、生まれ持った能力(ギフト)のせいでシェンナがどれだけ深い苦しみを強いられてきたかが、ようやくわかった。

シェンナは子供らしく遊んだことがないのだ。

そんなことはありえない。狼にとって、遊びは呼吸をするのと同じくらい不可欠なものだ。
シ、シェンナはおれたちと遊んでいるじゃないか。
内なる狼の声が聞こえた。思わず顔をしかめ、ホークは先ほどの自身の主張をしりぞけようとした。巣穴に移ってきてからというもの、シェンナは悪さをしてはホークをかんかんに怒らせてばかりだ。十八歳の誕生日にみずからひらいたパーティーでは、どういうわけか、おおぜいの狼の若者たちが素っ裸で湖に入り、凍えそうになっていたのだ。連中が着ていた服は、数千平方メートルにもおよぶ土地に散らばっていたらしい。いったいなにをしていたのか、ホークは知りたくもなかった。

ホークがかっとなるとわかっていて、シェンナがわざとあんなまねをしたのだとしたら――。

「確認できたのか?」

ライリーが近づいてくるのが匂いでわかった。その声に驚くまでもない。「ああ、たしかにサイだ」

「くそっ」鋭い息を漏らす。「やつらは本気なんだな」

「外部からなにか情報は？」

「ルーカスがニキータと話をしたそうだ。彼女によると、評議会内で緊張が高まっており、対立が表面化しているらしい。ヘンリーとショシャーナのスコット夫妻は、ふたりが評議会のリーダーとなるべきだとはっきりと主張している。反対する者は、だれだろうと、やつらの標的にされるだろう」

「サイ同士の争いに巻きこまれることはない」ホークのアルファとしての義務は、群れを守ることだ――サイが自滅しようが知ったことではない……やつらはかつて、〈スノーダンサー〉を滅ぼそうとしたのだから。

「そうだな」とライリーは答えたが、その声音からすると、ホークはつづけて質問せざるをえないようだ。

ホークは、目の前の、松葉が散らばっている地面をじっと見た。こずえはまだ葉が生い茂っており、その松葉を除けば、地面はきれいなものだった。「おれと同じことを考えているんだな――この件はサイの内輪もめにはとどまらないと」

「マックスが指摘したとおり」ライリーは、ニキータの警備主任であるヒューマンの名前を口にした。「この地域は、すでに種族がまざりあっている。なににせよ、やつらはおれたちをほうっておいてくれないだろう」肩をすくめる。「実のところ、〈スノーダンサー〉の群れは、これまでやつらに容赦なく逆襲してきた。すくなくとも評議会の一部の連中は、おれたちがもはや容認できないほど優勢な群れであり、このまま勢力を拡大するのは許せないという結論に達しているはずだ」

　ホークもそれはわかっている。どちらか選ぶとすれば、同じ評議員でもニキータとアンソニーのほうがましだということも。だが、それでも、おのれの群れが二名の評議員と協力するはめになることが、いらだたしかった。「なわばりの境界周辺の警備を強化しよう。〈ダークリバー〉との境界については、それほど心配はいらない。だが、サイの狙いはおれたちのようだが、念のために、サイが嗅ぎまわっているかもしれないと連中にも警告しておくことにする」

　思案気なまなざしで、ライリーがうなずいた。ホークは相手の副官（ルーテナント）が口をひらくのを待った。ライリーとインディゴのふたりは、群れをまとめるうえでの強固な基盤とも言うべき存在だ——ホークが十五歳でアルファになる以前から、ライリーはつねにそばにいた。当時、周囲にはアルファを支える副官（ルーテナント）たちがほかにもいたが、たいてい、ホークはまだ十代だったこのつねに冷静な親友をたよりにしていた。インディゴはライリーよりもやや年下で、それから数年後に頭角をあらわしてきたが、ライリーがホークの右腕なら、左腕とも呼ぶべきたいせつな存在となった。ふたりは一度ならずホークを危機からひきもどし、必要とあれば、背中を押してくれた。つねに支えとなってくれた。ホークにとってはかけがえのない存在であり、ふたりのことをあたりまえだと思ったことは一度もない。

「戦略計画を調整するように、ケンジとアレクセイに伝えておく」ライリーが言った。「敵がすでにおれたちのなわばり内で物理的に偵察をおこなっているなら、いつ事態が深刻化するともかぎらない。そなえを万全にしておくべきだ」

ホークはうなずいた。このふたりの副官（ルーテナント）は、群れ随一の戦略的な思考の持ち主なのだ。「ドリューも使うといい。あいつなら、おれたちが見のがしそうな、防備が手薄なエリアを突きとめられるだろう」〈スノーダンサー〉の〝追跡者〟は、ホークの目や耳となって、群れの中でもとくに弱い者たちに目を光らせるのみならず、あらゆる情報やうわさを収集する役割をも担うようになっていた。

「明日、ドリューをつかまえて、ケンジやアレクセイといっしょに通信会議をおこなうとしよう」そう言うと、ライリーはホークにちらりと目をやった。「昨夜、踊りにいったそうだが」

その言葉が耳に入ったとたん、全身の筋肉が硬く張りつめるのがわかった。だが、ホークはおちついた口調を崩さなかった。「若い男連中がもめごとを起こしそうになったんで、きつく注意しておいただけだ。ルーカスのほうもそうだ。馬鹿なまねをするのを許しておくわけにはいかない」支配的な若者同士が張りあうのはしかたのないことだ。大目にみてやろう。だが、物理的に暴力をふるうとなると？　それは許すわけにはいかない。

「同盟関係は？」

「揺るぎないさ。そういうことじゃないんだ――おまえとマーシーのせいだぞ」若者や年長者も含めて、群れの男女間の交際については、狼と豹の双方ともまだルールができあがっていない。そこに男性ホルモンの塊のような若者が集まれば、昨夜のような騒ぎになるわけだ。「だが、おまえが豹の近衛（センチネル）を盗んでくれたことには感謝しているよ」

　おなじみのジョークにもにこりともせず、ライリーは鋭い目をホークに向けた。

「双方の群れが面倒を起こしたのなら、どうしてホセはルーカスではなく、おまえに電話したんだ？」

「ホセは交互に連絡してくるんだ。今度、真夜中をすぎてから電話を受けるのは、ルークのほうだ」

　ふたりが沈黙すると、こずえを吹きぬける強風によって木の葉がざわざわと鳴る音にあたりは満たされた。

「おれに話しておくことがあるだろう？」ふたたび森が静かになってから、ライリーはたずねた。

「なにもないさ」

ライリーは、だてに〝石壁〟と呼ばれているわけではなかった。「なにか問題があれば、おまえは見すごすようなまねはしないはずだ」

「べつに問題はない」

「それなら、ジムの利用記録を見ると、毎晩、夜中までおまえがそこに入りびたっているのは、どうしてなんだ?」

ホークはのどの奥で低くうなった。「おれを監視しているのか?」

「それもこっちの仕事のうちだ」ライリーは冷静なままだ。「ひとりで山にこもるのは見のがしてやれるが、自暴自棄になるんなら、ほうっておくわけにはいかないからな」

ホークの内なる狼が、うなり声をあげた。だが、ライリーとは長いつきあいなのだ。この男が抱いている懸念を――そしてその意味するところを、あっさり受け流してしまうわけにはいかない。「明日の午後、留守をたのめるか?」

「きくまでもないことだ」なにをするつもりか、ホークにたずねようともしない。それは、この副官(ルーテナント)が、アルファのことをよく理解している証だった。

11

サッシャは出産を控え、硬くふくらんだお腹をさすった。モレノ・チェドローニ社のチェリージャムの瓶をまじまじと見る。「いいえ。絶対にだめよ」お腹の中の赤ん坊に話しかけた。

赤ん坊がもぞもぞと動いた。とたんに気持ちが伝わってきて、食欲に火がついてしまった。

うめきながら、サッシャは瓶をつかんでふたをあけ、スプーンでジャムをすくう。すごく甘くて、濃厚すぎるだろうと思っていた。ところが、舌にふれるや、うっとりするような味がする。旺盛（おうせい）な食欲に負けて、こらえきれず、かすかなうめき声を漏らした。サッシャは〈ダークリバー〉の本部にあるスタッフ用のキッチンで、カウンターにもたれながら、スプーンをなめた。もう一杯ほしくなる。赤ん坊がもっととしきりにせがんでいるが、サッシャはふたを閉め、ジャムをしまった。あなたの体によくないのよ、と赤ん坊に話しかけた。だって、チョコレート・チェリー味のアイスクリをひいた。

「口に残ってるぞ」ドアのところで、ルーカスがくいっと指を曲げ、サッシャの注意をひいた。

スプーンを食器洗い機の中に入れてから、サッシャは彼のほうに歩いていった。

「そうなの?」

「うーん」ルーカスが身をかがめ、猫のようにひょいと舌を動かして、唇に残ったジャムをなめた。片方の手は、所有欲もあらわに、そっと彼女のお腹をさすっている。

「ふむ、チェリー味だな」

純粋な喜びがこみあげ、サッシャは心の中でうれしげに笑った。ふたりの赤ちゃんは、パパだと知っているのだ。

「きみは日ごとに、どんどんきれいになっていく」ルーカスが耳もとでささやく。あたたかい息がかかり、すでになじんだ、なんとも魅力的な体が押しつけられる。

サッシャは片手を上げて、彼の肩から首すじへとすべらせる。「もっと言ってちょうだい」

ふっと笑うと、ルーカスはさらにうっとりするようなセリフをささやきかけた。サッシャの爪先が、たまらずきゅっとまるくなる。「ドリアンが家まで車で送ってくれる」ルーカスはようやく伝えた。「いや、やっぱり、おれがいっしょに行こうかな」

「それじゃ、なにもできなくなるわ」ルーカスの豹らしい緑色の目を見ているうちに、サッシャはこらえきれず彼をひきよせ、ディープキスをせがんだ。「ほら、いい子にして」

笑いながら、ルーカスは片手を彼女の腰のくぼみに添えて、エレベーターのほうへと導いた。「今晩、警備体制について近衛(センチネル)たちとミーティングをひらくつもりだ。それでいいか？」

「ピザでも注文しておくわ」ルーカスが立ち止まって、下向きの矢印を押したとき、サッシャは頬を彼の首すじにすりよせた。うしろから数名の仲間たちが口笛を吹いて、はやしたてるのがわかった。

ルーカスは笑顔になった。「おれたちのかわいいお姫さまはどうだい？」

生まれてくる子供の性別は教えないでくれ、とルーカスからたのまれていたが、それでも、彼はサッシャのお腹の中の子供が女の子だと確信しているらしい。「この子は——女の子かもしれないし、そうじゃないかもしれないけれど」サッシャはからかった。「今朝はすごく元気がいいわ。世の中のことに興味津々みたいね」ふたりの子供は、好奇心が旺盛だった。「精神的な活動レベルが高いのよ」

エレベーターの中に入ってから、ルーカスはたずねた。「どんな種類の能力かわかるのか？」

「テレパシー能力が強いわ」サッシャは答えた。「でも、それ以上のことはわからないの。〈シャイン財団〉の医師と話してみるつもりよ。どうすればこの子の精神的な能力を適切に測定できるのか、なにか知っているかもしれないから」サイ種族は〝純血〟のサイのみに関心があるため、サッシャの血と、父親の野性的なチェンジリングの血がまざりあって生まれてくるこの子については、なんら指針となるものがないのだ。

それに対して、〈シャイン財団〉は、〈サイレンス〉が実施された当時に〈サイネット〉から亡命したサイの子孫からなる組織であり、そこでは、サイがヒューマンと結婚したり、チェンジリングの〝伴侶〟となったりと、すでに種族の融合が進んでいる。

「わたしたちの子供には、きちんとした精神シールドの技術を教えておきたいのよ」

突然、かつての思いがどっとよみがえってきて、サッシャの胸が痛んだ。彼女は母親になるつもりはなかった。自分がそうだったように〈サイネット〉に閉じこめられ、半生を送るような目にわが子をあわせたくない、とずいぶん前に心に決めたのだった。だが、それから、自分の人生には、ルーカスがあらわれた。あなたはわたしの心臓そのものよ。

ルーカスは精神感応者（テレパス）ではないが、ふたりの〝伴侶〟のきずなは、サッシャの妊娠中にますます深くなっている。だから、心の声が聞こえたはずだ。こちらを向くと、ルーカスは彼女を腕に抱いた。むきだしの、荒々しい、アルファから〝伴侶〟への愛情の言葉をささやきかける。ルーカスは〝伴侶〟をうっとりさせることもできるが、芯(しん)のところでは、やはり激しく、猛々しい人なのだ。そんなルーカスを、サッシャは心から愛している。「今夜は早く帰ってきてね」別れ際に、唇を重ねながらささやいた。

サッシャの閉じたまぶた、鼻、唇の端に、ルーカスがキスをする。「きみのためなら喜んでなんでもするとも」

数時間後、サッシャの身も心もいまだにとことん充足感に満たされ、打ちふるえていたころ、だれかがキャビンのドアをノックした。即座に警告を発しなかった理由はただひとつ、ドアのむこう側にいる男性の精神的なサインを認識したからだ。サッシャはドアをあけて、ほほえんだ。「うちの警備体制の不備を突くのが楽しいの?」

ジャッド・ローレンはふりかえって、木々の中から渋い顔をしながら姿をあらわした〈ダークリバー〉の戦士を一瞥(いちべつ)した。「こうすれば油断せずにすむだろう。話があるんだが、いいかな?」サッシャが手をふって見張りをむこうにやってから、ジャッドはたずねた。

この思いがけない訪問の理由なら、察しがつく。サッシャはキャビンのちょうどひさしの下にしつらえたアウトドア家具のほうにあごをしゃくった。「外にすわりましょう」室内によその男性の匂いが残ると、いまは、ルーカスの内なる豹が怒りくるうはずだ。〝伴侶〟があまりにも過保護になりすぎたときには、サッシャははっきりと抗議するつもりだが、ルーカスは捕食者チェンジリングの男性であって、ことにいまはきわめて野性的な本能に突き動かされている――人間らしくふるまえと言うのは、彼自身の根本的な部分を否定しろと言うのに等しいだろう。「それで」バニラで香りづけした紅茶をポットに入れて運んでくると、サッシャも腰をおろした。「例のエルドリッジの本のことね」

無表情な茶色の目が、サッシャの目を見つめかえす。だが、彼女にはジャッド・ローレンの心が感じられる。かつて〈アロー〉の一員だったこの男性にも感情があり、激しく、情熱的にだれかを愛せることを知っている。「あの本を発見する手がかりは、なにか見つかったのか?」ジャッドがたずねた。

「いいえ」エルドリッジの二本目の論文は、Xサイの研究に関するもののはずだが、一部ではただのつくり話で、本当は実在しないのではないかとうわさされている。〈ダークリバー〉も〈スノーダンサー〉も、あらゆるサイのコネを利用して、その真偽をたしかめようとしていた。その本が実在するなら、シェンナが自身の能力を制御するヒントが見つかるかもしれないからだ――アリス・エルドリッジの一本目の論文が、サッシャにとって助けとなったように。

だが、両手でつつむように磁器製のティーカップを持ちながら、サッシャはふと考えた。当時は意識していなかったが、自分はけっしてシェンナほど孤独ではなかったのだ。能力が目ざめていないとはいえ、〈サイネット〉にはおおぜいの共感能力者(Eサイ)がいた。特級能力者(カーディナル)のXサイは、ほかに存在しない。「あの子はどうしているの?」

ジャッドは紅茶を一口飲み、驚くほど男らしい顔つきを見せた——元暗殺者のこの男性がよもやそんな顔をするとは、なぜかサッシャは思ってもみなかったのだ——それから、ティーカップをおろした。「なんとかやっている」ジャッドが答える。「彼女にとって、いまだいじなのは精神的な能力のコントロールではなく、どうやって情緒を安定させるかなんだ」

サッシャは相手の意図を理解した。「わたしから話をしてもいいわ」シェンナが〈ダークリバー〉の群れで暮らしていたころには、サッシャにとって彼女はいわば家族の一員となっていた。それに、サッシャの〝伴侶〟に勝るとも劣らない、支配的で激しい男性を相手に悩み、苦しんでいる、もうひとりの特級能力者(カーディナル)にみずから会いたかった。シェンナの思い人は、心に多くの傷をかかえており、サッシャ自身、近づかないほうが身のためだとシェンナに警告しようかと迷ったほどだ……だが、シェンナ自身も心に傷を負っていた。

テーブルの上においた両手を、ジャッドはぎゅっと握りしめた。一瞬、彼の感情があらわになったような気がした。おそらく、ジャッドは胸をかきむしるような思いをしていたのだろう。だが、ジャッドはこう言っただけだ。「今夜、ここに連れてくるよ」

ほかのだれにも話せないとしても、ジャッドはきっとブレンナにだけは自分の思いをうちあけられるはずだ。そう気づいてほっとすると、サッシャもティーカップをおろした。「わたしは病人じゃないのよ」ジャッドも豹に負けないほどひどい過保護だ。「ルーカスといっしょに車でそっちに行くわ」

「自分の〝伴侶〟が〈ダークリバー〉のなわばりの中心から遠く離れるのを、ルーカスが許すはずがないだろう。ちょっとは安心させてやってくれ」

「ジャッドったら！　どうりで狼の群れにうまくなじめるわけね」笑いながら、シエンナにとっても巣穴から一時(ひととき)でも離れるほうがいいかもしれない、とサッシャは思った。「いいわ。そっちの言うとおりにする」

元〈アロー〉は森の中に溶けこみ、姿を消してしまった。ジャッド自身をきわめて危険な存在たらしめたものと同一の能力(ギフト)を生まれ持つ少年に会いにいくのだろう。サッシャはもう一杯紅茶を注いで、謎めいたエルドリッジの本に思いをはせた。サッシャ自身やフェイス、アシャヤの三人で、思いつくかぎりすべて、つてをあたってみたが、なんの情報も得られなかった。〈シャイン財団〉の理事長にも思いきってたずねてみた――しかし、デヴのほうでも、最初に亡命した人々の中にはXは含まれておらず、Xについてはほとんどなにも知らないという。
この世界の主流に関するかぎり、Xサイという者は存在しなかった。

サイの侵入についてシェンナが群れに警告した翌日、ホークはセコイアの老木にかこまれた森の空き地に入り、陽光が降りそそぐ、その片隅でしゃがみこんだ。セコイアの木の根は、大人の男の体ほどの厚みがあり、気温の低い山岳気候に適応した野草が、無数の花を咲かせている。「やあ、リッサ」

返ってきたのは、沈黙だけだった。だが、それはおだやかな沈黙だ。ここは静けさにつつまれた、おだやかな場所だった。安全な隠れ場所が必要になったとき、ホークはいつもここに足を運んだ。今日は、心からそんな場所を求めていた。

「みんな思っているのさ」ホークがそう言って落ち葉をはらいのけると、午後の空を思わせる色合いの、優美な野の花が咲いている一画があらわになった。「これといった理由もなく、おれがただ頑固なんだと。連中はわかっちゃいない。おれは彼女の身を守っているんだぞ」ホークは耐えがたいほどシェンナに惹かれている。それだけは、ほかならぬ自分自身が認めていた。しかし、残酷な事実として、肉体的関係以上のものは、なにひとつ彼女に与えてやれない。「おれはとうの昔に、おまえに心を捧げてしまったからな」

雪崩に巻きこまれて亡くなったとき、テレサはまだ五歳だった。当時、ホークは十歳。愛と呼ぶにはまだ幼すぎた。大人の男が女を愛するような、いや、少年が少女を好きになるようなものでもなかっただろう。だが、内なる狼は、出会った瞬間、気づいたのだ。彼女こそ運命の――いずれ、自分の〝伴侶〟となる相手だと。

その瞬間から、ふたりは親友同士となった。ふたりはいわば、ひときわ明るく輝く一本の糸で結ばれていた。ふたりの関係は笑い声や喜びに満ちあふれ、まさに無邪気そのものだった。シェンナとの関係は、それとはまるきりちがう。彼女のそばにいると、つねに鋭いかぎ爪でかきむしられるような、激しく、荒々しい渇望がこみあげてくる。シェンナの匂いを嗅ぐだけで、内なる狼が気もくるわんばかりになる。そのスパイスの味が、いつまでも舌から離れず、ホーク自身、頭がおかしくなりそうだった。

「狼は〝伴侶〟と生涯添いとげるんだ、リッサ」みずからつけた、子供のころの愛称で呼びかける。「それは周知のことだ」

でも、わたしたちはまだ〝伴侶〟のきずなを結んでいなかったわ。

テレサのことを思いだすうちに心の中で聞こえたのは、幼いころのままの彼女の声ではなく、大人の女性へと成長したと思われる彼女の声だった。ぬくもりや優しさにあふれた女性。戦士ではなく、しっかりと鼓動を打つ、群れの心臓とも言うべき、母性的な女性。

「それでもいいさ」ホークはつぶやいた。おのれの人生の大半を形作ってきた、この真実をいまさら手放すわけにはいかない。「おまえはおれの〝伴侶〟だった。大人になれば、おれたちは〝伴侶〟のきずなで結ばれるはずだったんだ」

風がさわさわと木々のあいだを、ホークの髪を、吹きぬけていく。いったいもう何年、もう何度、こんなふうに風が優しくふれていったのだろう。こうしていると、ホークはいつも心静かに、おだやかになれた。ところが、今日にかぎってそうはいかなかった。大人の女性となって彼の心を奪い、所有していたであろう少女が永遠に眠る場所から、立ちあがって去ろうとしたとき、どこか満たされない、釈然としない思いが残っていた。

人間としても狼としても、ホークにとって喜ばしくない感覚だった。


その夜八時ごろ、シェンナは、ジャッドと待ちあわせて、これから〈ダークリバー〉のなわばりへと向かおうとしていた。自分の居住区画から出たとき、リアダンの姿を認めて、手を上げた。「リアダン」

「やあ」リアダンはやや離れた場所で立ち止まった。そわそわと足を踏みかえ、視線を合わそうとしない。「だいじょうぶか？　この前の夜、〈ワイルド〉に姿を見せたとき、ホークはすっかり頭にきてたみたいだったから」

「わかってるはずでしょう。ホークはわたしたち群れの仲間を傷つけたりしない」リアダンがそんな不安を口にしたことにショックを受け、シェンナは動揺をあらわにしてしまった。どうしてそんな質問をするのか、さっぱりわからない。

リアダンはぱっと頰を赤らめ、顔を上げた。「ああ、もちろんだ。いや、そういうことじゃないんだ」

シェンナはまじまじと相手を見た。

「やれやれ、シン、きみが自分のものだと、ホークははっきりさせたんだ」

まるでどんとパンチを食らったように、いっきに記憶がよみがえってくる――唇がふれあうほどしっかりと彼女を抱きよせていた硬く、男らしいあの体、体じゅうの感覚をざらりと親密にこするようなあの声、肌にふれた大きく温かい手。「まさか」シェンナは声をしぼりだした。「ふたりのあいだにはなにもないわ」ホークがそんなことを許すはずがない。

「ほんとに?」リアダンの目尻にしわが寄っている。「だが、いまじゃ、だれもきみのそばに寄ろうとしないぞ」

「冗談でしょう」

肩をすくめ、チョコレート色の巻き毛をかきあげる。「ホークはアルファだぞ、べイビー。アルファのものをよこどりしようとするような大馬鹿者はいないさ」

シェンナは思わず歯ぎしりした。「わたしは、あの人のものなんかじゃない」

「あっ、ほら、マーリーじゃないか？」

反射的に、シェンナはふりかえった。だまされたとわかって、さっとリアダンのほうに向きなおったものの、彼の姿はどこにもなかった。「この弱虫！」そうさけんで、ふたたび歩きだした。

出口近くでエヴィーに出くわしたので、彼女もそんなろくでもないことを口走ったのかどうか、シェンナはずばりたずねてみた。

友人の女性は顔をしかめた。「ううん。あのとき、ホークはたしかにアルファらしい所有欲をあらわにしていたんだから」

「ホークがわたしをほしがるわけがないのよ」これまでの先入観を捨て去るほど、自分を求めるはずがない。シェンナは歯を食いしばった。戦いの前のように、全身の筋肉が張りつめる。なんて頑固で、傲慢で、いらだたしい男！

「ねえ」エヴィーがシェンナの肩に手をおいた。「それでいいのかもしれないわよ――まじめな話だけど、女としてホークの相手をするには、肝っ玉が必要だもの。かなり大きな肝っ玉がね」

「わたしのは小さいって言いたいの？」シェンナにとっては、こうしてふざけることで、激しいいらだちや怒りをなだめておくほうが、心の痛みを意識するよりも楽だった。ホークに惹きつけられ、自分を傷つけたりしないと誓ったというのに、傷はどんどん大きくなるばかりだ。

「ずいぶんうぬぼれてるのね」笑いながら、エヴィーはやれやれとかぶりをふった。「ねえ、ほんとになにもないなら、ホークが群れの男連中にきっぱりそう告げるべきだわ。でないと、群れの仲間のだれともデートできなくなって、悲惨なことになるだけじゃなくて、あなたに色目を使うチェンジリングやヒューマンの男がいたとしても、連中が追っぱらってしまうのよ」

「だめなの?」シェンナはだれかとデートするつもりなどない。だが、ホークのものだと言われながら、実は相手から望まれていないなんて、そんな屈辱はごめんだった。

「〈スノーダンサー〉の群れに加わってもう数年になるはずよ」エヴィーが眉をつりあげる。「わかるでしょう?」

「群れの男たちは、たしかに一致団結するわね」

そのことが頭の中をぐるぐる回っており、シェンナはホークに会いたい気分ではなかった。それなのに、ジャッドとの待ちあわせ場所まで行ってみると、安全地帯(ホワイトゾーン)近くの木立から、ホークその人が姿を見せたのだ。狼らしい淡い色の目が、すぐさまシェンナをとらえた。ホークはいきなり方向転換したかと思うと、夜の闇をさえぎって、目の前にたちはだかった。「どこに行くんだ?」当然の権利だと言わんばかりにたずねる。

「あなたには関係ないわ」そう答えると、危険な沈黙が返ってきた……シェンナは耐えきれずつづけた。「アルファ風を吹かせるつもり?」

沈黙のせいで、骨をおおう皮膚がぴんと張りつめ、どくんどくんという心臓の鼓動が耳もとで響いている。

「そっちがけしかけたんだからな、シェンナ」ホークがじりじりと詰めよってくる。シェンナは頭をのけぞらせ、目を合わせるはめになった。ホークが長く、深く息を吸いこむ。「シャンプーを変えたのか?」

その声音――髪の匂いを堪能するかのような――を聞くと、いきなり、シェンナの体はとろけるようなぬくもりで満たされた。「ラーラが試供品を持っていて、今朝、休憩室で女性陣にくばっていたの」〈スノーダンサー〉の治療師はどことなくいらだっていたようなので、手に試供品を押しつけられたとき、シェンナは黙って受けとったのだった。「野生のリンゴの香りよ」どうしてそんなことを口走ったのだろう。どうしてホークとの会話をつづけているのだろう。自分でもよくわからない。

「いい香りだ」ホークは片手をもちあげると、シェンナの髪の一房に指をからませた。

全身の細胞レベルの欲求にあらがい、シェンナはあとずさった。「やめて。さわらないで。自分のものみたいなふりはやめて」

　ホークの内なる狼が、表面に近いところでうろついている。人間の皮膚のすぐ下に獣の存在が感じられた。「ほう？」

「中途半端なまねはしないで」シェンナは一歩もゆずらない。だが、心の中ではぶるぶるふるえている。体じゅうをめぐる血液が、かっと熱くなったり、冷たくなったりするのがわかった。「わたしがほしいなら、奪ってほしい。そうじゃないなら、そっとしておいて」

　ゆっくりと、ホークがまばたきする。その存在の力強さが、脈うつようにシェンナの肌に伝わってくる。ほとんど物理的に皮膚が圧迫されるかのようだ。シェンナが賢明なら、ここでひきさがっていただろう。しかし、これはおのれの人生の感情面にかかわることであって、これまで必死に戦ってきたのだから、ここであっさりだれかに負けるわけにはいかない。相手がいくら支配することに慣れたアルファであろうと。

「さっきわかったのよ」突然、からからになったのどから、声をしぼりだした。「そっちが〈ワイルド〉であんなまねをしたから、群れの男の子はもうだれもわたしをデートに誘ってくれないって」

　まばたきひとつせずに、相手の狼がこちらを凝視するばかりなので、シェンナはつづけた。「できれば、広告でも出してほしいくらいよ。とにかく、わたしがあなたのものじゃないって、はっきりさせてほしいの」ホークに対する欲求が、鋭いかぎ爪となって胸の奥をかきむしっているようだ。ロザリーと、あるいはほかの群れの女性と、ホークがついにベッドをともにすれば、シェンナは身も心もぼろぼろになってしまうだろう――それは自分にはどうしようもない。だが、いまのうちにはっきりさせておけば、おおやけの場でホークから捨てられるような屈辱的な思いだけはせずにすむはずだ。

低いうなり声がして、シェンナのうなじの毛が逆立った。この場にじっとしているのがつらい。つらくてしかたがない。誘惑に負けて、ホークに抱きついてしまいそうだ。あの体に全身をこすりつけたくてたまらない。だめよ。もうやめなさい。この人は恋人を見つけるつもりなんだから。心の中で声が聞こえて、ホークが狼のふれあいへの飢えを満たすためにどうするつもりか、思いだした。もう限界だ。「わたしは本気よ、ホーク」自分を望んでいない男性にすがりつくのは、もうやめにしなくては。

「やけにきっぱりと言うんだな」

おだやかな口調でささやかれると、シェンナの体内にどっとアドレナリンがあふれてくる。いま自分は捕食者を目の前にしているのだ、とシェンナは脳の原始的な部分で意識した。「だれか気になるやつでもいるのか？」

どういうわけか、シェンナはとっさに言い放っていた。「そうじゃないわ。だけど、バージンのまま死ぬつもりはないから」

12

獲物を狙う捕食者のように、ホークがぴたりと動きを止めた。「キットはなかなかいい青年じゃないか？」

「そのことも、あなたには関係ないわ」おじけづいたりせずにきっぱりと告げると、シェンナはホークの肩ごしにむこうを見た。「失礼。迎えの車が来たわ」

ホークがさっと横に移動して、シェンナの行く手をさえぎる。「だめだ」

体が言うことを聞かず、あやうくその場から動けなくなりそうになる。ホークの影響はそれほど強かった。激しい怒りだけが、シェンナを突き動かしている。「どいて」

ホークは彼女の命令を無視した。荒々しい狼の目でシェンナの視線をとらえたまま、SUV車からひょいとおりてきたジャッドに言葉をかける。「シェンナをどこに連れていくんだ？」

「サッシャに会いにいくつもりだったが、これからすぐに情報提供者に接触することになった」ジャッドはシェンナのほうを見た。「明日にしてもらってもいいか？」

「ええ、もちろん」

「それにはおよばない」ホークはほほえんで、キーを受けとろうと手をうしろにさしだした。「おれが猫族のもとに送りとどけよう」

シェンナはジャッドを見つめ、テレパシーによるメッセージを送った。だが、相手の反応はなかった。「いいえ、けっこうよ」シェンナは声に出して言った。「明日まで待てるから――」

ところが、ジャッドはすでに車のキーをホークにわたしていた。「今夜行っておくほうがいい」ジャッドが言う。「サッシャのまわりは厳重に警備されており、今夜の訪問は特別に許可されたわけだからな」

「自分で運転できるわ」シェンナは食いしばった歯のあいだから、行く手をさえぎっている狼に言った。「ジャッドがいっしょに来るのは、ただ、話しあいに参加したいからだけなのよ」そこで手をさしだす。「ベビーシッターなんて必要ないんだから」

愕然としたことに、この場をうまくのがれようとしたシェンナのじゃまをしたのは、ジャッドだった。「もう夜も遅い。暗くなってからこのルートを走ったことはないはずだ――帰路はますます真っ暗になっているだろう」

《いったいどうしたっていうの?》シェンナはテレパシーを送った。《ホークと車の中でふたりきりになるなんていやよ》ことに、あのアイスブルーの瞳がいまやかすかに光っているのだから。

《がまんするんだな》無情な答えだ。《副官（ルーテナント）からの命令だと思えば、喜んでしたがえるだろう》

シェンナはぐっと歯を食いしばった。だが、上官の命令にそむいて、大人としての資質をまたしても疑われるようなまねはとてもできない。つまり、おとなしくホークに車で送ってもらうか、このままじっとしているかのどちらかしかない。後者を選びたい誘惑にかられたが、サッシャに会いたかった。それに、予定をくるわせてやったと、ホークが悦に入るのも見たくなかった。「車の中で待ってるわ」

ワイヤレス・イヤホンを耳につけ、シェンナが助手席でくつろいでいると、ホークがジャッドとの話を終えて、運転席に乗りこんできた。なにも言わず、ＳＵＶ車の向きを変えてから、目的地へと向かった。それからやっと、こちらに身を乗りだしてきて、イヤホンを自分のほうにぐいとひっぱった。

「ちょっと！」

しかし、ホークは彼女のひざの上から小型の音楽プレイヤーをつかんで、肩ごしに後部座席のほうにほうりなげてしまった。「無視されるのは気に食わない」

シェンナはあごをひくと、座席の中で身をよじって、音楽プレイヤーに手をのばした。ようやく手が届いた……と、チェンジリングらしく目にもとまらぬスピードで、また奪われてしまった。ホークが手にしたままだったイヤホンとともに、音楽プレイヤーはまたしても後部座席の上に投げだされていた。「今度やったら、窓からほうりだしてやるからな」

「わたしだって――」シェンナはいらだたしげに荒い息を吐いた。残ったほうのイヤホンをむしりとり、ダッシュボードのトレイの上におく。「子供っぽいのはどっちかしら？」

ホークは肩をすくめてみせた。シェンナが音楽プレイヤーをあきらめたとわかって、座席にゆったりともたれた。「カントリー・アンド・ウエスタンか？」〈スノーダンサー〉があえて自然のままにしてある林道に車を走らせながら、ホークがたずねた。そこでは、あちこちで枝葉が低く垂れ下がっており、浮揚走行モードの使用を阻んでいる――敵が地上車で巣穴に忍びよるのを防ぐためだ。「ロックンロールが好きなタイプかと思っていたが」

そしらぬ顔をして、シェンナは窓の外をながめていた。

だが、体重九十キロを超える、たくましい狼の男性を、しかも本人が無視されるのが気に食わないとあって、気にとめずにいるのはむずかしかった。ホークが手をのばして、彼女の髪の一房をひっぱった。「キットのことを話してくれ」

シェンナはその手を押しやった。それが成功したのは、ホークがおとなしくなされるがままになったからにすぎない。よくわかっている。「キットは頭がよくて、セクシーで、とってもハンサムな男性よ。なにもかもそろっているわ」さらに、すごくおもしろくて、猫族だけにそなわっている魅力があった。それなのに、狼に恋いこがれるなんて、まったく趣味が悪いにもほどがある。

ハンドルを握るホークの両手に力がこもった。「まさに本物の王子さまってわけか」

「あなたもちょっとはキットから学んだほうがいいわ」

「気をつけろ」静かな声で警告する。「あんまり調子にのるなよ」

すっかり頭にきて、悲しくて、傷ついていたので、シェンナはどうにでもなれという気持ちになった。「うわっ」そう言いながら、目をまるくして大げさに驚いてみせる。「二分とたたないうちに、さっそくアルファ風を吹かすわけね」

ぎょっとしたことに、ホークは声をたてて笑ったのだ。屈託なく、のびのびとした笑い声。シェンナはすっかりあっけにとられていた。ホークはめったにそんなふうに笑わない。ましてやシェンナの前では笑ったことがない。あけっぴろげで、うれしげに笑うと、ホークの声音や表情には内なる狼の存在が感じられた。「ずいぶん生意気だな」

こうなっては、断固とした態度をとるのがむずかしかった。ホークの笑い声によって、愛撫のようにざらりと肌をなでられると、防御が完全に崩れ去ってしまった。それでも、ホークにさとられるわけにはいかない。自分がどんなにこの人に弱いか、本人には知られたくなかった。「わたしを悪者にしようとしてもだめよ」

「いいだろう」ホークが答える。「ふたりきりのときは、群れでの地位は関係ない。アルファも戦士もなし。ここにいるのはただのホークとシェンナだ」

まさか、ホークが群れでの地位へのこだわりを一時（ひととき）でも捨ててくれるとは思いもよらなかった。のどに息がひっかかり、掌がいきなり汗ばんでくる。

「言葉を失ったのか？」ホークはアイスブルーの瞳をちらっとこちらに向けてから、林道へと注意をもどした。

ホークの瞳は姿によって変化しないので、ほとんどの人は人間を相手にしているのか、それとも狼を相手にしているのか、まったく判断がつかない。だが、シェンナにはつねにわかっていた。かならず。彼女自身の内に秘めたパワーが、ホークの半身である狼に秘められた野性の、自分と同じエネルギーを感じとれるのだ。「そんなことないわ」ようやく、シェンナは言った。「いったいどれだけもつのかしらって思っていただけ。すぐにまた群れの規則がどうのと言いだすんじゃないの」

「いくらでもおれをけしかけるといいさ、ベイビー」低く、深みのあるささやき声が、シェンナの体の奥深くにふれる。そんな権利などないはずなのに。「それでどうなるか、わかっているんだろうな」

「こっちはじれったくていらいらするだけよ！」用心深さをかなぐりすてて、シェンナはきっぱりと言った。アドレナリンがどっとあふれだしており、つい大胆になってしまう。「いつだってそうなんだから。なんらかの論理的な法則にしたがって男性に性的に惹かれるのなら、わたしはいまごろキットとベッドインしているわ。こんなふうに怖くてなにもできないような男性のとなりにすわっているんじゃなくて」

ぴりぴりと張りつめた沈黙がただよった。

まさかこんなひどいことを口走るとは、シェンナは自分でも信じられなかった。いくらなんでもやりすぎだった。シェンナといえども、限度をわきまえるべきだ。ホークは群れのアルファなのだ――いま、ふたりのあいだでは、地位は関係ないのだとしても――つまり、どんなサイやヒューマンを、さらに、ほとんどのチェンジリング男性をもしのぐほど支配的な男性だということだ。そんな男性が、いかなるレベルであれ、おのれの力量を疑問視されて黙っているはずがない。

「おまえがサッシャと会ってから」ホークはなめらかな口調で脅し文句を吐いた。「あとでじっくり恐怖について話しあおうじゃないか」

シェンナは座席の背にもたれて、どきんどきんと激しく打っている心臓の鼓動を抑えようとした。ホークにも鼓動の音が聞こえてしまうだろう。まちがいなく。しかし、彼女はサイであって、ミン・ルボンのいわば秘蔵っ子だったのだ。脅しに屈するつもりはない——相手がとてつもなく危険で、野生の狼の群れからもリーダーと見なされるほどの、捕食者チェンジリングの狼であろうと。

〝肝っ玉が必要だもの。かなりの大きな肝っ玉がね〟

エヴィーの言葉がよみがえって、やや自暴自棄とも言える自信がわいてきた。だが、それでも自信にはちがいない。意志の力のおかげで、彼女はミンのいわば手厚い保護のもとでも自分自身を見失わずにすんだのだが、シェンナはいま、その力を総動員して心臓の鼓動や呼吸をぐっと抑えつけて制御した。いまは自分の感情は関係ない。自分よりもはるかに大きな牙を持つ捕食者と、危険なゲームに興じているだけだ。

うなり声が聞こえて、車内を、シェンナの感覚を満たした。ちょうど、ルーカスとサッシャの自宅からさほど離れていない、小さなひらけた場所へとつづく小道に入ったときだった。「おまえは氷の味がするるな」

「そうせざるをえないのよ」平静をよそおいつつ、シェンナは答えた。「わかっているでしょう」数カ月猫族のもとで暮らすことになり、巣穴を出発するすこし前のことだった。ホークは、能力が活性化された状態のシェンナを偶然見つけ、その力をまのあたりにしたのだ。Xのしるしを持つ者のすさまじいパワーを制御できるかためしてみようと、隔絶した場所を選んだはずだった。ところが一時間ほどたったころ、ふりむいてみると、そこに誇り高く、美しい、一頭の大きな狼の姿があったのだ。

いま、ホークはなにも答えずに、車を停止させた。シェンナは車からおりて、大きく息を吸った。とても大きくて、すごく悪い狼のねぐらから、ようやくのがれでたような気がする。だが、そのとき、ＳＵＶ車のボンネットのむこうから、こちらを見つめているホークと目が合った。ああ、なんてすてきなの。アイスブルーの瞳。シルバーゴールドの髪。この人はまさに夢のような男性だ。

その男性が、シェンナただひとりに瞳をこらしている。

シェンナは乾いた唇をなめた。ホークの目がその動きを追う。「やめて」かすかにほほえまれると、シェンナは思わずぞくっとして、全身の産毛が逆立つのを感じた。「おれから走って逃げきれるか、ためしてみるか？」狼がいどんでいるのだ。

「あなたから逃げたりしないけど」

「どうかな」手で押すようにしてＳＵＶ車から離れると、ホークは先に立ってキャビンへと歩きはじめた。

「わたしがサッシャと話しているあいだ、離れておいたほうがいいわ」狼の脅しが本気ではなかったとわかって、シェンナはようやく口をひらいた。

意外なことに、ホークは異議を唱えなかった。「おれは走りにいってくる。いまのところ、ルークはおれがサッシャに近づくのをいやがるからな」

「そうなの？」驚いてたずねながら、シェンナは〈ダークリバー〉のアルファが〝伴侶〟とともに待っているあたりに視線を向けた。小さな明かりに照らされ、ふたりは屋外に設置された椅子にすわっている。「おたがいに信頼しあっているとばかり思っていたけど」

「やつの〝伴侶〟は身ごもっているんだぞ。これまでの均衡状態が崩れるのもしかたないさ」片手を上げて、アルファのペアにあいさつすると、ホークは彼女のほうをちらっと見た。「一時間でもどるつもりだ。それくらいの時間で充分か？」

どうしてホークがいきなり協力的になったのか、どうも解せないが、シェンナも事務的な口調をたもとうとした。「もう二十分もらえる？」

「わかった」それだけ言うと、ホークはなめらかな黒い影となって、闇の中にさっと消えていった。

その信じられないほどのスピードをまのあたりにしたとたん、シェンナの心臓がどきんと胸に打ちつけた。自制心によって万力のようにしっかりと締めつけていたというのに。万一、ホークと駆けっこでもすることになれば、かなりのハンディを与えてもらわなければ。いや、よく考えてみると、つかまるほうがずっとおもしろいかもしれない。

「シェンナ」ルーカスの声で、はっとわれに返り、愕然とした。ホークの内なる狼の餌食（えじき）となることを、自分は思ったほど毛嫌いしていなかったらしい。

キャビンへと近づきながら、シェンナは笑みを浮かべた。あらぬことを考えていたのを見ぬかれなければいいのだが。「こんばんは」

「すわるといい」豹のアルファが、自身の椅子から立ちあがった。「きみたちの声の聞こえないところまで下がっておこう。見張りの近衛（センチネル）たちにもそう命じておく」

シェンナにはわかっている。そこまでの寛大さを見せてくれるのは、サッシャの身になにかあれば、〝伴侶〟のきずなによって、ルークにはすぐさま感知できるからだ。

「ありがとう」

猫族らしい優雅な動作で、ルーカスはそっとその場から姿を消した。と、同時に、サッシャが立ちあがり、中についていて入るようにシェンナに合図した。「こっちのほうがあたたかいわ。あなたの大好きなチョコレート・キャラメル・スライスもあるから」

子供っぽい喜びが、ぱっとあふれてくる。「ほんと?」シェンナは甘いものに目がなかった——〈サイネット〉では、食事も含めて、いかなる感覚的な喜びも禁止されていた。〈サイネット〉を離脱してからというもの、シェンナは感覚的な喜びにいくらでもひたっていたかった。食事、感情に……だが、たいていはホークへの思いに。

そう思ったとたん、シェンナの体の芯がじんと熱くなってくる。サッシャの次の言葉を聞きとるのもやっとだった。

「今晩、近衛（センチネル）たちがミーティングにやってくる前に、ルーカスに樹上の家に隠しておいてもらったの。でないと」——ぬくもりのある笑み——「かけらでも残っていたらまだいいほうだから。すわって。お茶をいれるわね」

シェンナは逆にサッシャをすわらせた。「わたしがやるわ——場所はぜんぶわかってるから」それから、ティーポットを運んでくると、サッシャがお菓子を切るあいだ、じゃまにならないようにそれをわきにおいた。

「それで」濃厚なチョコレート菓子を皿にのせながら、共感能力者（エンパス）が言った。「ホークはあなたを追いかけたいのね」

シェンナはその場に凍りついた。「ここからでもルーカスには聞きとれたの？」

「ええ、そうよ。ホークもそのことはわかっていたでしょうね」

すこしして、シェンナはようやくその言葉の意味をのみこめた。「わたしたちふたりのあいだにはなにもないって、あの人からきっぱりと告げられたのよ」それなのに、またしてもこんなふうに彼女が自分のものだと公言するにも等しいまねをするなんて。

「うーん」

「なに？」サッシャとこの話ができて、シェンナはほっとしていた。インディゴはいまでは友人であり、いろんな意味で彼女を導いてくれるが、ホークについて話すことだけははばかられた。副官（ルーテナント）である彼女を、苦しい立場に追いこみたくないからだ。

「〈ワイルド〉でなにがあったか、聞いたわ」

「いまだにホークを蹴とばしてやりたい」紅茶をそそぐと、シェンナは奇抜なチューリップ形のカップの一方をサッシャのほうにさしだした。「まるで十歳児みたいな扱いを受けたんだから」ただし、ホークは彼女のお尻をたたいて、その手をそこにじっとおいたままにしていた。思いだしたとたん、内腿がきゅっと締めつけられる。

「ほら、あのせいでしょう?」サッシャの声は優しかった。「年齢の問題ね」

「それはどうしようもないわ。わたしはいつまでたっても年下なんだから」このまま握りしめていたら割ってしまいそうなので、シェンナはティーカップをテーブルにおろした。「だけど」シェンナはつづけた。こみあげる思いに、声がふるえる。「わたしはただ生き残って、能力をコントロールするすべを身につけただけじゃない。それを〈サイネット〉の外でやってのけたのよ。とても子供にできることじゃないわ」シェンナは彼女の人生を好きなように生きる権利を手に入れたのだ。「あの狼殿下にそのことをまるきり無視してもらいたくない。自分の本心を認めないほうが楽だからって――」

シェンナは言葉を噛み殺した。だが、それにはおよばなかった。サッシャにはすでにわかっていたのだ。若いXの少女がホークといっしょにいる姿を見た瞬間、ふたりのあいだにひきあう力のようなものが感じられた。はじめのうちは漠然とした、あいまいなものにすぎなかった。いまでも、はっきりと説明できない、生々しい感情のままだ。しかし、それはとても強力なものだ。あらがいがたいほど強力だからこそ、ホークはシェンナと距離をおこうと決めたものの、その決断をくつがえすはめになった。陰からひきずりだされ、姿を見せることになった。

サッシャがはじめて共感能力によってホークにふれてみたとき、すさまじい憤怒が感じられ、愕然としたのだった。この男性はだれかを愛することはできないだろう、とそのとき思った。怒りのせいで視野に真っ赤なもやがひろがっているかぎりは。ところが、それから、ホークがシェンナといっしょにいるのを見かけるようになった。ふたりは敵対しながらも、不思議な糸で結ばれており、年月がたつにつれて、ホークの怒りの毒はいつしかとりのぞかれていった。いまも、それはきらりと輝く、みがきあげられたナイフの刃のごとく、依然として危険きわまりないものではあるが、はるかに健全なものへと変化していた。

しかし、Eサイだと主張するならそれを証明してくれ、とホークから言われたあの夜、サッシャはもうひとつべつのものも感じとっていた。その事実をだれかに話したことはない。共感能力によって手にした秘密は、だれにもうちあけたりしない。だが、あのとき、狼のアルファの心の中には、深い孤独があったのだ。ホークは自分のそんな部分を愛する群れの仲間にも見せていない。シェンナがあの猛々しい、傷ついた心にふれることができれば……。

「アルファの男性は」サッシャは語りかけた。できるかぎり、もうひとりの特級能力者(カーディナル)の女性の力になってやりたい。「愛する女性に、偽りの見せかけをすべて捨てて、自分のもとへ来てほしいの。心の壁をつくることなく、感情をひとつも隠すことなく。ルーカスはわたしがまちがいなくあの人のものだと知っているわ。なにがあろうとわたしが味方だと。どんなに厳しい事実だろうと、わたしなら隠さずに告げるだろうと」

　感心なことに、シェンナは尻ごみすることなく、率直な話しあいに応じようとした。星々が散らばった彼女の瞳は、ひたすら考え、集中しているせいで、いまや真っ暗な闇となっている。「近衛(センチネル)はどうなの？」

「アルファは彼らともめったにない信頼関係で結ばれているわ。でも……」そのきずなについて、ほかの人間にうまく説明するのはほとんど不可能だったが、シェンナにはどうしても理解させる必要があった。だから、サッシャはなんとか言葉を見つけた。

「わたしにとって、ルーカスがアルファだったことは一度もないの。あの人はただルーカスなの。わたしの愛してやまない男性なのよ」

「それは……そこまでとことん自分をさらけだせば、アルファ本来の支配的な性質を考えると、かなり弱い立場にならないの？」

「いいえ。むこうも同じだけの愛情を返してくれるから」豹の心が持っている、野性のパワーや荒々しいほどの献身でもって、全身全霊をかけて愛してくれるからだ。「もっと多くのものを与えてくれるわ」

「ホークとそんな関係になれるかどうか」シェンナはつぶやいた。「わたしの言うことを聞いてもらって、わたしのことを見てもらえたとしても」彼女はなにも落胆しているわけではない。じっくり考えているのだ。「あの人はルーカスとはちがう」

サッシャはつづきを待った。

「わたしがあなたや群れのほかの仲間にとって危険だと思えば、ルーカスは一撃でわたしを始末できるだろうし、そうするとわかっているわ」シェンナが説明する。「だけど、彼はほほえんだり、笑ったり、ふざけたりもする」

「ホークだってずいぶん人をからかっているわよ」ルーカスをいらだたせるために、ホークは数えきれないほど何度もサッシャにちょっかいを出そうとしていた。

シェンナは自分の皿のチョコレート・スライスをいじっている。「ホークはわたしにふざけたりしないわ」

「わたしの〝伴侶〟によれば、狼には独特のふざけかたがあるみたいね」サッシャはかぶりをふった。「ホークをいらいらさせてばかりいても、怒られたりしないでしょう？」

「罰せられたけど」

不満げな答えに、サッシャはつい笑ってしまった。「たぶん、それは悪さをしたからだわ」

「ええ、そうなの」顔をしかめたのは、自分に対する反省からだろうとサッシャは思った。「でも、ふたりきりのときは、群れでの立場は関係ないって言ってくれたわ」

あまりに驚いたので、サッシャはいきなり立ちあがっていた。秘密にせずに、自分にも教えてくれと、赤ん坊がお腹を蹴ってせがんだ。子供に語りかけ、活発な精神を静めてやりながら、サッシャは片手でお腹をさすり、もう片方の手でシェンナの手にふれた。「それなら」そう話しかけながら、胸の奥で希望がまばゆく輝くのを感じた。

「いざとなれば、待ち伏せしてやるといいわ。だけど、ホークがひ、と、り、きりのときにね」

13

そろそろデートに出かけようとして、ラーラはワンピースのヒップのあたりをさっと手ではらった。明るい日差しを思わせる、鮮やかな黄色のワンピース。一目見て気にいり、衝動買いしそうになったものの、しばらくクローゼットに放置したあげく、そのうち、だれかにゆずることになるとわかっていた。だが、なにしろ、あのドリューがためしてみたらとすすめてくれたのだ。着てみると、なんと、黄色のワンピースは、ラーラの生まれつきの褐色の肌に驚くほど映えて、ひときわあでやかに見えた。

デザイン自体は派手ではない。シンプルなスクエアネックで、ストラップは太め。身ごろは腰までぴったりと体にフィットしており、そこからスカート部分がふわりと優しく広がっている。一九五〇年代のファッションをほうふつとさせるフェミニンなワンピースだ。そう思いながら、ラーラは旅行先のニューヨークの露店で買ったイヤリングを耳につけた。らせん形のウェーブのかかった黒髪の中で、小さなヒマワリがきらりと光り、揺れているのが、はなやかだった。

金の細いブレスレットを腕につけてから、ストラップのついたサンダルをはいた。このサンダルも、どことなくもやもやした気持ちと、どきどきするような期待感に駆りたてられ、黄色のワンピースを衝動買いしたときに、あわせて買ったものだ。外は肌寒いかもしれないので、仕上げにショールを肩にかけるとともに、あざやかな色彩のビーズをあしらった、かわいい小ぶりのビンテージ・ハンドバッグを手に持った。モデルコンテストにはおそらく優勝できないだろうが、まんざら自分も捨てたものではない、とラーラはきっぱりと自信をもって言えるだろう。

まもなく、ノックの音が聞こえた。

ラーラはドアをあけて、「時間どおりね」と、むこう側にいる男性に声をかけた。

キーランが、トレードマークのいたずらっぽい笑みを浮かべた。頬にくっきりとえくぼができる。「巣穴一の美人がついにデートに応じてくれたのに、遅刻したくないからね」

ラーラよりも明るい色調の茶色の肌と、タジク人の父親ゆずりのうっとりするようなグレーグリーンの瞳を持つキーランは、いわば筋金入りの女たらしだ。さらに、ラーラの数歳年下で、巣穴のほかの男たちを全員合わせても敵わないほど多くの女性の心を打ちくだいているような男性だった……だが、キーランはまた、女性をすてきな気分にして、男性から望まれていると感じさせるすべも心得ている。

この六カ月間、ラーラは男性と出かけていなかった――はじめて、ウォーカーが夜遅くにコーヒーを飲みに立ちよって以来――だが、今夜こそ、そんなすてきな気分を味わいたかった。「どこに連れていってくれるの？」

「〈ワイルド〉のそばのイタリアン・レストランにしようと思うんだ。あそこのジェラートがお気にいりなんだろう」

「ちゃんと調べてくれたのね」感謝しながら、ラーラは彼の腕に腕をすべりこませた。だが、キーランのそばにいても、内なる狼が、高まる期待にひそかに舞いあがることも、胸がときめくこともなかった。

ふたりで角を曲がりながら、キーランが返事をしたが、いきなり、ラーラの頭の中でザーというホワイトノイズが響いて、その声はかき消されてしまった。ウォーカーが通路を歩いてくるのが見えたのだ。色あせたブルージーンズに、それとは対照的な濃紺のシャツというよそおい。男らしく、自信に満ち、たくましい体でさっそうと歩いてくる……ひきしまった筋肉と強さの塊のような体つきをしている。

森の中で言葉をかわしてから、ウォーカーとは一度も会っていない。しかし、この前の夜、自分をさがしに来たことは知っていた。そのとき、ラーラがいなかったのは、まったくの偶然だった――だが、その場にいたとしても、動揺せずに対処できただろう。ウォーカーを避けるのはもうやめにしたのだ。かつてのような親しい間柄にはもどれないとしても、ごくふつうの友人同士ではいられるはず。「こんばんは」相手が立ち止まると、ラーラはあいさつした。

淡い緑色の目が、彼女からさっとキーランに向けられ、ふたたび彼女のほうにもどった。「気温が下がっている」ウォーカーは言った。「コートを着ていったほうがいい」

キーランが笑って、彼女の体に腕をまわした。「なあ、ラーラがコートを着たりしたら、寒さを言い訳にして抱きよせられないだろ?」

軽くうなずくと、ウォーカーは去っていった。

ラーラは息もできなかった。だが、彼がいなくなってから、ようやくそのことに気づいたのだった。


テレサのもとを訪れ、もどってきてから、ホークはシェンナには絶対に近づかないと決めていた。それなのに、彼女をおろしてから、こうして九十分ものあいだ車のそばで帰りを待っているとは、自分でも信じられない。期待感に、全身の細胞のひとつひとつが、じわりと熱くなっていく。

ふと、ルーカスがこちらに歩いてくるのが目に入った。気づかなかったのも無理はないだろう。「おれからの伝言は届いたか?」さらに近づいてくると、豹のアルファがたずねた。

「ああ。脱出計画を練り直したものだな。あれでいいだろう」ひとつだけ、ホークとルーカスがふたりともまったく上機嫌で、賛成できることがある――それは、たがいの群れの近衛（センチネル）と副官（ルーテナント）が〝伴侶〟のきずなで結ばれるのは、なかなか都合がいいということだ。アルファたちがいくら大喜びしていようと、当の本人であるライリーとマーシーはそのことをことさらうれしく思わないだろうが。「あれで、群れのみんなをいっそうすばやく避難させられるだろう」

ルーカスは、肩までのばした髪をさっとかきあげた。「おれたちのなわばりであるこの土地から避難することは、まず考えなくてもいいと思うが、敵のやつらは、毎回、より巧妙かつ集中的な攻撃を仕掛けてくるようになっている。おれたちの手の内を学んでいるんだ」

「それならこっちだって負けていない。いざ戦争となっても、対等に戦えるだけの力がある」それは根拠のない自信ではない――〈スノーダンサー〉がもう二度と、無防備な標的として狙われないように万全のそなえをしてきたのだ。群れを掌握したとき、ホークはまだ十五歳だったが、サイのすさまじい能力については、厳然たる事実として、だれよりも身にしみてわかっていた。ホークの少年時代は、冷酷な超能力種族によってひきおこされた流血と裏切りとともに終わりを告げたのだ。

それ以来、サイという種族そのものを憎悪していた。だが、いまは、評議会とその追従者どもこそが真の敵だとわかっている。「サッシャ・ダーリンにあいさつしに行こうと思っていたところだ」実は、ホークの心は、ほかの女性にあった。ルビー色の髪をした、あの唇から、ホークを愉快な気分にさせ、内なる狼をいらだたせる言葉を漏らす女性に。

「やってみろよ」おちついた口調だ。

ホークは笑みを浮かべた。豹のアルファをからかえば、あのサイを追いつめたいという衝動をつかのま忘れて楽しめるだろう、と内なる狼は思っている。「サッシャがおれを招きいれるつもりなら？　こっちから呼んで、おれが会いにきたと、サッシャに知らせてやらないと」

ものうげに肩をすくめる。「自分の牙でのど笛を嚙みきるはめになってもいいなら、やってみればいい」

「サッシャを怒らせてもいいのか？」ルーカスが身がまえるのを見て、内なる狼が低く、かすれた笑い声をたてた。「結局のところ、おれはサッシャのお気にいりのひとりだからな」

ところが、うなり声をあげることなく、相手のアルファはいかにも猫族らしくにやりと笑った。「それなら、こっちはキットを呼んでもいいんだぞ。あいつはまたシェンナに会いたいだろうからな」

　気がつけば、ホークは低くうめいていた。いまいましい豹がにんまりしている。

「そいつはおもしろいじゃないか」ホークはぶつぶつ言った。

「おれからすれば、最高におもしろいだろうが」組んでいた腕をほどくと、ルーカスは両手を黒のカーゴパンツのポケットにつっこんだ。そのパンツに合わせて、自身の瞳の色を思わせる緑色のTシャツを着ている。たずねるまでもない。サッシャがこのTシャツを買ったのだろう。

「ふたりはまだデートする間柄ではないが、キットのほうは彼女を守ってやりたくてたまらないらしい」ルーカスが続けて言う。相手の皮肉へのお返しとして、ホークは、おまえにしてはずいぶん趣味のいい服装だな、と嫌味を言おうとしていたところだ。

「一応、おまえに伝えておくが」

　ホークはなにも答えようとしなかった――おまえの赤ちゃん猫がどうなるか、わかっているんだろうな、と心の中でつぶやいた。「ホセとの話はどうだったんだ?」

「当ててみろ」ルーカスはかぶりをふった。「明日の午後にでも一杯やりに来いよ。サッシャはタミーのところに行く予定なんだ。ふたりで話そう」

　かつては敵対していたはずのこのアルファと、ほとんど友だちのようにつきあっているのかと思うと、ホークには不思議な気がする。「うまく抜けられそうか、たしかめてみよう。通信会議があるかもしれないんだ」

ルーカスがうなずいた瞬間、紅葉やスパイス、力強さを思わせる、きわめてなじみのある香りが、そよ風の中にかすかに感じられた。内なる狼が体をのばして、その香りに酔いしれる。彼女はホークの〝伴侶〟ではないが、獣である半身はまったく気にしていない。人間としてのホークに彼女を奪い、自分のものにしろとうったえている。その肌を噛んでやれと。

いい、いい。

やれやれ。

「ふたりともうちに来て、楽しんでもらえたかな?」そうたずねると、ルーカスはシエンナに近づいて、手の甲でそっと彼女の頬をなでた。

本来なら、ホークの内なる狼が相手の男のはらわたを抜いてやるところだが、そうしなかったのは、ただ、ルーカスの〝伴侶〟がシエンナといっしょに歩いてきたからにほかならない。サッシャなら、悪魔だろうとおとなしくさせられるのだ。たいていの場合は。「やあ、サッシャ・ダーリン」自分のテリトリーである寝室でささやくように、ホークは声を落として言った。「おれと会えなくて寂しかったかい?」

「ひどい人ね」サッシャはそう言って、おのれの〝伴侶〟の横をすりぬけようとする。だが、ルーカスは彼女をのがさなかった。「あなたたち、ふたりともよ」それでも、ルークが腕をまわして、こめかみにキスしようとすると、サッシャはあらがおうとしなかった。

「もうひとり、共感能力者（エンパス）を知っていたんだが、そのことについて話したことはあったか？」こうして時間をかせぐことで、シェンナに対する過度の反応を抑えようと、ホークは切りだした。「その人は、おれが子供のころに〈スノーダンサー〉の仲間だった女性で、〈サイレンス〉のはるか以前に、狼の〝伴侶〟となったんだ」当時、ジアは百三十歳になろうとしており、度数の低いＥサイだったが、真っ先に群れの異変に気づいたうちのひとりだった。みんなが彼女の話に耳をかたむけてさえいれば。

サッシャの目が大きく見ひらかれた。「まあ、初耳だわ！　どうして――」

ルーカスが彼女をぎゅっと抱いて、ひきとめようとする。「そんな話を持ちだして、きみの気をひこうとしているだけさ。さっさと帰ってくれ、狼」

「ルーカスったら！」

アルファのペアを見ながら、シェンナはほほえんでいた。だが、ホークと目が合ったとたん、その笑みも消えてしまった。

いったいこの目になにを見たのだろうか、とホークは思った。「行くぞ」

なにも言わず、シェンナはＳＵＶ車に乗りこんだ。ルーカスとサッシャに手をふって別れを告げ、ふたりは自分たちの巣穴へと出発した。シェンナとの関係は気まずいものとなっているが、ホークは彼女といっしょにいるのが楽しかった――それは、シエンナ本人もびっくりするような事実にちがいない。しかし、言い合いにさえならなければ、シェンナは利口で、ユーモアがあり、内なる狼もたえず愉快に感じているほどだ。「走りにいきたいか?」巣穴の領域のはずれまでもどってきたとき、ホークはたずねた。「おまえを追いかけたりしないと約束する」

とたんに、興奮のしるしの、女らしい官能的な香りがする。ホークはぐっと歯を食いしばり、おのれの体が本能的に反応するのを抑えた。「わたしなんかじゃ、とてもあなたの相手にはなれないわ」シェンナはようやく口をひらいた。「ジャッドのようにはいかないもの」

「べつに、速く走らなくてもいい」ホークは肩をすくめた。シェンナが〝ノー〟と言わなかったのが、内なる狼はうれしかった。「ときには、頬に風を感じて、足が地面にふれる感触を楽しむだけでいいんだ」

シェンナはチェックのシャツの袖をひっぱって、指先までおおった。「わかったわ」

「外は寒いぞ」シエラネバダの山には、すでに静かな、美しい夜のとばりがおりている。日差しのぬくもりはとうに失われていた。「後部座席にトレーナーがおいてあるから、それを着るといい」

すわったまま体をねじって、シェンナはトレーナーと……自分の音楽プレイヤーをつかんだ。ホークをにらみつけながら、その小さな機器をダッシュボードの上においた。それから、シートベルトをゆるめて、灰色の、大きなトレーナーを身につける。

またたくまに、シェンナは彼の匂いにつつまれた。

シェンナが手首まで袖をまくりあげるのを見つめながら、ホークはおのれの独占欲が満たされるのを感じていたが、それを隠してものうげに話しかけた。「おまえは小柄だったんだな、シェンナ」その性格から、ついもっと大柄で強い人間をイメージしてしまうので、シェンナを小柄だと思ったことは一度もない――巣穴の連中にたずねても、実際よりも、シェンナの身長はすくなくともあと十五センチは高く、もっと筋肉がついていると思いこんでいる者がほとんどだろう。

「あなたが大きすぎるんじゃないの」シェンナはいまもきちょうめんに袖を折りたたんでいる。

やんわりと侮辱され、ホークはにやりと笑ったものの、なにも言おうとしなかった。黙ったまま、巣穴からすこし離れた場所に車を止めた。シェンナの体力なら、ここから残りの距離を自分の足で走れるだろう。「用意はいいか?」

シェンナはすでに車のドアをあけようとしていた。「このあたりはなじみがないけど」

驚くにはあたらない。巣穴の領域は広大で、自然のままの、手つかずの土地がどこまでも広がっている。そのほとんどは、車で分けいることができない――狼とはちがい、シェンナが自分の足でさぐってみるのは無理だった。「おまえに見せたいものがあるんだ」

　行く手をさえぎっている倒木に、シェンナはよじ登っていく。その姿を見たとたん、ホークは手をのばして、彼女の体を持ちあげたい衝動にかられた。この手で腰をなでながら、ごくゆっくり、じわじわと足を地面にもどしてやりたい。シェンナの動きはなめらか、かつしなやかだ——ひとえにインディゴの訓練のたまものだろうが、ここまですぐれた戦士へと成長したのは、やはり彼女自身の意志の力によるはずだ。ホークは群れの戦士ひとりひとりの攻撃能力を頭に入れている——精神的な能力はべつとして——チェンジリングでない人間としては、シェンナは並はずれた、抜群の能力を有していた。

「もうすこし先だ」濃い緑色の細いつるがからみついた、針葉樹の木立まで来たとき、ホークは口をひらいた。

　森の地面から小さな松ぼっくりをひとつひろうと、シェンナはとがった先端に親指をこすりつけた。「明日の夜は、なにか予定があるの？」

　シェンナの匂いに緊張がまじるのがわかったが、そこには意志の強さも感じられる。ホークのはらわたが締めつけられた。「シェンナ」彼女を傷つけることだけはしたくないが、下手に期待を抱かせるわけにもいかない。「ああ、予定がある」

特級能力者(カーディナル)の瞳が、ホークの目をまっすぐに見つめる。「ロザリーと?」冷たく、一言だけ言う。

内なる狼が、歯をむきだしにした。「彼女は大人の狼だ。おれの友人でもある」

「手に負えない、未熟な女の子とはちがうってわけね」シェンナが真っ向からいどんでくる。

ホークはその挑戦を受けて立った。「おれが必要とするものを、彼女なら与えてくれる」狼であるロザリーなら、おのれの内なる狼が欲してやまない性的な親密さを認め、与えてくれるだろう。ホークにはとうていかなえてやれない、深い結びつきを期待するようなこともない……だが、ロザリーとの友情はたいせつとはいえ、彼女に対しては、ホークは自分のものだというしるしをつけたいという誘惑にはかられなかった。いずれは相手の身をほろぼすと知りつつ、自分のものにしたいとまでは思わなかった。

松ぼっくりのとげが掌に刺さった。だが、シェンナは痛みを感じなかった。いましがた、ホークから食らった打撃のほうが、よほどこたえている。答えがわかっていたというのに、どうしてあんな質問をしたのだろう? サイ——本物のサイ——なら、そんなまねをするはずがない。しかし、この男性に関しては、たしかに子供扱いされるとおり、ほとんど子供並の自制心しか働かない。「それで充分ってわけ？」怒りをこめて問いかける。ホークがむかつくのは承知の上だ。「ただの体の関係だけで」

「そんなふうにおとしめようとするな」ひどく冷たい言葉。「おまえだってこれだけ長く巣穴で暮らしていれば、おれたちがたがいに利用しているわけじゃないとわかっているはずだ」

たしかに、狼たちにとってはたんなる体だけの関係ではない。狼のあいだでは、性的な接触はぬくもりのある、喜びに満ちた、だいじな行為なのだ。群れの仲間として、ロザリーは心からの愛情でもってホークとベッドをともにするだろう。彼女自身の性的欲求も心ゆくまで満たしてくれるパートナーがいることに喜びをおぼえるはずだ――シェンナはまだ経験不足とはいえ、ホークが女性を満足させないはずがないとわかっている。この人はきわめて支配的な男性であって、相手の女性をベッドで性的にとことん屈服させようとするにちがいない。

やがて、ホークとロザリーが別れるときには、それが翌日であれ一カ月後であれ、ふたりはほほえみ、笑顔で、別れるはずだ。群れのほかの仲間たちがそうするのを、シェンナは目にしてきた。友人たちの中にも、愛情にあふれた――永続的ではないが――おたがいにとってたいせつで、意味のある性的な関係を持つ者が何人かいた。

「悪かったわ」シェンナは言葉をしぼりだした。胸がむかむかして吐きそうだ。「よけいなことだったわね」胸が締めつけられ、苦しくてたまらない。「巣穴へはこっちでいいの?」おちついた声の響きに、シェンナ自身、ほっとした。心の中では、胎児のようにまるくなってしまいたいほど傷ついていたが、そんなそぶりはすこしも見せなかった。いまこうしていくらホークとふたりきりですごせるとしても、あの力強い手がほかの女性の肌をなで、ほかの女性の胸にふれるとわかっていて、これから夜をやりすごすことになるのなら、もう耐えられなかった。

「いや」——意図せずからかうように、その声がゆっくりと肌を愛撫する——「ちょっと遠回りしていこう」

「わたしはもどりたいんだけど」いまこの瞬間、ここでこの男性といっしょにいることだけはがまんならなかった。自分をこんなに苦しめるこの男性に、ほとんど憎しみを抱きそうになっているのだから。

「だだをこねているのか、シェンナ?」容赦のない言葉。愛撫するように優しい口調がいきなり、かみそりの刃のように鋭くなる。「甘ったれたガキみたいなまねは、もうやめにしたはずだろうに」

自分がだれよりも求めてやまない女性が、ほかの男をベッドに招きいれるつもりだとしたら、いったいどんな気持ちがすると思うの?。ぼろぼろに崩れたおのれのプライドにしがみつき、シェンナはそんな言葉をぐっとのみこんだ。もうごめんだわ。もう……充分よ。女にだって、どうしても受けいれがたい、許せないことがあるのだ。

「どうしてふたりでこんなところにいるの？」氷のような冷たさのにじんだ声でたずねる。「星空の下で、こんなに夜遅く、なんでまたふたりで散歩しているわけ？」

狼の淡い色合いの目が、闇の中でこちらに向かってきらりと光った。つねにほしいものを手にしてきた男性のまなざしだ。「おれたちは群れの仲間だぞ。それに美しい夜だ。ただそれだけのことだろう」

「ばかばかしい」ついけわしい声で否定してしまい、のどがかすれてひりひりした。「こんなまねをされたら、あなたのことが忘れられなくなる。そうわかっていながら、わたしをもてあそんでいる。一方で、自分にとってきわめてだいじな主義を曲げるつもりはないくせに。あなたなんて、くそくらえよ」ごくごく静かな声だった。さけんだり、どなったりするつもりはない。自分がこわれていくさまを、ホークに見せるつもりはなかった。「おこぼれをちょうだいするなんて、まっぴらごめんだわ」くるりときびすを返して、シェンナは巣穴に帰りつけるであろう方向へと歩きだした。

「シ、シェンナ」

シェンナは立ち止まらなかった。そんなわけにいかない。立ち止まってしまえば、目の奥に熱い涙がこみあげているのを見られてしまう。ホークのせいで泣いているのが、さとられてしまう。そうなれば、もはやこれ以上のはずかしめはない。

「いますぐ止まるんだ」

その声はすぐ耳もとで響いた。狼が恐ろしいスピードで追いついてきたのだ。もうだめだ。シェンナの中で、なにかがぷちんと切れた。


ホークが首すじをつかもうとしたとき、シェンナが体をひねってこちらに向きなおった。その瞳からは星々が消えている。シェンナの能力を知っているホークは、攻撃を予期したが、相手は深く息を吸いこみ、がっくりとうなだれた……と、ぱっと燃えあがったのだ。

琥珀色の筋の混じった、荒々しい真っ赤な炎。だが、この烈火は熱を発していない。しかし、この世のいかなる武器よりもはるかに危険だと、ホークはたしかに知っている。内なる狼がひっしに手をさしのべ、彼女を守ろうとするのを抑えながら、ホークはその場に立ちすくんだまま、じっと目をこらした。燃えさかる炎の中で、シェンナ自身の体はなにごともなく、ぶじだった。いや、ぶじとは言えない。全身の筋肉が張りつめ、強烈なサイキックパワーによる風圧で、髪がなびいている。だが、この炎が、シェンナからなにを奪うにせよ、ともかく彼女の皮膚は焼けこげてはいない。

彼女の身が安全だとわかっていても、シェンナが炎の中心にいた十秒間は、ホークにとってまるで一生のように長く感じられた。「今度そんなまねをしてみろ」炎が消えるやいなや、ホークはうなるように告げた。「絶対に湖にほうりこんでやるからな」

シェンナは顔を上げた。瞳にはいまも琥珀色の炎がちらついている。「やってみればいいわ」

そんなふうに真っ向からいどまれることに、内なる狼は慣れていない。「さっきのはなんだったんだ？」以前、シェンナが自身の力をためしているのを見かけたが、これとはまるきりちがっていた。あのときは、炎にのみこまれてはいなかった。

「たんなるパワーの放出よ」シェンナはふたたびホークから離れて、歩きだそうとする。

内なる狼が激昂（げっこう）する。「ベイビー、もしー――」

「や・め・て。ベイビーなんて、呼ばないで」くるりと向きなおって、シェンナがじっと見つめる。そのまなざしにはすさまじい、破壊的なパワーが感じられる。弱い男なら、ふるえあがっていただろう。

だが、ホークはアルファの狼なのだ。譲歩するなどとシェンナが思ったのなら、それは大まちがいだ。「どうとでも、おれの好きなように呼ばせてもらう」ホークは彼女のパーソナルスペースに侵入してやった。いやなら、シェンナのほうがあとずさるか、それとも息をするごとにたがいの胸をふれあわせるか。

シェンナは一歩もひかない。矛盾したことに、内なる狼はそのことに満足感をおぼえた。「そんなふうに」その言葉は、冷たい闇につつまれている。シェンナのそんな闇の部分を垣間見たのは、彼女の亡命後、数日間のことで、それ以来まったく目にしていなかった。「呼んでいいのは、わたしの恋人だけよ。あなたはもはやその候補にすらなれないわ」

はげしい怒りが、かぎ爪と牙の塊のような荒れくるう獣となって、全身を駆けめぐる。だが、この身からのがれでようとする野性の本能を、ホークは無理やり抑えつけた。それから、もうしばらくシェンナをひきとめられそうな言葉をかけた。ああ、そうとも。おれは身勝手な男だが、それを否定したことは一度もない。シェンナ・ローレンに対しては、とくにそうだ。「この場所は、ほかのだれにも見せたことがないんだ」

シェンナの瞳から冷たい闇がしりぞき、星々があらわれた。「わたしをもてあそんでいるのね」正真正銘の弱さが顔に浮かび、彼女の魂がむきだしになる。

おのれの目に映った、そんな彼女を自分のものにしたい。激しい欲求がわきおこっても、ホークは動揺したりしなかった——いまではそれは容赦ない痛みとなってつねに彼を苦しめていたからだ。「だからといって、嘘をついているわけじゃないぞ」内なる狼は、身をこわばらせながら、じっと待っている。

シェンナがふたたび並んで歩きだすと、ホークはこぶしを握りしめて、おのれの欲求を抑えつけた。手をのばして、暗い宝石を思わせるつややかな髪をつかみ、彼女をひきよせたい。それこそ頬と頬がふれあうほど身を寄せあい……この腕の中で彼女がとろけてしまうように、甘い言葉をささやき、かわいがってやりたい。「Xはみなおまえのような髪の色をしているのか?」その肌にふれられないのなら、せめて声だけでも聞きたくて、ホークはこらえきれずたずねた。

心底驚いたようすで、シェンナがちらっとこちらを見た。「さあ、わからないわ。でも、この髪は、不思議なくらいXにぴったりね」

暗闇に隠れた炎のような色。ああ、たしかにぴったりだ。「おまえの能力について教えてくれ」

「もう知ってるはずよ」

「おまえ自身の口からは聞いていない」実情については、ジャッドからすでに説明があった。万一、シェンナがきわどい状況におちいり、〈ローレンネット〉にいるほかの家族たちが無力化されてしまえば、どうすべきか、指示も受けている。内なる狼が歯をむきだして、うなった。これまで、ホークは冷酷な決断を何度かくだしてきたが、シェンナをひどく傷つけるようなまねが自分にできるかどうか、心もとなかった。シェンナをなぐりつけ、即座に気絶させるようなことが、自分にできるだろうか。

となりにいる女性はすぐに答えようとせず、長い沈黙が流れた。数分がたち、ホークの耳に、カサカサと下生えの鳴る音が聞こえてきた。シェンナのすさまじいパワーが炸裂（さくれつ）したせいで身をひそめていた夜行性動物も、ようやくまた動きだしている。

「あれは冷たい炎……Xファイアーと呼ばれているの」シェンナはついに口をひらいた。「あらゆるものを焼きつくして、灰にしてしまう……人間の体も灰になるわ。ほんの一瞬にして」

　シェンナの言葉には、長いあいだの苦しみがにじんでいる。「まだ子供だったんだな？」

　ぞんざいにうなずいたものの、シェンナはのばされたホークの手からさっと身をひいた。なぐさめはいらない、ということだろう。シェンナがふたたび口をひらいたとき、その声音から、子供時代の苦しみについて話しあうつもりはないとわかった。彼女の声はまるで霜（しも）におおわれているようだったが、その下ではかすかなふるえが感じられた。「冷たい炎は、いわば第一波にすぎない。Xのパワーがぐんぐん増幅されていき、やがて――」

　またしても沈黙が流れた。ホークの鼓動が彼女のそれと重なり、ひとつになる。

「相乗作用（シナジー）。そう呼ばれているわ。このシナジーに達するようなことがあれば――」鋭く息を吸う。「わたしたちXが、まさに生きて息をしている兵器と呼ばれるのにはちゃんと理由があるのよ」話しだしてからはじめて、シェンナはホークに向きなおり、射抜くような目で見つめた。「群れに危険がおよぶ心配はしなくていいわ。たしかに、自分を制御できなくなるかと思うと、怖くなることもあるけれど」痛々しいほどの正直さで、シェンナが言う。「でも、だからこそ、シールドの強化にいっそう励んできた。それに、万一の場合にそなえて、二重に安全装置が働くようにしてあるから」

その安全装置とは、おそらく死にいたるものなのだろう。そのことをわかったうえで、ホークは言った。「おれがそうあっさりとおまえを放してやると、本気で思うのか？」

突然、何十歳も年上になったような、断固たる怒りに満ちたまなざしが向けられる。

「放してやるだなんて、わたしはあなたのものじゃないのよ」

コンピューター２（A）より回収

タグ：私信、父親

処理は不要

差出人：アリス <alice@scifac.edu>

宛先：父 <ellison@archsoc.edu>

日付：一九七一年十一月十八日、午前十時三十二分
件名：Re: Re: Re: ＪＡ掲載の論文

お父さん、

返信ありがとう。そうね、お父さんの言うとおりだわ。わたしの研究は、いつかXたちの役に立つかもしれない。だから、つらくなっても、そう思ってがんばるつもりよ。

またゆっくりメールするわね。いまパリにいて、これから研究ボランティアのひとりに会いにいくところなの。その子はすてきな少年よ——利口で、ユーモアがあって、年のわりにすごくおちついていて。じかに会ったXは、みんなそういうタイプばかりだった。その理由がわかっているから、こんなふうに書きたくはないんだけど、まるで人生を早送りしているみたいに、彼らはまだ幼いうちから、いっきに大人になってしまうのよ。

その子と会ってから、また連絡するわ。

愛をこめて、
アリス

14

午後遅く、トビーとマーリーがまだ課外活動に参加しているうちに、ウォーカーは診療所の休憩室でラーラをつかまえた。うしろ手にドアを閉め、相手が逃げられないようにする。

当然ながら、ウォーカーが近づいたことは、すでに匂いでわかっていたのだろう。ラーラはカウンターにもたれて、腕を組んだ。「なに?」黄褐色に近い茶色の瞳は、狐の明るい目の色を思わせる。ラーラのまなざしには、職業上の興味以外のなにものもなかった。「だれかけがでもしたの?」

ウォーカーもドアにもたれかかり、同じ姿勢をとった。そのとき、ふと気づいたのだ——崖っぷちでふたりで話をしたあの日まで、ラーラが思いのこもった目でまっすぐに見つめてくれることが、すっかりあたりまえになっていた。いま、ラーラのまなざしにはなにも感じられず、ウォーカーは胸になにやら鋭い痛みをおぼえた。「デートはどうだった?」なんでまたそんな質問をせずにいられないのか、自分でもわからない。

ラーラの唇が官能的なカーブをえがき、笑みを浮かべる。「キーランは女性の扱いを心得ているもの」

氷のような冷静さが、ウォーカーの心に広がっていく。血管に冷たいものが走った。彼は幼い子供たちの教師となるべく訓練された精神感応者（テレパス）であり、そっとかすかに相手の心にふれることができるが、能力度数は七・八度と測定されている。つまり、なんの痕跡も残さず、相手を殺害できる能力があるわけだ。「あの男はきみよりも年下だ」まだ弱く、未熟で、あらゆる危険からラーラを守ることはできない。それでなくとも、治療師として、ラーラはどんな危険な場所におもむくことになるかしれないのだ。

ラーラは肩をすくめた。ボディラインにぴったりそった、さび色のVネックセーターを、彼女の豊かな胸が押しあげている。「たいしてちがわないわ」

「そういうことじゃない」

むこうを向いて、ラーラはすばやく、たしかな手つきで、コーヒーを用意しはじめた。ウォーカー自身、彼女のその有能な手が、巣穴の数多くの仲間たちを看護するのを目にしてきた。「彼がまだちょっと子供だってことは、わたしだって否定しないわ。でも、二十代前半の男性なんてたいていはそうでしょう」

故意にこちらに背を向けたのだと、ウォーカーにはわかっていた。口には出さなくても、きっぱりと拒絶しているのだろう。しかし、ウォーカーがこれまでだれかの命令にしたがったことがあるとしたら、それは家族の身の安全のためにやむをえないときだけだった。「あいつはきみのことをわかっていない」ラーラは三十歳とはいえ、それでも、治療師としてこの巣穴をまかされるにはずいぶん若かった。

ほとんどのチェンジリングの群れと異なり、〈スノーダンサー〉には複数の治療師がおり、広大ななわばり内に散らばっている。それぞれが〈スノーダンサー〉の副官(ルーテナント)と血のきずなで結ばれ、チェンジリング特有の、権限の委譲を可能にしている。なかにはラーラよりも数十年も先輩の治療師も何人かいるが、アルファであるホークとじかに血のきずなで結ばれているラーラは、仲間の治療師からも絶大な信頼と尊敬を集めていた。ラーラはずばぬけた癒やしの力を持っているが、加えて、群れのすこぶる支配的なメンバーにもひるむことなく対処できるだけの意志の強さや愛情をそなえている。そんな女性には、青二才などではなく、同等の強さを持つ男こそふさわしい。

「まったくもう、ウォーカー」ラーラはそう言うと、コーヒーカップを手にして、こちらに向きなおった。首のうしろのおだんごからほつれた、ウェーブのかかった毛が、顔にそっとかかっている。「わたしがキーランと〝伴侶〟のきずなを結ぶとでも思っているのね」コーヒーの湯気を吹きながら、ラーラが進みでる。ごくうっすらと浮かべた笑みが、まるでメスのごとくウォーカーに突き刺さった。「患者のようすを見にいくわ」

嘘をついたのだろうが、そうとも言い切れず、ウォーカーはやむなくラーラを通してやった。彼女が去っていくとき、温かい上品な香りが、ウォーカーの全身をなでていった。だが、患者の部屋へ行く途中で、ラーラがちらっとふりかえり、狐を思わせる茶色の瞳でウォーカーをとらえた。「ときには」彼女が言う。「ただのセックスだけの関係もあるのよ」

その日の午後、シェンナは非番だった。一流大学のオンラインコースで受講している上級物理学の課題を終えてしまうと、安全地帯(ホワイトゾーン)へと向かい、子供たちの課外活動を手伝うことにした。歩きながら、ただ学問のことだけに意識を集中しようとしたが、嵐のような感情と暗い美しさに満ちた昨夜のことをつい思い浮かべてしまう。

Xの能力である、冷たい火を燃やして、おのれの全身が荒々しい炎につつまれたあとのことだ。ホークに導かれるままに、苔むした小さな洞窟(どうくつ)に入ってみると、そこでは夜咲きの野の花々が咲き乱れていた。中央の小さな池はしんと静まりかえっており、水面が鏡のように澄み切っていた。きゃしゃな花々に指先をふれてみたとき、シェンナの魂は驚きでいっぱいになった。これはホークからの贈り物なのだ。そうさとって、胸が苦しくなった。ほかのだれにも見せたことのない自分自身の一部を、ホークは彼女に与えてくれた。

だが、そのことで、シェンナは心が打ちくだかれる思いがした。ホークがどんなに自分に惹きつけられ、ふたりがどれだけ強く惹かれあっていようと、なにしろ、ホークは鉄の意志を持っているのだから、どうしようもない。その強い意志によって、今夜、ホークがほかの女性に手をふれたら、シェンナはばらばらにひきさかれ、血まみれの肉片となってしまうはずだ。ホークはその女性にキスをするだろう。そして、さらに――。

「シンナ！」安全地帯（ホワイトゾーン）に入ってしばらくすると、ベンがだっと駆けよってきて、シェンナの足もとで急停止した。とたんに、シェンナの頭の中をぐるぐるまわっていた思考が中断された。「こんにちは！」ベンは両腕を大きくひらいた。

その場にしゃがみこみ、シェンナはベンをしっかりと抱きしめながら、耳もとにささやきかけた。「靴ひもをちゃんとしてほしい？」

ベンはこっそりとうなずいた。

靴ひもを自分できちんと結べないことを、ほかの子供たちに知られたくないらしい。ベンのそんな男の子としてのプライドをほほえましく思いながら、シェンナはぶらさがっていた靴ひもをきちんと結びなおしてやった。それから、立ちあがったときには、群れの仲間から声をかけられ、かくれんぼの審判をすることになった。十分後、ドリューが彼女を見つけて、走ってきた。「やあ、シュガーパイ」片腕をシェンナの肩にまわして、彼女を抱きよせ、みずからの体のぬくもりでつつみこんだ。ばかげたあだ名で呼ばれて、シェンナは思わず顔をしかめた。ドリューは、彼女が甘いものに目がないとわかって――しょっちゅうお菓子をくれるのだが――それ以来、こんなふうに彼女を呼んでいた。

「そんなにいやな顔をするなよ」一本の指で、シェンナの鼻先をとんとんとたたく。「仲よくしようじゃないか。でないと、だれかさんが大好きな、ピーカンのヌガー入りチョコレートバーをあげないぞ」

シェンナは胸が苦しくてならなかったが、自分を妹扱いしているこの男性といっしょにいると、ついほほえまずにいられない。ドリューはいつも笑ったり、ふざけたり、からかったりして、なにかにつけ、彼女にちょっかいを出してくる。「鷹たちといっしょにアリゾナにいるんだとばかり思っていたけど」

「数時間前にこっちにもどったんだ」ドリューは、チョコレートバーを彼女のポケットにさっとすべりこませてくれた。

ぐっと顔を近づけ、シェンナははっきりと音を立てて、匂いをかいだ。「うーん、シャワーを浴びたばかりね。帰ったとたん、なにをしたのかしら?」

ドリューがいたずらっぽい、意味ありげな笑みを浮かべてみせる。頬にきゅっと男らしいえくぼができる。「それはきみのご想像におまかせするよ、ミズ・シェンナ・ローレン」

大きな傷の塊のようになったシェンナの胸の奥から、笑いがこみあげてくる。「〝伴侶〟になってうれしそうね」ドリューはつねに巣穴の中でもとくにおおらかな仲間のひとりだったが、いまや、とてつもなくしあわせそうで、インディゴへの愛情をいっさい隠そうとしていない。

「そうとも」ちょうど、小さな女の子が、隠れていた茂みから顔を出したので、ドリューはシーッと唇に指を当てた。すると、女の子はまた隠れてしまった。「ちょっと賢明な助言でもしてやろうと思って、ここに来たのさ。おれのほうがきみよりもずっと年上で、利口だからね」

「よく言うわね。インディゴの携帯電話を盗んでなにをするのかと思えば、彼女の名前を大声でさけんで録音したものを着信音にしようとしたくせに」

ところが、ドリューの反応は思いがけず真剣そのものだった。「おれもきみと同じ問題をかかえていたんだ」

シェンナはぱっと言いかえそうとしたが、途中で口を閉じてしまった。「ええ……

そうだったわね」ドリューはインディゴよりもほんの四歳年下だが、群れの序列の中で彼女と同じ立場にはなかった。上位に属する副官(ルーテナント)に求愛するのはむずかしかったはずだ。

「おれはあきらめなかったぞ」

胸がちくりと痛んで、シェンナは思わず身をひこうとした。「わたしだってあきらめてないわ」ホークにいっしょにいてほしいとたのんだが、あれほどきっぱりと拒絶され、シェンナの心はいまだに傷つき、血を流している。

「どうかな、スイートハート」ドリューはあごをさすった。ものうげな口調だが、まなざしは鋭い。「おれが見たところ、きみのほうからロザリーとホークにゴーサインを出してやっているようにしか思えないが」

冷たい炎が、指先からめらめらと燃え上がる。シェンナはこぶしをぎゅっと握りしめ、その火を抑えこむと、あたりにいる子供たちがかくれんぼに夢中なのをたしかめてから、小声で悪態をついた。「言わせてもらえば、あなたのほうがずっと有利な立場にあったじゃないの」ドリューは副官(ルーテナント)ではないが、ホークやほかの群れの仲間たちが彼の話に真剣に耳を傾けるのを、シェンナは目にしていた。

「ああ、きみにとっては残念だが」

「もう、片っ端から、物を投げつけてやりたくなるわ」

シェンナは身を離そうとしたが、ふたたび、ドリューに抱きしめられてしまった。巣穴の中でもっとも抜け目のない狼が、声を落としてささやく。「だが、きみだって優位に立っているんだぞ、スイートハート。きみはすでに相手の頭の中に入りこんでいる。どうやって心をかきみだしてやればいいか、わかっているだろうに」

もはや避けがたいと思われる戦いにそなえ、戦略会議に一日を費やしてから、ホークは夜になってあたりが漆黒の闇におおわれたころ、ようやく外に出たのだった。巣穴にもっとも近い湖にたどり着き、岸辺を洗う水の動きに目を凝らすうちに、木陰からロザリーが姿をあらわし、湖岸の砂利を踏んで近づいてきた。自信たっぷりの、女としての魅力を意識した歩きかた——心の底からの渇望をむきだしにして、こちらをじっと見つめていた特級能力者（カーディナル）のサイとはまったく正反対だ。あんなふうに思いをぶつけられ、昨夜、ホークはあやうく決意をくじかれそうになった。

この手でさっとふれるだけで、銀色の月明かりの中、彼女を一糸まとわぬ姿にして、濃い緑色のやわらかい草むらに押し倒せただろう。ルビー色の真っ赤な炎のような髪を、野の花々の上にひろげて。あまりに鮮烈なイメージに、内なる狼がうなり声をあげた。主導権を奪い、お気にいりの獲物を狩りにいこうとする。

「そんな顔をして」長身の肉感的な体をホークのわきにぴたりと寄せて、ロザリーが言う。「わたしをベッドに誘いたくてたまらないようには見えないわね」

　ホークは彼女の髪に手をさしいれ、指でもてあそんだ。波うつマホガニー色の髪は美しいが、昨夜、月光の下で見た、濃い色の、絹のようにつややかな長い髪ばかり思い浮かべてしまう。「きみはおれにはもったいないよ、ローザ」

　ハスキーな笑い声。「当然、そうでしょうとも」ロザリーがホークのあごにキスをする。顔を合わせようと身じろぎしたとき、胸のふくらみが彼の胸板をかすめた。「狼が手綱を握っているのがわかるわ。あなたをコントロールしようとしているのね」

　チェンジリングの野性的な欲求に突き動かされ、こんなまねをしようとしているのが、ホークはたまらなくいやになった。だが、それはなにもロザリーがきらいだからではない。「おれはひどい男だ」

「そうでしょうね」ホークの首に腕を巻きつけながら、ロザリーが同意する。

　ホークは片眉をつりあげた。

「なにしろ、相手はアルファなのよ。わたしだって、〝すごくよかったわ。もう一回〟って言いたいじゃないの」指先でホークの唇をなぞりながら、どこまでも深い緑色の瞳の濃いまつげごしに、ロザリーがまじめな顔でちらりと見る。「ふたりともわかっているはずでしょう？　おたがいになんの見返りも求めないって」

　誘いに応じて、内なる狼が飛びかかろうとするのではないかと、ホークは半ば危惧していたが、狼はむっつりとしたまま、動こうとしない。だが、きわめて猛々しい性的欲求に身もだえしているはずだ。「わかっている」

ロザリーは小首をかしげた。髪がふわりと肩にかかる。「それなら、どうしてわたしの服を脱がそうとしないの？」その言葉には批判はいっさい感じられない。友人として心配しているだけだ。

手を上げて、ホークは彼女の頬骨をさっとなでた。内なる狼は、この女性が官能的な魅力にあふれ、美しく、知的だとわかっている。人間としてのホークも同感だ。だが、ひとつだけ問題がある。「インディゴは正しかったよ」――そうさとって、自分の世界がぐらりと傾くような衝撃を受けた――「こうやっても、おれの飢えを満たすことはできない」おのれを苦しめている欲求は、特定の、ただひとりの女性だけに激しく向けられたものだ。

「ということは」腰に手を当てながら、ロザリーが言う。「こんなにわたしの体を熱くして、うずうずさせておきながら、追いはらうってこと？」

「怒っているのか？」ホークは彼女に鼻をすりよせた。内なる狼は、彼女を傷つけたくなかったからだ。

ロザリーは笑った。恨みを抱くことなく、寛大な精神をもって生きてきた女性らしく、大きな、色っぽい笑い声をたてる。「驚くほどのことでもないわ、愛しい人」やはりほほえんだまま、ロザリーはホークの唇にキスをした。「友だちとして、ここに来たのよ——あなたはふれあいを求めていたから。あまりに頑固だからあの子を追いかけないだろうと思って。あなたたちふたりの関係がそこまで進んでいるなんて、思いもよらなかったわ」

相手の決めつけるような発言に、ホークは思わずうなり声をあげた。「自分の欲求を認めたからといって、それを行動に移すと決まったわけじゃないぞ」

「つまり、こういうことなのかしら」ロザリーは彼の胸をつついた。「あなたの性的興奮がほとんどわかるくらい——ああもう、すごくセクシーだわ——あの子がほしくてたまらないくせに、追いかけるつもりはないわけ？」

シェンナがどんなに若く、うぶで経験がないかを、ホークは思いおこした。

〝バージンのまま死ぬつもりはないから〟

ホークは処女を好むわけではない。ことにいまは、おのれの自制心がずたずたにひきさかれているようなものなのだから。おそらくひどく怖がらせてしまうだろう。もう二度とセックスしたくないと思うかもしれない。「ややこしいんだ」

「まあ」ロザリーは納得したようには聞こえない。だが、さらに質問攻めにあう前に、ホークの衛星電話が鳴った。

応答してみると、驚いたことにホセの声が聞こえてきた。「ルークの番だぞ」ホークはそっけなく答えた。行儀の悪い群れの仲間たちのベビーシッターをする気分ではない。今夜、もめごとを起こすのなら、留置場にぶちこまれて、そこでしばらく頭を冷やせばいい。

バーの店主は、ふうとため息をついた。「ほかの男がおまえさんの彼女にちょっかいを出してないかどうか、心配だろうと思ったのさ」

ホークのかぎ爪がとびだす。「彼女に手をふれてみろ、そいつらみんなひどい目にあわせてやるぞ」

「彼女は無事だよ――酒をぐいぐいあおってはいるが……それに猫族のやつがぴたりと寄りそっている」

うなり声がホークの胸からあふれだして、あたりの空気が一変する。「そいつといっしょに店から出すんじゃないぞ」ホークが通話終了ボタンを乱暴に押して、顔を上げてみると、ロザリーが満面に笑みを浮かべていた。「うるさい」

「ちょっと、わたしはその場に居合わせただけで、なんの関係もないんだから」ロザリーは降参とばかりに両手を上げた。「でも、彼女のところに行くのなら、そんな怖い顔はやめたほうがいいわ」

「よけいなお世話だ。あいつなら心配いらないさ」どなり声になっていた。

シェンナは〝彼女の〟六杯目のグラスをこっそりキットにまわした。

キットが顔をしかめる。「こういう女の子が好きそうな酒をたのまなくてもよかったろうに」

「言っておくけど、わたしだって女の子なんですからね」先にオーダーしていたウォッカ類なら、難なくうまくごまかせた――無色の酒は、カウンターに置き去りにされた空のグラスや角氷の残っているグラスに混ぜてしまえば、そのうちバーテンダーが片づけてくれるからだ。だが、リキュールをショットで飲むとなると、目立ってしまうのでそう簡単にはいかない。

身ぶるいしてから、キットはさっとバタースコッチ・リキュールを飲みほした。代わりに飲んだことがばれないように、さっとグラスをシェンナのほうによこす。

「なんてまずいんだ」キットはビールをごくごく飲む。「こういうのはもうこれっきりにしてくれ」

「これでうまくいくはずよ。ホセがこっちを見てるもの」シェンナは酔ったふりをして、とろんとした目つきでホセに笑いかけた。

鹿チェンジリングの大柄な男性は、狼にも負けないほど無関心な目でこちらを見返しただけだ。

あまり調子に乗らないほうがいいと判断して、シェンナはキットの肩にもたれかかった——ところが、思いがけず、相手の真剣なまなざしに気づいた。「どうしたの？」

「きみがホークに強く惹かれているのはわかっている」肩をずらして、シェンナのほうを向きながら、キットが話しかける。「だが、今夜どうなるか、本当にわかっているのか？　それでいいんだな？」

シェンナも自分自身に同じように問いかけたが、答えはひとつしかなかった。「ホークがチャンスをくれなければ、どうなるか、わたしにもわからないの」そこでキットの手を握った。「わたしにはやっぱりこの人の相手は無理だと思い知らされるだけかもしれない」シェンナは正直に答えた。ホークがただ優しいだけの恋人になるはずがない——なんとかふたりの関係を認めさせることができたとしても。「だけど、これだけはわかっているわ。あの人がほかの女性のもとに行くのを黙って見ていられるはずがないって」

キットがじっと見つめる。「自分でもよく考えたうえでのことか」

「そうよ」これでどうなろうと、とにかく現状のまま——ふたりの関係がどっちつかずのまま、緊張が絶え間なくつづく——ではもはや耐えきれない。「だからって怖くないわけじゃないけど」

掌をひっくりかえして、キットが彼女の手を握った。その目に猫族らしい笑みが浮かぶ。「きみの勝ちに賭けてみるよ」

顔を近づけ、キットの頬にキスをすると、シェンナはたずねた。「バーカウンターにまた上がるのはいつがいい？」

「ホセが電話をしてから、ホークがおそらくフルスピードで運転してくるとして、あと二分もすればころあいだろう」

「わかったわ」シェンナはバーカウンターにおいてあった携帯電話をとり、うしろポケットに入れた。ハンドバッグは持参していない。「それなら、その二分のうちに、あなたはここから出られるわね」

「おれは逃げたりしないぞ」まさに侮辱にほかならなかったらしい。

群れで長く暮らしているので、シェンナは男のプライドをよく理解している――それがどんなに馬鹿げたプライドだとしても。「逃げるんじゃないわ。ホークがわたしじゃなくてキットのほうにばかり気をとられたら、計画がだいなしになるからよ」

「そうか」ビールを飲みほすと、キットはバースツールから立ちあがった。

だが、そのとき、キットがまったく予期せぬ、信じられないことをしでかした。シエンナをぐいとひきよせ、熱く、荒々しいキスで彼女の唇を奪ったのだ。キットがいずれそうなるであろう大人の男を感じさせるキスだった。唇が離れるころには、シェンナの心臓が二倍の速さで鼓動を刻んでいた。「あっ、えっと、いまのは……」自分でも認めざるをえない。ホークのときのようにぱっと燃え上がるような感情の高ぶりはないが、キットはその気にさえなれば、彼女をベッドに連れこめただろう。まさに驚きだった。「よくないわよ」ようやく言葉が出た。「すごく〝よくない〟キスだわ」

男らしく満足げにほほえみながら、キットはかかとに体重をのせて体を揺らした。「前もって警告しておくよ——これできみの肌におれの匂いがついたはずだ。ホークはお気に召さないだろうが」

ずる賢い猫だ。こちらの味方でよかった。「そろそろショータイムね」

キットが身をかがめて、シェンナの耳もとに唇を寄せてささやく。「遠くにはいかない。ホークが手に負えなくなったら、おれが助けてやるよ」

「あの人はわたしを傷つけたりしないわ」自分の人生において、それだけはなによりもたしかだった。「上げてちょうだい」

キットがシェンナの体を持ち上げ、バーカウンターの上で踊っている、もうひとりの女性のとなりにおろした。ほっそりした豹の女性が、彼女に投げキスをする。とたんに、あたりからひゅーひゅーと口笛を鳴らす音が聞こえた。そのあいだに、キットはさっと姿を消した。ガラス張りのバーからのエレクトリック・ブルーの明かりに照らされ、シェンナともうひとりの女性のシルエットが浮かびあがる。ずらりと並んだ酒のボトルが、光を浴びて宝石のようにきらめいている。ニッキーがジェイソンをからかおうとしてふざけているだけだとよくわかっていたが、シェンナも投げキスを返した。バーカウンターのあたりで、どっと歓声があがる。

客たちが口々にけしかけた。「キス、キス、キス」ちょうどそのとき、ホークが店内に入ってきたのだ。

そして、シェンナは、アヽルヽファヽという存在の意味を思い知ることになった。

15

ホークは一言もしゃべらず、物音すら立てなかった。だが、客のひとりがその姿に気づくやいなや、そばにいる仲間を肘でついて合図した。まもなく、三十秒もしないうちに、クラブ全体がしんと静まりかえっていた。すかさず、ホセも音楽のスイッチを切った。

ニッキーがカウンターからするりとおりて、ジェイソンの腕におさまった。「幸運を祈るわ」とシェンナにささやき、店の隅にいる〈ダークリバー〉の若者たちのグループへと姿を消した。

バーカウンターまでやってくると、ホークは顔を上げた。狼がシェンナを見ている。狼の声がたずねる。「肩にかつがれたいか、それとも自分の足でおりるか?」

シェンナはごくりとつばをのんだ。「足で」

「よい選択だ」シェンナがいったんすわって、カウンターからすべりおりようとしても、ホークはその場から動こうとしなかった。ホークの体の熱が、男っぽく攻撃的に、シェンナのむきだしの肌にうちつけてくるような気がする。

そのとたん、セクシーなコルセット風のトップスを着たことが、どうもまずかったような気がしてきた。ニッキーとショッピングをしてから、せっかく今度は自分ひとりで選んだというのに。肩が露出しているトップスは、ほとんど裸のように感じられてしまう。バストがぐっと押し上げられており、おへそのすぐ下あたりからローライズ・ジーンズのベルトのあたりまで、お腹が丸見えになっている。ぜいぜいと荒い呼吸をしているせいもあって、息を吸うたびにまるで胸のふくらみを相手に捧げているようだ。

だが、ホークはなにも言わなかった。肌をあらわにしたよそおいに気づいたそぶりも見せず、彼女の腰に手を当てて、ドアのほうへと導いていく。

シェンナはそのままついていきかけた。

だが、途中で、ヒールを床に打ちつけ、足を止めた。酔いつぶれた群れの仲間を迎えにきただけのふりなんてさせない。ところが、ホークの顔を一目見たとたん、ここで歯向かうのはとんでもないまちがいだとわかった。肩ごしに、ニッキーとエヴィーがひっしに首をふっているのが見える。ジェイソンは顔をしかめたが、じりじりと進んでくる。一方、キットとタイはすでに人ごみを押しわけて、こちらに近づこうとしていた――わたしを守ろうとしているのだろう。

みんなの深い友情に、シェンナの胸の奥が熱くなった。

しかし、これは自分ひとりの戦いなのだ。

ホークの腕に腕をからませ、白い半袖のTシャツからむきだしになった肌に、胸を押しつける。「車はどこ?」ろれつがまわらないふりをするまでもない。シェンナがまったくしらふだという事実を、狼の鋭い嗅覚が見のがすはずがなかった。

だが、ホークは腕をほどいて、ふたたび腰のくぼみに手を当て——熱く、ざらりとした感触に、思わず体の芯がきゅっと締めつけられる——外へ連れだそうとする。

「がんばれよ」前を通りすぎたとき、店の用心棒がぼそっと声をかけた。形だけでも、ホークの邪魔をするふりをしてくれればいいのだが。

とはいえ、シェンナがこの人の立場なら、自分もそんなまねはしなかっただろう。

なぜなら、先日の夜とはちがい、ホークは頭にきているようには見えないからだ。怒りがはるかに深く、はるかに冷たいものである証拠だった。いったいどうして態度がちがうのかわからない……だが、SUV車のそばまで来たとき、ようやくわかった。ホークがこちらにかがみこんでくる。「ほかの男の匂いがするぞ」

ホークの体温を間近に感じたとたん、シェンナの体がかっと熱くなる。だが、ここまで踏んばってきたのだから、いまさら負けるわけにはいかない。「ええ、そうね。わたしは狼じゃないけど、あなただってほかの女の匂いがするはずよ」

ホークが嚙んだ。いきなり、なんの警告もなく。肩へとつながる首のつけ根のあたりに、歯を立てたのだ。シェンナはぎくりと飛びあがりそうになったが、両手で腰を押さえつけられた。背骨がとろけてしまいそうだ。期待感に全身の肌がぴんと張りつめる――だが、いまここで屈服してしまえば、すべて終わりだ。考えて、シェンナ、頭を働かせるのよ。ホークに追いつめられ、身動きもできないのだから、それはほぼ不可能だった。両脚のあいだが、じんわりと熱く濡れてくる。ああ、もうだめ。

理性を働かせたわけではなく、どちらかといえば自衛本能によって、シェンナはホークの手でつかまれたあたりに、Xファイアーを細く燃え上がらせた。

うなり声をあげながら、ホークがぱっと手を放した。「おれにやけどさせたな」狼だ。まさに狼の声だった。

シェンナは手を肩にやって、まだ熱が残っている嚙み跡にふれた。「ちょっと警告しただけよ」脅すだけで、ホークにやけどを負わせないように気をつけていた。「あなたに嚙まれるなんていやだから」

ホークの目がきらりと光る。「嘘つきめ」

次の瞬間には、ホークがまたしてもぐっと顔を寄せてきたので、シェンナは思わずはっと息をのんでしまった。それでも、なんとか声をしぼりだした。「例のことだけど、みんなにはっきり伝えてくれたの？」

ホークが噛み跡を親指でなぞった。「なんで半裸も同然のかっこうなんだ?」さりげない質問のように聞こえる……だが、もう片方の手が、ふたたび腰のくぼみにあてられており、いま、ざらりとした指の腹で、トップスからあらわになった肌をなでた。ゆっくり、やんわりと。そして、もう一度。

シェンナはぞくっと身ぶるいしてしまう。

「寒いのか」

ホークは彼女をSUV車に押しこむと、あっというまに車をまわって運転席にすわった。走りだして、ブロックを半分ほどすぎたころ、ようやく動悸がおさまったので、シェンナは口をひらいた。「帰りたくないわ」こんなに不機嫌なホークをどうすればいいのかわからず、おびえている自分もいたが、いまさら、あともどりすることはできない。なにしろ、こっちは本気なのだから。「ホーク? 聞いてるの?」

シートのあいだのホルダーから水のボトルをとり、ホークが答えた。「やつの匂いをとるんだ」

所有欲をむきだしにした強い口調に、シェンナの腿がきゅっとひきしまる。だが、彼女は腕組みをしてみせた。「いやよ」

とたんに、SUV車の中が、低いうなり声に満たされ、シェンナの胸の先端が痛いほど張りつめる。これほど強く感情的に反応してしまうことに――なにも驚いたわけではないが——不安をおぼえながら、シェンナはしっかりしたよりどころを見つけようとした。だが、そのとき、ホークがいきなり道路脇に車を止め、こちらを向いたのだ。「それなら、おれがやろう」ごく淡い色の瞳が闇の中で光っており、きわめて冷静なその声からも、ホークの内に潜む捕食者が完全に解きはなたれたことが、はっきりとわかる。

むこうのけたはずれの支配力にそう簡単にさからえるはずもないが、この車内にいるふたりのうち、ホークだけではなく、自分にも力があることをシェンナは思いだそうとした。「わたしに手をふれてみなさい。眉毛を焦がしてやるわよ」

相手は肩をすくめる。「また生えてくるさ」髪を結んでいたスカーフをはずすと、ホークは水をかけて湿らせた。

「ちょっと！」ホークが迫ってきて隅に追いつめられそうになり、シェンナはぐいと押しかえした。

「おれとたわむれたいんだろう、ベイビー」甘くささやかれ、シェンナはその場から動けなくなった。「それなら、たわむれようじゃないか」

鋭い目でじっと見つめられ、湿った布で唇をぬぐわれると、シェンナの口はからからに渇いてしまった。こんなまねをされて、黙っているべきではない。わかっているが、こうして間近に迫られると、まるで声を失ったかのように、言葉が出てこない——体格のよい、ゴージャスで、怒りに燃える男性が、狭い車内で大きく迫ってきて、息すらできなかった。「ほら」そうつぶやくと、ホークは布でさらに首から肩までふき、かがみこんで、嚙み跡に唇を押しあてた。

興奮の高まりに、シェンナは思わず身をよじりそうになる。あえぎ声をもらしかけて、下唇を嚙んでこらえた。そこは感じるところじゃない。わかっている。それなのに、ぞくぞくするような、甘い責め苦をやめてほしくなくて、シェンナは身じろぎもできなかった。もう一度、キス。しっとりと、熱く。ホークが嚙み跡をなめるたびに、その髪が肌をくすぐる。髪の一房一房で、燃える刻印を押されるようだ。

「今度、あの豹のガキがおまえに手をふれたら」もう一度シェンナの肌をじっくりと味わってから、ホークが顔を上げて言う。「やつののど笛をひきちぎって、あいつ自身に食わせてやるからな」ごくふつうの声音で告げられ、一瞬、なんのことか、シェンナにはぴんとこなかった。

まもなく、ぱっと体を起こすと、シェンナは彼のTシャツの胸もとをつかんだ。

「わたしの友人のだれにも手を出さないで」

忍耐強い、狼のまなざし。恐ろしく危険な、狼のまなざし。

「ホーク」

ふたたびかがみこんで、ホークは嚙み跡をねぶった。

シェンナの全身にぞくっとするようなふるえが走る。窮屈なコルセットに閉じこめられた胸のふくらみが、不満をうったえている。「キットにひどいことをしないで」シェンナは消えいりそうな声で言った。暗い欲望の高ぶりに、ほとんど声も出ない。長いあいだ拒まれてきたせいで、欲望がいまや彼女自身を食らいつくそうとしている。

ホークの手でのどをつかまれた。なにも脅そうとしているわけではない。捕食者チェンジリングの男性が、セックス以外のときに、所有欲をとことんあらわにして女性にふれているにすぎない。「やつの名前を口にするんじゃない」首の脈うつあたりを、親指でなでる。

ホークの手首をつかまえて、シェンナは言った。「わけのわからないことを言わないで」そう口走ったとたん、今夜、ホークに〝人間らしい〟ふるまいを期待してもむだだとさとった。ホークの内なる狼はつねに表面に近いところにいるが、いまはその狼が主導権を握っている。いや、もっと正確に言えば、人間も狼も文明化されたふるまいをするふりすら、かなぐりすててしまったのだろう。

「やっぱりまだ帰りたくないわ」まるきり本心というわけではない――部屋でホークとふたりきりになれるなら、願ってもないことだ。しかし、この男性を勝ちとり、自分のものにしておきたいのなら、相手にわからせておく必要がある。わたしは好きなようにもてあそばれるような女ではないと。でないと、いったんそうできるとわかれば、この人はきっとわたしをもてあそぶにちがいない。

相手のまなざしが用心深くなり、つづきをじっと待っている。

「もう一度、踊りにいきたいの」

ゆっくりと笑みが浮かぶ。

「クラブでよ」シェンナはつけ加えた。部屋でふたりきりになって、ホークの腕に抱かれ、唇がこの肌に押しあてられ、手で体をまさぐられたら、理性的な思考などいっきに吹き飛んでしまうにちがいない。「ほら、そこ」体の芯の部分で欲望が熱く脈うっており、胸のふくらみがかっと熱くなるのを感じながら、シェンナは手近なクラブを指さした。「にぎわっていそうじゃない」

ホークのうなり声はあまりにも低く、太く、シェンナの体にまず伝わってきた。たちまち肌が熱っぽくなり、きらめくような気がする。硬く張りつめた胸の先端がコルセットにこすれる。〈サイネット〉で身につけた規律があるからこそ、どうにか屈服せずにすんだ。「脅すようなまねはよして」

答えることなく、ホークは道路のほうに注意をもどすと、ふたたび車を走らせた。まもなく、このままでは、ほぼまちがいなく巣穴の領域にひきかえすことになると、シェンナは気づいた。この勝負は自分の負けだとわかって、シェンナは体勢を立て直そうとした。あらためて、彼女はいま、冷静で狡猾(こうかつ)な〈スノーダンサー〉のアルファではなく、この人の心の中にある荒々しい、野性の部分と向きあっているのだと思った。

だからといって、あっさり降伏するつもりはない。相手がただしつこくつきまとうのではなく、いきなりおそいかかってきたらどうするか、自分でも見当がつかないが。

「このトップスはどう？　気にいった？」

「そんなのが衣服と呼べるのか？」

「最新のファッションなのよ」ホークのなめらかな、脅すような声の響きをものともせず、シェンナは請けあった。「片側の脇のひもがほどけるのよ。だから脱がせやすいわ」

山の中へと入っていきながら、ホークがハンドルをぎゅっと握りしめる。

「それにこのブーツ」片脚をダッシュボードにのせると、シェンナは片手で腿をさすってみせる。「これをはくと――」

巣穴の領域に入ったあたりで、いきなり、がくんと車が停止した。ホークがこちらを向いて、ぴたりと動きを止める。シェンナにもわかった。いかにも捕食者らしく、油断なく聞き耳を立てているのだ。はっとして、シェンナも脚を下ろすと、テレパシー感覚をぱっとひろげた……すると、付近に複数のサイの精神が感知された。

「サイだ」同時に、ホークが声を落として言う。「車の中にいろ」シェンナが反論するまもなく、すでに車からおりていた。

命令にそむきたくなったが、こんなヒールの高いブーツでは足手まといになるだけだ。そこで、べつの形で掩護することにした。精神的な感覚の片隅にホークをとらえておきながら、テレパシーの感知波をふたたびのばしてみる。当然ながら、侵入者たちの精神はシールドで守られている。だが、ホークの精神に入りこむほうが、なおむずかしい。まさに堅牢な壁さながらの天然の精神シールドがそなわっているからだ。ホークがけがをしたり、危険にさらされようと、けっして知ることはできない。

いらだちをおぼえて、シェンナは細心の注意をはらいながら、ドアをうしろにスライドさせた。

夜気にさらされ、全身に鳥肌が立ったが、そんなささいなことにはかまっていられない。おのれの感覚を総動員して、耳を澄ました。あらゆる感覚――精神的なものもすべて含めて――をことごとく研ぎすまして。どんなにかすかであっても争うようなしるしを感知したら、間髪(かんはつ)をいれず、付近にいるサイの精神をひとつ残らず吹き飛ばしてやるつもりだ。

ここはいわばシェンナの家。ホークは彼女のたいせつな男性。相手がだれだろうと、そのどちらにも指一本ふれさせるものか。

ほんの一分もしないうちに、ホークの内なる狼は気づいたのだ。シェンナほど利口で、危険きわまりない人間なら、事態が悪くなった場合にそなえて、さっそく行動しようとするだろう。*くそっ*。ポケットから衛星電話をとりだすと、ホークは簡潔なメッセージを送った。

合図するまで動くな。狼の遠ぼえは、条件さえそろえば、何キロも先までとどく。正体をさとられるんじゃないぞ。シェンナが生存していると知ったら、評議会はどんな手を使っても彼女をとらえようとするだろう。ホークのほうは、シェンナをあっさりと奪われる気などないのだから、たちまち血なまぐさい争いが起こるはずだ。

それならけがしないで。

返信を目にして、緊迫した状況にもかかわらず、ホークはついにんまりしてしまった。衛星電話をポケットにもどすと、侵入者の匂いのするほうへと、狼らしくそっと忍びよっていく。なわばりに侵入され、内なる狼は怒りをおぼえていたが、それは静かな、的をしぼった怒りにすぎない。ホークの内なる狼と人間の双方が、敵の意図をさぐる必要があるとわかっている。近ごろ、敵のひそかな作戦行動をまんまと失敗へと導いてからというもの、ともすれば〈スノーダンサー〉はみずからの力を過信するおそれもあったが、実際のところ、超能力種族が大きな脅威であることに変わりはないのだ。

音もなく、陰から陰へと移動しながら、ホークは距離を詰めていき、敵の一団からあと一メートルあまりのところで止まった。

「……木が生い茂っているな」

「たしかにそのとおりだ。われわれにはもっと――」そこでしばらく間があった。「この件はまたのちほどにしよう。本部から呼びだしがあった」

　すると、三人目のサイが両手を持ちあげ、片方ずつ、ほかの二名の肩においた。やつらが瞬間移動（テレポート）する前に、その気になれば、ホークはすくなくとも一名、いや二名は始末できただろうが、そのまま見のがしてやることにした。いまは、相手の作戦を知るのが最優先事項だ。首謀者がだれであれ、〈スノーダンサー〉が攻撃計画に感づいていないと思わせておくほうが、その目的ははるかに容易に達成できるだろう。

　このエリアが安全だと確認してから、ＳＵＶ車にもどりかけたものの、ホークはすぐさま足を止めた。シェンナはいわばミンの秘蔵っ子として、これまでの人生の大半を、評議会の用いる軍事戦術や戦略の学習に費やしてきた。おのれの保護意識は、シェンナを安全な繭（まゆ）にくるんで守っておきたいのだろうが、ホークは〈スノーダンサー〉のアルファでもある――冷静に、計算高く、群れを守るためなら、あらゆる強みを利用するべきだ。

　電話をとりだして、シェンナを呼びだした。「こっちまで来れるか？」ホークはたずねた。現場からやや離れた場所まで移動する。あたりにひそかに設置された監視装置によって姿を目撃されたり、盗聴されたりしてはいけないからだ――昨年、ヘンリー・スコットがあんな暴挙に出たからには、これくらい神経質になったほうがよいだろう。

「ええ。テレパシーの目であなたが見えるから」

ホークは顔をしかめたが、なにも言わなかった。やがて、夜の闇の中から、シェンナが姿をあらわした。本人がトップスと呼ぶ、ばかげているほど小さな布地からあらわになった肌が、月光を浴びて銀色に光っている。「どんなサイもそんなふうにおれの居場所がわかるのか?」ホークはきいた。かぎ爪を一振りするだけで、あのコルセットを体にぴったりくっつけているひもを、すぱっと切ってやれるだろう。

シェンナはかぶりをふった。例のスカーフでまた髪を結いあげている。「あなただって特定できるわけじゃないわ。テレパシー・スキャンをおこなって、チェンジリングの精神をひとつだけ見つけたということなの」

満足すると、ホークは敵に侵入されたエリアを指さして、連中の会話をそのまま伝えた。「なにかわかりそうか?」

樹木が茂ったあたりを軽くスキャンしながら、シェンナはぼんやりと両手で二の腕をさすっている。「あなたがすでに気づいていることしか、わからないわ、たぶん――もっとスペースがいるというのなら、中継地点をさがしているんでしょうね」

「ああ」ホークはそばに行って、うしろからシェンナの体を両腕でくるんでやった。

「凍えているじゃないか」こんなかっこうでは当然だろう。だが、シェンナの服の選択に、内なる狼はもはやいらだちをおぼえてはいない。こうして〝肌でふれあう特権〟を手に入れようとしているのだから。「行こう」野性的なスパイスの香りを吸いこみながら、ホークは言った。「ここにいても、今夜はもうなにも情報をつかめないだろう」明日、技術者たちを派遣して、このエリアを調べさせよう。監視装置が残っていないかどうか確認させるのだ。

ふたりで歩いてもどり、車に乗りこんだが、そのあいだ、シェンナはいつになくおとなしかった。ホーク自身は寒さはまったく気にならないが、ヒーターのスイッチを入れ、強にしてやってから、車を出した。「なにを考えているんだ?」

「またしても、わたしの種族があなたたちをおそったのね」静かな言葉だ。「だからサイを憎んでいるの？　攻撃をやめないから?」

流血と苦痛の記憶がよみがえる。仲間たちがたがいに争う中、愛する者たちが、次々とかぎ爪と牙に倒れていくようすが頭にうかぶ。「そうじゃない」二十年以上前のあの血なまぐさい事件による傷跡が消えることはないが、その後の数年間、ホークをただ突き動かしてきた凶暴な怒りはもはや過去のものだった。「すべてのサイを憎んでいるわけじゃない。評議会につきしたがう者たちだけだ」

車の中はすっかり暖かくなっていたが、シェンナは両腕でぎゅっと自分をかかえこんだ。このことだけは、彼女はまったく考慮に入れていなかった。ふたりはきわめて生々しい渇望によって、たがいにひきつけられている。強くひかれあっているからこそ、こうしてついにホークを自分のもとへとひきよせることができた。だが、どうしてホークが彼女に深い愛情をいだいてくれるだろうか。過去の暗い傷跡について口にするだけで、いまだにその声が狼そのものになるほどの、けわしい表情を浮かべるほどのひどい苦痛をこの人に与えたのは、まさにシェンナの種族にほかならないのだ。

彼女にとって巣穴はいまでは家となり、〈スノーダンサー〉の仲間たちは友人であり家族となっているが、シェンナは亡命してきた当時のことを忘れてしまったわけではない。〈サイネット〉から切り離されたショックのみならず、氷のように冷たい瞳のアルファに対する、おのれの不可解な、激しい反応にとまどったシェンナは、最初の数カ月間、たんに生き残ることだけに意識を集中するほかなかった。それでも、シェンナはあの評議員に訓練を受け、〈アロー〉の姪でもあった。群れの仲間たちのささやき声や、もれ聞こえてきた会話の断片をしっかり記憶にとどめておいた。それらはすべて、〝よりによって〟あのホークが、〝家族をあんなひどい目にあわされたというのに〟サイの一家をかくまってやるなんて、という群れの仲間の驚きや当惑に関するものばかりだった。

とつぜん、のどにかみそりを突きつけられたように感じた。

「サイだったの?」シェンナは思いきって、もっともつらい質問をぶつけてみた。

「あなたの両親を殺害したのは?」ホークが子供のころに両親を失ったことは知っていたが、どんな状況で両親をなくしたのか、だれも教えてはくれなかった。

ほとんど一分近く、ホークは押し黙っていた。だが、口をひらいたとき、こう言っただけだった。「おまえが知らなくていいこともある」ぴしゃりと冷たく、単刀直入に、完全に拒絶したのだ。

シェンナの性質として、つい反抗したくなってしまう。おのれに深く根ざした本能が、ホークは彼に盾突くような強い女性にしか敬意をはらわない、と告げている。だが、ふたたび過去の悪夢にもどってほしい、とホークにたのむ権利など彼女にはなかった。「悪かったわ」窓の外を流れていく真っ暗な森のほうを向くと、ふるえる指をこぶしの中に隠して、シェンナはぼんやりと夜の景色をのぞきこんでいた。

コンピューター2(A)より回収
タグ:私信、父親

処理は不要

差出人：アリス <alice@scifac.edu>
宛先：父 <ellison@archsoc.edu>
日付：一九七二年二月十二日、午後十時
件名：やっと刊行よ！

お父さん、

ようやく、わたしの著書の第一刷を受けとったわ。学術論文らしからぬタイトルは、お父さんのお気に召さないと思うけれど、わたし自身は、『E分類の神秘――共感能力とその影について』という書名はなかなかいいと思っているの。

このあいだのメールでの質問に答えておくと――ええ、わたしはいまも一人暮らしよ。だけど、お父さんが引退するころには、きっと孫の顔を見せてあげられるはず。それまでには時間がたっぷりあるもの（とくに、お父さんはずっと現役のままでいるでしょうから）。このあいだ家に帰ったら、庭の花がきれいに咲いていたから、お母さんに伝えてね――Eサイの友人のひとりが、庭の手入れを手伝ってくれかしら。

ているの。Eサイは園芸がすごく上手なのよ。今度はそのことについて研究しよう

　Xサイの研究については、着手してからほぼ一年になるけれど、存命中のXだけではサンプルとして数が少なすぎるとわかったの。そこで古い資料をさがすために、サイの司書に助けてもらうことにしたわ。過去に存在したXに関するデータを〈サイネット〉で掘り起こしてくれるはずよ。わたしのほうでも、できるかぎり図書館で調べてみるつもり。

　わたしの理論としては、なんらかの目的がなければ、この突然変異は発生しないはずなのよ。でも、ジョージから、どれほど多くの奇病が突然変異によってひきおこされることか、と指摘されたわ。その考えかたでいくと、Xが稀な存在なのは、彼らにはなんら役割がないからで、死亡率が高いのは、危険な病気を抑制するための自然によるこころみだ、ということになってしまう。わたし自身はあまりうれしくないけれど、科学者として、その理論の有効性を認めざるをえないわね。

　お父さんが家にいてくれて、ふたりでこの件についてじかに議論しあえたらいいのに。

愛をこめて、
アリス

16

診療所にある自分のデスクの前に、ラーラはすわった。転倒した年配の狼の看病で、遅くまで残っていたのだが、いま頭の中にあるのは、目の前にひろげた書類のことではない。キーランとのデートのことをウォーカーが気にしているなんて、いい気味だと思った。だが、そんな愉快な気持ちも、彼が去ったとたん、すっかりさめてしまった。あとに残ったのは、ウォーカーを無理やりあきらめようとした自分自身をあざわらうかのような、ずきずきとした胸の痛みだけだった。

実のところ、ウォーカー・ローレンへの思いはそんなに単純なものではなかった――ウォーカーが巣穴にやってきてから、じょじょに芽生え、一度ずつ、言葉をかわすたびに育まれてきたものだ。あの控えめで物静かな男性の内面を知るたびに、どんどん心惹かれていった。彼に拒絶され、こうした感情を傷つけられた。かなり手ひどく。だが、その気になれば、ウォーカーへの思いなどあっさり忘れられると思ったのは、愚かなことだった。

明らかに、ウォーカーは嫉妬心に駆られて自分のもとにやってきたはずだ。そう思いこもうとしている自分に気づいても、ラーラは驚かなかった。だが、相手の心をちゃんと読めていたとしても、感情だけでウォーカーの決心が変わることはありえない——そんなことで心が揺れるような男性ではないのだ。あの一回きりのキスが過ちだったと、あの人はきっぱりと告げたのだから。

しかし、ラーラ自身も軽々しく決断するような女ではない。あきらめをつけて、先に進むとすでに決めたのだ。今日、友人のアヴァから率直かつ真剣に指摘されたように、キーランは自分にぴったりの男性ではなかったかもしれないが、とにかく、この六カ月のあいだではじめてデートした相手だった。

「これまで」アヴァはつづけて言ったのだ。「ほかの男性とつきあってみなかったでしょう。ウォーカーに対する思いも変わるかもしれないのに」

たしかにそうだと思い、ラーラは三カ月前にデートに誘われた、上級技術者の男性に電話を入れてみた。明日のランチデートの約束でもとりつけるつもりだった。だが、相手が二つ返事で承諾したのに気をよくして、電話を切ったそのとき、ウォーカーが戸口にいるのが目に入った。以前なら、自分に会いにきてくれたと思いこんだだろう。だが、今夜は、仲間にけが人が出たにちがいない、ととっさに思った。「だれが？」ラーラは立ちあがって、たずねた。「どんな——」

ところが、ウォーカーは彼女の手首をつかんで、制止しようとした。ややざらりとした手の感触。びくともしない力強い手。ぎくっとして、ラーラは動けなくなった。あまりにも驚いていたので、ウォーカーの手にふれられても、かろうじて本能的に反応せずにすんだ。ラーラはこの男性の手が大好きだった。仕事の合間に美しいものをつくっているからこそ――娘のたいせつなドールハウスのための、ミニチュア家具もそのひとつだ――たこのできた、その手が好きだった。

いま、その力強く、温かい手でラーラをその場に押しとどめながら、ウォーカーは身をかがめて、夕食のトレイをデスクの上においた。暗い水とうっすらと雪化粧したモミの木の匂いが、官能的な檻となってラーラを閉じこめ、逃がそうとしない。「夕食を抜いたんだろう。またじゃないか」

相手が狼の男性なら、これは真剣な求愛のはじまりにちがいない。内なる狼が体全体をぶるっとふるわせる。しかし、ラーラ自身はそんな反応を抑えつけた。これ以上傷つくのはごめんだ。「忙しかったのよ」おちついた声で答えたにもかかわらず、ウォーカーがもう一度椅子にすわるようにうながしたので、ラーラはおとなしくしたがった。

だが、ウォーカーがふたたびその長身の力強い体をラーラのデスクのほうにぐっとかがめてきて――ジーンズの腿に手が届きそうなほどすぐそばまで近寄られると、はき古されたデニムにおおわれた硬い筋肉が、ぴんと張りつめるのがわかる――料理の皿を持ちあげ、フォークで彼女に食べさせようとした。とたんに、ラーラはいまだにからみついてくる衝撃の余韻をあわててふりほどいた。「こっちにちょうだい」そう言って、皿を受けとる。「そんなことをしてはいけないわ」

「なぜ?」

椅子をひいて、ウォーカーからやや離れると、ラーラはなんとか答えをしぼりだした。「親密さをあらわす行為だから……〝肌でふれあう特権〟みたいに」

ウォーカーは、それ以上なにもたずねなかったが、ここから去ろうともしなかった――ラーラの身ぶりからすれば、さっさと出ていくべきだとわかっていたが。一方的に押しかけ、彼女のじゃまをしているのは承知のうえだ。ラーラが自分の体のことを考えず、忙しさにかまけて食事を抜いてばかりいるのが、どうにも見すごせないのだ。彼女のそばにいるとどうもおちつかないので、距離をおくべきなのだろうが……それでも、ウォーカーは彼女に会いたかった。

「もう耳にしたかな?」ウォーカーはたずねた。ラーラが相手だと、いつも話したいことが見つかるのだった。「マーリーが子供たちの合唱団に加わってね」女性となんらかのきずなを結ぼうと――いや、ふたたび築こうとして、自分からあえて努力するのははじめてのことだ。

曇っていたラーラの顔に、ぱっと本物の笑みが浮かんだ。「ベンといっしょに練習しているのを聞いたわ。とてもきれいな歌声だった」

ラーラの声も美しい、とウォーカーは思った。


シェンナはぱっとベッドから飛び起きた。シンプルな黒のタンクトップが、肌に貼りついている。悪夢はその恐ろしい鎌首を何カ月ものあいだもたげていなかったが、失われた時間をとりもどすかのように、今夜、いきなりおそってきた。シェンナは毛布をはいで、ベッドの横に脚をおろすと、編んだ髪がゆるんで乱れ、汗で肌にべったりとくっついていたのを、手ではらいのけた。

〝完璧だ〟ヒューマンが高性能の車をほれぼれとながめるように、ミンがこちらを見た。「きみはもっとも完璧な遺伝子標本だ」

完璧――血も涙もない、冷酷な大量殺人犯を求めているのなら、たしかにそうだろう。だが、もちろん、シェンナの血はもはや冷たく流れてはいない。「それでも、殺人をおかすおそれがあるわ」そっとささやいた。視界が揺れるほど、わなわなと身をふるわせている。

〝おれたちは自分で自分を変えられる〟ジャッドの声がする。あまりにも静かなその声は、説得力にあふれている。〝遺伝的に定められた運命だと言われようと、そんなものに負けて自分からあきらめてはいけない〟

シェンナは彼の言葉にしがみついた。ジャッドは成功したのだ。おのれの能力（ギフト）の本質を死ではなく命をもたらすものへと変え、癒やし手となった。彼女には同じ道を歩むことはできない。とてつもなく破壊的な能力をさずかっているからだ。だが、自分らしい道を見つけられるだろう――ミンが望んでいたような殺戮者にはならずに。ミンは長年にわたって、シェンナの身も心も所有して、殺戮者へと育てあげようとしていた。しかし、やがて、ミンにとってさえ、彼女が危険な存在だとわかったのだ。

「あんたなんかのせいでわたしはこわれてしまったりしないわ、ミン」あのときも、いまも。

立ちあがると、シェンナは服を脱ぎ捨て、シャワー室に入った。設定温度をほとんど最高まで上げる。皮膚が耐えきれず、熱く脈うちだしてから、ようやくシャワー室を出て、体をふいた。時計をちらっと見ると、朝の五時だった。身支度をして、湿った髪を編んでから、スケジュールを再確認しようと、勤務表にログインしたところ、正午から午後遅くまで訓練に参加する予定になっているのを思いだした。

勤務表のほかのところをチェックして、リアダンの通信コードを入力する。通信画面に映像がうつった。くしゃっとしたような狼の声が、「起きるよ、母さん。絶対に」と毛布の下から聞こえてくる。「あと一分だけ寝かせて」

シェンナの唇がぴくっとふるえた。「今朝の当番なんだけど、代わりにさせてもらえない？」リアダンは六時から十一時まで見張りにつく予定だった。

　顔を上げて、リアダンがシェンナと視線を合わせた。髪がくしゃくしゃになって、はねているようすが、なぜか魅力的だ。「やれやれ、もうシャワーを浴びたのか。どうかしてるよ」

「だって……」

「いいのか？」

「だから、こっちからたのんだのよ」体を動かしていれば、昨夜のＳＵＶ車の中でさとった厳しい現実や、自分自身と、この身を守るシールドを突き破って心に入りこんできた唯一の男性とのあいだに、不透明の障壁となって立ちはだかる過去のことも、忘れてしまえるかもしれない。「今週、またお返ししてくれればいいから」

「いいとも。うれしいよ、シン」

　ログオフすると、シェンナは小型のリュックを手にして、部屋を出た。巣穴のこの区画にある、共用のキッチン・ダイニング・エリアへと向かう。そこは空っぽで、薄暗い照明がついているだけだ。だが、だれかがすでにコーヒーの用意をしており、カウンターにはまだ温かいマフィンをのせたトレイがおいてある。それを見ただけで、シェンナの心は軽くなった。

はやる気持ちを抑えて、冷蔵庫にあった新鮮な材料でさっとサンドイッチをつくり、水のボトルとあわせてリュックにしまった。それから、牛乳をグラスに注ぎ——エヴィーとリアダンにさんざんからかわれた習慣だ——トレイの中からいちばん大きなマフィンを選び、ゆっくりすわって食べることにする。一口かじってみて、思わず白目をむきそうになった。

クリームチーズとモモ——大好きなフレーバーだ。

指先についたマフィンの残りをなめながら、シェンナはちらっとトレイを見て、下唇を噛んだ。官能的な喜びの中でも、食事はもっとも無邪気なものだ。しかし、自分が当然のごとく享受してきたものではけっしてなかった。長年にわたって主食となっていた栄養補給バーのことなら、シェンナはいやというほどよくおぼえている。そのときふと思いだして、胸の奥がずきんと痛んだ。感覚が歓喜するような食べ物をはじめて与えてくれたのは、ほかならぬホークだったのだ。

ウォーカーによって〈サイネット〉へのリンクを断ち切られ、はっと気づいたとき、シェンナは弟たちを抱きかかえながら、草地にひざまずき、ぶるぶるふるえていた。前にはジャッドが、背後にはウォーカーがいる。そのあいだ、シェンナは、トビーとマーリーが新たに生みだされた家族的なネットワークから離脱して、ふたたび〈サイネット〉に接続しないように、ひっしにふたりの精神をつなぎとめていた。

なんて淡いブルーの瞳。顔を上げて、かばうように立っているジャッドのむかい側にいる男性と目が合ったとき、心の中でそうつぶやいたことをおぼえている。あの運命の朝、ホークの髪は、にぶい日ざしの中でも美しくきらめいていた。次の瞬間には、恐ろしく危険なまなざしだ、と心の中で思った。シェンナたちは事前に調査していた。だから、その男性がだれで、自分自身も含めて、大人たちをどんなに恐ろしい目にあわせる可能性があるか、わかっていた。

しかし、トビーとマーリーはまだ子供だった。狼たちは子供をたいせつにしている。ジャッド、ウォーカー、そしてシェンナはその情報に賭けてみることにした。子供なら、狼たちは命を助けてくれるかもしれない。どんなにはかない望みだとしても、一家のまだ幼いふたりは、大人たちがいなくなったとしても、狼の群れからなんとかして必要なバイオフィードバックを供給してもらえるかもしれない。というのも、狼のアルファは――一家を人質にとって身代金を要求できないとわかると――〈スノーダンサー〉に亡命するつもりなら、〈サイネット〉とのリンクを断ち切るように命じたが、それでも、一家の大人たちのだれひとりとして、その日一日を生きながらえることができるとは思っていなかったからだ。

子供たちが〈ローレンネット〉に無事リンクしてから、シェンナはようやく気づいた。狼のアルファは、部下の女性や男性に簡潔に命じておいたらしい。シェンナが精神的な次元にいるうちに、子供たちのためにすでに毛布が用意されていた。マーリーを腕に抱いて、シェンナは立ちあがった。ウォーカーがトビーを抱きかかえ、ジャッドはやはり盾となってみんなを守っている。そのとき、シェンナの体がぐらりと揺れた。

狼のアルファの目が、さっとそれをとらえる。「その子をよこせ」

ジャッドに返事してもらうべきだったが、シェンナは特級能力者（カーディナル）であり、実質的に、五歳のときからひとりで生きてきたのだ――相手の声のいどむような響きに気づいていた。「いやよ」

アルファが片眉をつりあげる。「おまえはもうここに亡命したんだよ、スイートハート。いまは、大きくて悪い狼のことは心配しなくてもいいんだ」

ジャッドの話し声が耳に入っていたが、人間の皮をまとった捕食者の男性から、シェンナは目を離すことができなかった。その人がバータイプのお菓子らしきものを開封して、さしだしたときには、迷わずうけとった。エネルギーレベルが低下すると、冷たい炎をコントロールする力が失われてしまうと気づいたからだ。「ありがとう」

かすかに笑みが浮かび、氷のように冷たい目に、奇妙な、愉快そうな色があった。

「どういたしまして」

ふたりが礼儀正しいやりとりをしたのは、あとにも先にもこのときだけだった。

　その日の朝、ホークは商談にのぞんでいた――相手は馬鹿げた値段をふっかけてみせることで、〈スノーダンサー〉側からの提示価格をつりあげようとしていた。ずるいやりかたとはいえ、ホークにも相手の狙いは理解できなくもない。問題なのは、サイの複合企業が、かなり厳しいとはいえ適正な価格と、ぼったくりの詐欺みたいな価格とのちがいに気づかないほど〈スノーダンサー〉を馬鹿だと思っていることだ。

「残念ながら」サイの交渉相手の女性が、通信画面のむこうから告げる。その顔は感情がいっさいなく、なんの穢(けが)れもおびていない。「こちらとしては十五パーセント以上のアップでなければ、受けいれられません」

「そういうことなら」ホークはうんざりして答えた。「これで交渉は決裂だ」相手が応じるまもなく画面を切ると、ロサンゼルスから商談のようすを傍聴していたジェムのほうに視線を向けた。「ほかのサプライヤーをあたってくれ」

「今夜までにリストを用意しておくわ」副官(ルーテナント)はけげんそうに目を細めた。「わたしたちがそんなに馬鹿なら、これほど強力な存在になれなかったでしょうに。連中もそろそろわかるべきじゃないかしら」

　先ほどの交渉相手が通信を再開しようとしているらしく、ライトが点滅しているが、それを無視して、ホークは肩をすくめた。「やつらの株が暴落すれば、ようやくわかるだろう」〈スノーダンサー〉はこの国最大のチェンジリングの群れであって、それに見合うだけの経済的なパワーを有している。ホークにとっては、チェンジリングやヒューマンの企業との取引のほうが好ましいが――評議会が数多くのサイ企業に関与し、影響をおよぼしているという、ただそれだけの理由からだ――この特定の分野においては、選択肢はサイの企業にかぎられていた。だが――「ヒューマンの小さな新興企業があったな。たしか……」

「アクエリアス？」

「そうだ、その会社だ。そこから調達できそうか？」

ジェムはしばらくファイルを調べていた。「知的なノウハウはあるわね。でも生産能力を超えているわ」そこで間があった。「もちろん、これだけの大口契約となれば、設備を拡張できるでしょうけど」

「先方と話をしてくれるか？」

「直接会えるように、今日じゅうに手配するわ」

その件をジェムにまかせると、ホークは狼の姿となって、上級戦士数名とともに狩りに出かけた。これを定期的な習慣にしているのは、部下たちの要求や要望もわからないようなアルファになる気など、さらさらないからだ。加えて、群れの仲間といっしょに走るのは、内なる狼の自然な欲求でもあった。

狩りを終え、そのまま仲間たちとあれこれ話をして、ホークが巣穴にもどったときには四時をまわっていた。それから、シャワーを浴び、着替えると、ＳＵＶ車の一台に乗って、街へと向かった。

シェンナは朝から任務をこなして肉体的に疲れていたが、それのみならず、昨夜、ホークがこの居住区画へと彼女を送ってきてから、今日は一度も会いにこなかったという事実をひしひしと痛いほど感じて、精神的にも疲れていた。昨日、その前に……サイによってたいせつなものが奪われたことを、ホークはあらためて思いだしたからだろうか。そんな思いをいだきながらも、シェンナは物理学の課題にとりくもうと、ベッドにあぐらをかいてすわった。なにも考えず学問に集中していれば、やがてくたくたになって夢も見ることなく眠れるだろう。とにかく、そう願っていた。

データパッドを手にして、ファイルを呼びだそうとしたとき、ドアをノックする音がした。てっきりエヴィーか友だちのだれかだろうと思い、シェンナはその機器をおいて、ぱっと立ちあがった。お気にいりのやわらかい黒のパジャマ下と、色あせたグレーのＴシャツというかっこうだったが、気にせずにドアをあけた。

ところが、ドアのところに立っていたのは、エヴィーではなかった。

「ここでなにをしてるの？」かすれた、ほとんど消えいりそうな声しか出ない。

アイスブルーの瞳が、シェンナの顔の輪郭をなぞる。「やり残したことがあったのさ」背中に隠していた、包装紙につつまれた小箱を、ホークはとりだした。「ほら」

ほとんど無意識のうちに受けとり、シェンナはその箱をまじまじと見つめた。

ホークは片腕をドア枠にもたせかけた。「あけてみないのか？」

こんなにそばに寄られては、頭がまともに働かない。ホークの深みのあるささやき声のせいで、この戸口がまるでふたりきりの小部屋のように感じられる。いまこの瞬間が、ゆっくりと、あらがいがたいほどの誘惑のときへと変化した。「なにが入ってるの？」捕食者チェンジリングにも負けないほど所有欲もあらわに、シェンナはその箱をぎゅっとつかんでいる。

「教えてしまったら、サプライズにならないだろう？」ホークの体の熱で、肌を愛撫されるようだ。シェンナの世界を占めるのはホークだけになった。この人しか見えない。肩幅がとてもひろくて、とてつもない存在感がある。「だが」――声を落としながら、あの狼のブルーのまなざしをシェンナの唇だけに向ける――「キスしてくれるなら、秘密を教えてやってもいい」

そんなふうにけだるげに話しかけられると、爪先がきゅっとまるくなってしまう。これ以上心がかき乱されてはたまらないので、シェンナは薄紗(はくさ)の白いリボンをていねいにはずして、ドア横の小さな棚の上においた。それから、銀色の包装紙をはがそうとする。

ホークがふっと笑う。「ずいぶん几帳面だな」

「〈サイネット〉ではそんなふうにしつけられるのよ」シェンナにとって、こうした習慣はなによりも必要だった。自制心のたいせつさを思いだすために。だが、いまこの瞬間、そんなことはすっかり頭から抜け落ちている。贈り物の包装紙をはがし終えたからだ。

金属っぽい光沢のある紙箱のふたをとり、包装紙のそばにおいてから、幾層もの薄い紙でつつまれた品物をとりだした。ホークが箱の本体を受けとり、棚の上におくあいだに、シェンナは薄い紙をはがしていき――「まあ」小さなペンギンの置物を目にして、思わず驚きの声がもれる。きらきら光る金属製のペンギンは、黒のタキシード姿で、金色のサクソフォンまで手にしている。

「そこに」そのとても精巧なつくりの置物を、シェンナが掌にのせて見とれていると、ホークは手をのばして、ペンギンの背中にあるねじを巻いた。

すると、ペンギンがひれ状の翼を使って、サックスを〝演奏〟しはじめる。その口にくわえた楽器から流れてくるらしいサックスの小さな音色に合わせて、頭を上下にふっている。そのメロディーにはなじみがあり、どことなく頭の片隅に残っていた。

シェンナは顔をしかめ、演奏が止まってしまうと、ふたたびねじを巻いて、耳を澄ました……やがて、戸口に立っているこの狼にいくらあらがおうとしても、もはや無理だと思い知った。「この曲に合わせて、ふたりで踊ったんだわ」月明かりの下、森の奥深くで。

「忘れたのなら」ホークが言う。気づかないうちに、いつのまにか彼女に顔をぐっと寄せていた。「また噛んでやるところだった」

シェンナの手がさっと肩にふれる。「噛み跡はもうないわよ」

ホークが手をのばして彼女のTシャツをひっぱり、柔肌をあらわにすると、親指でその場所をなでた。切れ長の、狼のブルーの目がきらりと光る。「こっちに来い」低い声で命じられ、シェンナの全身にふるえが走った。掌にのせた、気まぐれな贈り物のおもちゃを落としそうになる。ぜひとも彼女の肌に歯を立てたいらしい狼にむかってかぶりをふると、シェンナはたずねた。「どこで見つけたの?」

「街に小さな店がある――いつか連れていってやろう」ホークの手が彼女のうなじにまわされる。「店のオーナーにたのんで、その曲を使ってもらったんだ」

ホークのひろい胸に顔をうずめたくてたまらない。この完璧な瞬間にひたっていたい。昨夜、車の中でホークが語ったことを忘れてしまいたかった。だが、シェンナは真実から目をそむけるような女性ではない――かつてはやむをえずそうしていたが、いまはその意志は自分自身の一部となっている。

顔を上げると、シェンナは荒々しいまなざしを、狼の心を持つ人間のまなざしを見た。「どうしてわたしにこれを？」これはホークからの無言の謝罪なのだろう。シェンナにはわかっていた――だが、昨夜の厳しい言葉の裏にある理由については、あのままふれずにおくことはできなかったはずだ。ことに、ふたりの関係に未来があるとすれば、そこに暗い影を落とすことになるのだから。

シェンナの問いに答えたのは、狼そのものだった。「そうしたかっただけだ」

「こういうのをほかにも持っているの？」シェンナは質問を変えてみた。

「まあな」

おたがいに言い争おうとせず、こんなふうにホークと話しているなんて、シェンナにはなんとも奇妙な感じがする。

肩をすくめた。「いい子にするなら」「見せてくれる？」

いきなり、胸のふくらみのあたりで、肌がぴんと張りつめるのがわかった。やわらかいTシャツの布地にすら、先端がこすれるようだ。「いくつあるの？」シェンナはたずねた。ホークがありえないほど間近に迫ってきて、シェンナの両腿をはさむようにして、男らしく、たくましい両腿を押しつけてくる。

「質問にすべて答えたら」ホークの片手でうなじをつかまれ、胸の敏感な先端に、硬い胸板がぐいと押しあてられる。「見返りに、ほしいものをもらうかもしれないぞ」

「わたしは――」シェンナは応じようとした。ここで屈服するつもりなのか、それとも、なんとしても答えを要求するつもりなのか、わからない。だが、そのときホークの携帯電話がビーッと鳴った。

「ちょっと待て」焼けつくような視線をそらさず、ホークが小声で言う。シェンナのうなじから、ざらついた、熱の塊のような手を離そうともしない。「ライリーの通信コードだな」ホークは電話を耳にあてた。

そして、すべてが変わった。

17

「逃がすんじゃないぞ。ジャッドをつかまえて、そっちへ向かう」ホークは、シェンナの目つきが鋭くなるのを見た。なにがあったのか、察しがついたらしい。「だめだ。黙らせておけ。命令にそむいて口をひらいたら、やつらの脚を撃て」

そんな命令をくだしても、目の前にいる女性にはすこしも驚いたようすはない。

「またしても敵が侵入してきたのね」ホークが電話を切ると、彼女は言った。

この女性をなだめすかして、じっくりと、深いキスをするつもりだったのだが、その代わりに、親指の腹で彼女の唇をそっとなでた。「ジャッドにテレパシーを送って、ガレージでおれと合流するように伝えてくれるか?」

「ええ。すでにやっているわ」

ホークはきびすを返して、ガレージへと向かいかけたものの、途中で立ち止まった。あんなふうにそそくさと去ってしまわず、とくに昨夜のことがあるのだから、甘い言葉でもささやくべきだったかもしれない。ああいう味気ない別れかたをしたら、いくら大人の女性だろうとむっとするはずだ。ガレージへと走りながら、携帯電話をとりだすと、ホークは通信コードを打ちこんだ。

シェンナはすぐさま応答した。「なにか問題でも?」怒りは感じられない。ただ鋭敏な知性があるだけだ。

そのとき、ホークははっと思いだした。この女性は、いわば軍事的環境の中で育ってきたのであって、迅速な対応の必要性をよく承知しているのだ。「ジャッドはどのあたりにいる?」ホークはたずねた。甘い言葉はまたの機会にするとしよう。彼女が一糸まとわぬ姿で、おのれの体に組み敷かれ、喜びを味わっているときに、耳もとでささやいてやればいい。そうとも、彼女がどっぷりと快感にひたっているときに。

「すぐそこまで来ているわ」間があった。「気をつけるのよ」その言葉には、まぎれもなく鋭い命令に近いものがあった。

ホークは驚きをおぼえたが、特別な女性からのこの命令にさからうつもりはなかった。内なる狼も耳をそばだてている。「了解した（イエス・マム）」電話を切って、ガレージに入ったとき、ちょうど反対側の通路からジャッドがやってきた。

すぐ先の、森の空き地をかこんでいる木立の濃い闇の中で、ジャッドは立ち止まった。その空き地で、〈スノーダンサー〉の一団が、三名の男性と妊娠中らしい一名の女性に銃を突きつけている。「確認した。たしかにサイだ」ほとんど声に出さずに、ジャッドはとなりに立っている男性にささやきかけた。こうして自分自身でも聞こえないほど――だが、チェンジリングなら、誤りなく正確に聞きとれるはずの――ごく小さな声で話せるようになるにはしばらく時間がかかったものだ。

「ほかには？」侵入者らに注意を向けながら、ホークがたずねる。

「肩章はつけていない」ジャッドが言う。「故意にだろう――あれはいずれも軍服だ。本来なら肩章があるはずだ」

「女については？」

「彼女はお腹に手を当てていない」妊娠中の女性は、お腹の赤ん坊がたいせつなら、条件づけが崩れかかっていることが外部に明らかになるとしても、その子を守ろうとするしぐさを見せたはずだ――兵士らしく直立不動の姿勢をとらずに。それでも……。

「あれがあんたの感情を操作するためなのか、確信は持てない。たんにあの女の〈サイレンス〉が強力なだけかもしれない」ジャッドはさらに闇の奥へと溶けこんだ。一方、ホークは空き地に出て、ライリーのとなりに並んだ。

「さて、諸君」相手をあざむくように、狼のアルファはおだやかな声で話しかけた。「群れのなわばりに侵入した理由を説明してもらおうか？」

応じたのは、長身の男性で、その祖先がインド亜大陸、おそらく、とくに中国との国境付近出身だと思われる容貌をしている。「われわれは亡命した」ひややかに宣言する。だが、そんな声音にはなんの意味もない。かつて、ジャッドの声にもそんな冷たい響きがあったのだ。「きみたちの保護を求めている」

「〈スノーダンサー〉がサイの一団を保護するなどと、どうして考えたんだ?」

「すくなくとも以前にも一度、サイたちを保護したという話だからだ」

ジャッドの血管で血が凍りつく。ローレン一家全員が〈サイネット〉上のグリッドから次々と消えていき、全員死亡したとされたはずだ。「そいつは鎌をかけているだけだ」合皮のジャケットの襟にとめたマイクロフォンに、ジャッドは話しかけた。そんなことは、ホークもとうに見ぬいているだろうが。

いまや、〈スノーダンサー〉のアルファは、にんまりと唇の端をつりあげていた。歯をむきだしている。「たまに、迷いこんできたやつに出くわすことはあるが」ホークは手をのばして、野生の狼の一匹をなでてやった。狼のアルファの気配を察知して、狼たちが続々と森から集まってきていたのだ。

「すると、本当にサイを保護してやったと?」

ホークは、かたわらにいる狼の背中をさすってやった。漆黒の毛皮におおわれた美しい獣……それと同じ色合いの、野生の狼よりもはるかに大きなチェンジリングの狼が一頭、サイたちをとりかこむ狼たちの輪にゆっくりと加わった。リアズ。〈スノーダンサー〉の副官（ルーテナント）は、古代の黄金色を思わせるみごとな瞳で、まばたきもせず、侵入者たちをじっとにらんでいる。

「保護といっても、どう定義するかによるだろうな」ホークはまるでさりげない日常の会話かのように、のんびりとした口調で話した。「あの連中はたしかにもはやどんな痛みも……もはやなにひとつ、感じないだろう」

「死んだということか？」

かすかにほほえんで見せる。「そう言えば、殺人を自供することになってしまう」

ホークは顔をややかたむけ、サイの女性のほうを見た。あの女の真の姿をおしはかろうとしているのだろう、とジャッドは思った。「そうなると、うちの弁護団も眉をひそめるにきまっている」そのとき、ジャッドが思いもしなかった行動に、ホークが出たのだ。

頭をのけぞらせ、ホークが遠ぼえする――人間ではなく、狼ののどから発せられたような、奇妙に美しい声だ。周囲にいた野性の、そしてチェンジリングの狼の群れが、間髪をいれず、反応する。前脚をそろえ、侵入者たちにいっせいに飛びかかったのだ。だが、一心に目をこらしていれば、サイの女性をよけるように突進していったことに気づいたはずだ。

サイたちは、そこまで注意をはらってはいなかっただろう。それでも、その女性はとっさに片手でお腹を押さえるわけでも、敵の攻撃から子宮をかばおうとするわけでもなく、なんとかして、お腹の赤ん坊を守ろうとするわけでもなかった。それどころか、ほかの男性同様に、片手を突きだし、念動力によって狼たちを押しかえし……その場から瞬間移動(テレポート)したのだ。

そのスピードからすると、サイたちはそれぞれの力で瞬間移動(テレポート)したらしい。

ジャッドはしゅっと鋭い息を吐いた。瞬間移動(テレポート)が可能なTkサイ四名が――その全員が、まだ若いうちから、評議会の上部組織に組みこまれていたはずだ――同時に亡命をくわだてるなんて、とうていありえない。それは絶対にない。そんなまねをすれば、大騒動となり、大がかりな捜索が行われる。評議会のいかなるスパイもそんな過ちはおかさないだろう――侵入者は四名とも、戦闘態勢に入り、油断なくかまえていたので、当然ながら、軍事訓練を受けていたはずだ。

「不審物なし!」〈スノーダンサー〉の一名が、なにやら装置をかかげながら、さけんだ。これはブレンナたち技術者が開発したもので、なわばりにひそかに設置された監視装置を探知するためのものだ。

闇の中に身を隠していたジャッドは、ようやく姿をあらわした。「おれたちが生きていると、連中はうすうす感づいているらしい」

ホークはその場にしゃがんで、まとわりついてくる野生の狼たちをなでて、さわって、じゃらしてやっていたが、やがて立ちあがった。「これだけ威嚇してやれば、つまらないうわさも立ち消えになるだろう」

「ことに、連中はあやうく殺されるところだったわけだからな」

ホークが狼らしく、愉快そうな、危険な笑みを浮かべる。「一家五人でこのなわばりにあらわれたあの日、おれの機嫌がよくて、おまえたちは幸運だったな」

いまならジャッドにもわかる。マーリーとトビーの命はまったく危険にさらされていなかったのだ――狼たちは、どんな子供も、その子が群れにとって脅威となるおそれがあろうと、傷つけたりはしないだろう。それは、狼たちのいわばアキレス腱であり、評議会には断じてさとられてはならなかった。でないと、あの連中は幼いスパイたちを送りこみ、血を流すこともいとわないからだ。「コネにあたってみるよ。おれたちに鎌をかけるためにここまで遠征してきたやつらの黒幕がだれか、見当がつくかもしれない」

「複数のTkサイがからんでいるんだ。評議員のいずれかが裏で糸をひいているのはまちがいない」

「もうひとつ可能性がある」

ホークが問いかけるようにこちらを向いたので、ジャッドはつづけた。「さっきの連中に見おぼえはないが、おれが去ってから部隊にくわわったやつらかもしれない」

〈アロー〉が仲間を裏切ることはない。だが、ジャッドは亡命した。そうすることで部隊の盟約を破ったのだ。「連中はおれを追ってきたおそれがある」話し終えたとき、狼の毛皮がこすれる感触があった。ちらっと見おろせば、足もとにリアズがいた。空き地のむこう側から、のっそりと歩いてきていたのだ。「なんだ?」

ところが、ホークにだけ関心があるらしく、副官(ルーテナント)はアルファのところへ行き、匂いを嗅いでいる。ホークが低くうなって追いはらってしまう前に、ジャッドにはその黒い狼がにんまりと笑うのがたしかに見えた。ジャッドにはチェンジリングのような卓越した感覚はないが、それでも頭脳はあるのだ。しかし、なにも言わなかった。いまのところは。

ホークが巣穴にもどったのは、すでに夜遅くなってからだった。ベッドに入るべきだったが、匂いに気づいて通路をたどっていくと、かつて一度そこで彼女を見かけた、あのトレーニングルームにシェンナの姿を見つけたのだ。ふたりの関係がこの先どうなるのか、ホーク自身にもわからない。シェンナにはほとんどなにも与えてやれないというのに、彼女を自分のものにするのは、やはり気がとがめてならない。罪悪感というかぎ爪で、はらわたをかきむしられる思いがする——だが、シェンナと距離をおくことは不可能だとわかったいま、自分の欲求にあらがうことはもはやできなかった。

罪悪感は？　シェンナのそばにいることで得られる、刺すように鋭い快感に比べたら、とても勝ち目はないとわかったのだ。うしろ手にドアを閉めてから、ホークはベンチにすわって、シェンナのしなやかな動きに見ほれた。「眠れなかったのか？」シェンナが彼に気づいて動きを止めると、ホークはたずねた。

シェンナは目にかかった髪をはらいのけた。「心配だったの」なんの手練手管もない、ありのままの正直な言葉だった。「ジャッドにテレパシーで連絡をとりたかったけど、許可がなければ、なにも教えてもらえないってわかっていたから」

群れの仲間を守るのは、ホークにとって本能的な行動だった。だが、これはシェンナ自身の命にもかかわることだ――昔からずっと、彼女はみずからの命を守るために戦ってきたのだ。脅威が迫っているおそれがありながら、その事実を隠しておけば、シェンナを不利な状況に追いやることになる。ホークにはそんなつもりはなかった。

ホークが事件のあらましを述べはじめると、シェンナははっと息をのんだ。夏のあいだにできた魅力的なそばかすの浮かんだ顔が、みるみる青ざめていく。「わたしのせいね」ささやくように言う。「わたしのせいで、うちの一家のことがばれてしまったんだわ」

すでに立ちあがっていたホークは、彼女のあごをつつみこみ、やわらかい肌をなでてやった。「だれもおまえの正体を見破れたはずがない」たぶん、シェンナは〈ワイルド〉に、つまり街に出かけたのがいけなかったと思っているのだろう。「くそっ、おれにもまるで別人のように見えたんだぞ」

「ちがうの」激しくかぶりをふる。瞳が真夜中の色へと変化した。「Xファイアーを〝地面に逃がす〟とき、精神的な衝撃波が発生するのよ。たぶんその人たちはそばにいて、衝撃波を感知して――」

「だが」シェンナが言おうとしている、おそろしく危険な事実に気づいて、ホークはさえぎった。「ヘンリー・スコットの部下たちは、すでに何カ月も前からなわばりの周辺に、ひょっとすると巣穴の領域の内部にも潜んでいたかもしれないんだぞ」

シェンナはうなずいたが、その動きはぎくしゃくとしていた。「ごめんなさい。気づくべきだったわ――」

彼女の唇に人さし指を当てて、ホークは言葉を封じた。「やつらがなにかつかんでいるとしても、それはまだきわめて不確実な情報にすぎないだろう。でないと、今夜、やつらはもっと自信たっぷりに話していたはずだからな」

「連中はきっとまた侵入してくるわね」ホークの人さし指が当てられたシェンナの唇から、そんな言葉がもれた。本能的な欲求に突き動かされ、ホークはそのふっくらした唇を指でなぞった。それくらいなら、自分にも許されるだろう。だが、そこから先に進むことはできない。今夜はまだだめだ。シェンナはショックを受け、傷つきやすくなっているのだから。

「そうなれば」彼女の匂いを吸いながら、ホークは言った。「やつらを始末するまでのことだ」ざらりとした親指の腹で彼女の下唇をなでてやる。シェンナがはっと息をのむと、深い満足感をおぼえた。「なんとか外部に漏れないようにパワーを放出できるか？」

「ええ」ホークの肌に熱い息がかかる。シェンナの血管がどくんどくんと脈うち、愛撫となって、ホークの全身を欲求で硬くさせる。「〈スノーダンサー〉のなわばりの奥深くまで行くわ。そこなら警備が厳重で、敵に見つかる心配がないはずだから」

「いいだろう」ほんのり赤く染まった唇の曲線に歯を立てたくてしかたがない。だが、そんな気持ちを抑えて、ホークはたずねた。「さっきおれが部屋に入ったとき、なにを読んでいたんだ？　電子書籍リーダーがベッドの上においてあったが」

おのれの行動が一家全員を危険にさらしたおそれがあるとわかったとき、シェンナは胃がむかむかして吐きそうになったが、いまはまったく異なるうずきを下腹部におぼえていた。「ねえ、わたしたち」ホークの親指がいまも唇をもてあそんでおり、まるでその唇と直接つながっているかのように、両脚のあいだが熱く濡れている。「群れの安全について話しあうべきじゃない？」

「いまのところ、もう話しあうことはなにもないさ」人間の顔から、狼の目がこちらを見つめている。ホークの体がすぐ間近にあり、息をするたびに、シェンナの体は圧倒的な強さのたくましい肉体と接触してしまう。

彼女を甘く苦しめていた指がようやく唇から離れたかと思うと、今度はホークの手で敏感なのどもとをつかまれ、シェンナは思わず身をおののかせてしまった。「物理学の教科書よ」相手にここまで主導権を許してしまったというふがいなさもあるが、同時に、ホークが次にどうするのかと、緊張しながらも期待に胸を高鳴らせている自分がいた。

「ふむ」背中のほうに手をのばして、ホークが彼女の髪をほどいた。暗い色の髪がふわりと片方の肩から流れ落ち、胸にかかった。「オールAの成績なんだろう」

驚きのあまり、欲望の高まりにけだるくなっていた手足や血流に、一瞬、衝撃が走った。「どうして知ってるの？」

ゆっくりと笑みを浮かべる。「おまえの脳はつねに働いているからな」

どういう意味なのか、シェンナにはわからない。「わたしをからかってるの？」

両手を彼女の腰まですべらせ、ホークが答える。「いや」ふたたび両手で彼女の体をなであげては、またなでおろす。「おまえが賢くて、おれはうれしいんだよ」

思いがけない褒め言葉だった。シェンナにとっては、大げさな美辞麗句よりもずっと意味がある。「あなたの頭脳もすてきよ」そうささやきながら、みずからの意志で腕を持ちあげ、ホークの首に巻きつけようとする。だが、相手はかなり長身なので、片手で首の横をつつみこむのが精いっぱいだ。とたんに、掌の下で筋肉と腱がぴくっと動くのが、じかにありありと感じられる。「あなたの思考プロセスには感嘆せざるをえないもの」この人は、氷のように冷たく、冷静沈着になれる一方で、野生の、飼いならされていない狼の気配がつねにそこにあった。

「それなら、おれたちは対等ってわけだな」ホークが片手でうなじをつかみ、もう片方の手を腰のくぼみへと移動させる。いつのまにか、ふたりはゆったりと体を揺らして踊っていた。音楽といえば、シェンナの心臓がどきんどきんと打つ音と、ざらりと肌をなでるホークの息の音だけだったが。


朝三時ごろ、ジャッドはようやく〝ゴースト〟と連絡をとることができた。相手の男は、一時間後に、建設途中で放置されたある建物の、薄暗い内部で落ちあうことに同意したのだ。そこでは、黒いビニールシートが夜風に吹かれて揺れており、家の頑丈な骨組が、永遠という幻想をふといだかせる。「近ごろ、なかなかつかまらないようだが」この反乱分子は〈サイネット〉にあまりにも近い存在だ。〈サイネット〉の狂気が〝ゴースト〟の脳もおかしつつあるのではないか、とジャッドは懸念していた。

闇に顔を隠したまま、〝ゴースト〟は家を支える梁（はり）の一本にもたれた。「なぜこういうことをするのか、わたしにたずねたことがあったな?」

〝こういうこと〟とは、評議会を倒すために力を合わせていることだ……だが、もはや〈サイレンス〉を崩壊させようとはしていない。この問題はもっと複雑になっていた。シェンナの脳における第二段階の〝不協和〟によって証明されたように、サイの中には〈サイレンス〉を、あるいはその一部を必要とする者もいる。「うちあける気になったのか?」

これまで〝ゴースト〟が認めたのは、〈サイネット〉にはすくなくともひとり、彼にとって価値のある人間が存在しており、その人物は生かしておきたい、という事実だけだった。それが、評議会を全滅させるのを思いとどまっている、唯一の理由なのだ。評議員全員を抹殺すれば、精神的な激震が走って〈サイネット〉が不安定になり、結果として何百万もの反乱分子の命が奪われるからだった。

「いや」相手の反乱分子は、質問にそう応じた。「だが、それ相応の理由があるということだけ、わかっておいてくれ」

それ以上説明を求めるまでもない。近ごろ〝ゴースト〟に連絡がとれないのは、例の匿名の人物にかかわる理由があるからだろう、とジャッドは理解した。「おれの生存が発覚したかどうか知りたい」

「それはない。きみの一家は全員死亡したとされている」

りえないと知っている」

「特級能力者(カーディナル)のXの存在について、とりざたされている。だが、ふたりともそれはあ

「なにか気になるうわさは？」

〝ゴースト〟がいったいどこまで知っているのか、この反乱分子がどこまで仲間に忠誠をつくすつもりなのか、ジャッドにはなんとも言えなかった。だが、シェンナはがんとして屈せず、おのれの能力をコントロールしてはいるが、Xの能力そのものが、いま以上に多くのものをシェンナに要求するときがいずれ来るはずだ。〝ゴースト〟の忠誠心に賭けて、いちかばちかやってみるしかない。ジャッドがそうしなければ、シェンナのパワーはやがて手に負えなくなって……。「アリス・エルドリッジの第二作について、耳にしたことは？」

「X分類に関する論文か？」〝ゴースト〟が身を起こした。「ああ。大きな謎のひとつだが、いまだに〈サイネット〉であれこれささやかれているな」

「そのうわさには、多少なりとも真実が含まれているということは？」

長く、静かな間があった。「調べてみよう」

「恩に着るよ」

「やめてくれ、ジャッド。礼を言われても困る――いずれ恩を返してもらうことになるだろうから」その言葉にはぞっとするような暗さがあった。見返りにいったいなに

を要求されるのか、ジャッドには想像もつかなかった。

「それなら前言撤回しよう」一陣の風が吹き、ジャッドの髪がうしろになびいた。黒いビニールシートがぱたぱたとはためく。ジャッドは相手の男に目をやった。この男の正体については、九十九・九パーセントの確信があった。「この反乱をおおやけのものにしようと考えたことは？」

「成功するはずがない。まずは基盤を築くべきだ。それでこそ、うまくいくというものだ」

これまで協力してきたすべてのことを、ジャッドは思い起こした。成し得たことすべてや、それにともなう代償について。「あんたの精神状態はどうだ？」そんなふうに単刀直入に問いかけたのははじめてだった。だが、状況は変わったのだ。

「正気だ」手短に答える。「だが、正気といっても、それは解釈次第だろうが」

18

翌朝、シェンナをこの腕に抱いた感触を思いだしては、満足感といらだちを交互におぼえながら、ホークは一杯目のコーヒーを飲んでいた。そこに、サンガブリエル山脈周辺を担当している、副官（ルーテナント）のケンジから連絡が入った。高い頬骨にみごとな緑色の瞳、荒々しい赤紫色の髪という容貌のせいで、この男は、どこかの砂漠での音楽パーティー――あるいはアバンギャルドなファッションショー――から抜けだしてきたかのように見える。

「その髪はいったいどうしたんだ?」コーヒーにむせそうになりながら、ホークはたずねた。日本人のロックスターでも気どっているのかもしれないが、ケンジは、ごくふつうの小学校教師と同じく、アバンギャルドという形容からはほど遠い人間なのだ。

「ガーネットへのいやがらせさ。もっともな理由だろう」ケンジが通信画面をタップして、図表をスクロールする。「〈ブラックシー連合〉から興味深い申し出があった」

ホークはコーヒーのカップをおいた。〈ブラックシー〉はチェンジリングの群れのひとつだ――ある意味では。群れといっても、あらゆる水生動物のチェンジリングたちによる連合だった。単一では、それぞれの群れはきわめて小さい。希少種となると、チェンジリングの存在が記録されているのは一例や二例のみという場合もある。しかし、無力なままでいるよりも、彼らは集団となり、結束の強いネットワークを構成することで、かなりの交渉力や領土権を手にしたのだ。

「ビジネスか？」

ケンジはかぶりをふった。「同盟に加わりたいそうだ」

「データを送ってくれ」これは最優先事項になりそうだ。この地球上のどの群れよりも、〈ブラックシー〉のメンバーは世界じゅうに散らばっている。「すべてライリーにもコピーを送ってくれ」

「了解」ケンジが通信を切った。

ホークは走り書きしたメモをデスクの上に見つけて、インディゴの監督下にある群れの若いメンバー数名の件について、彼女に話を聞きにいった。

「以前に比べて安定しているみたいね」ひととおり話を終えると、インディゴは長い脚をデスクの上で組みながら切りだした。一方、ホークは彼女のオフィスのドアを閉め、そこに背中をあずけて立っている。

「まあな」シェンナとのふれあいを自分に許したことで、狼と人間の双方が満足しており、激しい渇望が周囲の仲間みんなににじみだすようなことはもはやない。さらにだいじなことに、シェンナを追い求めると決めたいま、内なる狼が忍耐強くなっていた――狩りのことならお手の物で、ときには獲物をこっそりつけまわすべきだとわかっているからだ。「タイがエヴィーとデートしているそうだな」インディゴの注意をそらそうと、ホークは話題を変えた。いまはまだ、おのれの決断について話したくはなかった。

その表情を見れば、インディゴはこちらの意図に感づいたようだが、それでもそっとしておいてくれた。「どんな形であれ、ちょっとでも妹をつらい目にあわせてみなさい、両腕をへし折ってやるからって、きつく言っておいたわ」そこでいったん言葉を切る。「あなたにも同じ脅し文句を言っておくべきでしょうね」

ホークは眉をひそめた。「その話はいい」

「もちろん、言わせてもらうわよ――それが副官(ルーテナント)としての務めだから」さっと脚をデスクからおろすと、インディゴは小型のデータパッドを手にとった。「でも、それはまた今度ね。見習い戦士たちとの訓練に遅れるから」インディゴは立ちあがって、ホークがドアの前からどくのを待った。「でもやっぱり……」あいているほうの手をホークの髪にさしいれ、顔をひきよせる。

「わたし自身、人生で最高の出来事をあやうくのがすところだった。自分がなにを求める〝べきか〟にこだわっていたからよ。ときにはどうある〝べきか〟なんて関係ないわ。しあわせになるためのチャンスをつかめばいいだけ」さっと、愛情をこめてホークの唇にキスをすると、インディゴは身を離して、大股で去っていった。

しかし、彼女の最後の言葉は、ホークの頭からそうあっさりと去らなかった。

ともすれば昨夜の記憶がよみがえりそうになりながら、シェンナは完成させた物理学の課題を提出しようと巣穴の図書館に行った。コンピュートロニック機器を使って無事に送り終えたところで、年配のチェンジリングとぶつかってしまった。「あっ、いけない」そう言って、ぶつかった拍子に相手が落とした本をさっとつかんだ。「申し訳ありませんでした」

本を受けとりながら、ダルトンがふっと笑った。とても濃い茶色の肌に白いもじゃもじゃ眉毛の顔には、数えきれないほどの笑いじわが刻まれている。「こっちがまるで百歳の老人みたいじゃないか」

そうは言っても、ダルトンはたぶん百歳にはなるはずだ、とシェンナは思った。巣穴の子供たちが親しみをこめて、おじいさんと呼んでいるこの男性は、たんなる図書館司書ではない、群れの生ける知識の宝庫ともいうべき、唯一無二の司書なのだ。

「なにか調べものでも?」

「知識はすべてここにあるからね」ダルトンはこめかみを指でとんとんとたたいてみせる。きらきらした瞳は、彼の孫娘と同じく、黄褐色に近い、温かい茶色だった。

「ここには軽い読み物をさがしにきたんだよ」先ほどシェンナがひろいあげた重たい書物を持ちあげ、ダルトンは目を輝かせた。「原語のフランス語で読もうと思ったんでね！」

シェンナにはどういうことかさっぱりわからないが、とにかくうなずいた。「楽しんでくださいね」

「もちろんだとも」本を脇にかかえると、ダルトンはさっと彼女の肩に手をおいてから、通りすぎようとした。

シェンナは思わず声をあげた。「待って」勇気がなくならないうちにたずねようとする。

「なんだね？」

「群れの記録文書は——だれでも閲覧できますか？」

ダルトンは刺すように鋭い目をシェンナに向けた。おじいさんと呼ばれていようと、この男性の頭脳は若いころと変わらず、まちがいなく、いまも鋭敏なままなのだ。

「もちろんだよ。だが、ある種の事実は、文書化されていようと、閲覧できない場所に保管されている——わざわざあばく必要のない古傷もあるからね」

シェンナはいつしかぎゅっとこぶしを握っていた。「わかりました」

「本当かね、若いの?」ダルトンがかぶりをふる。「わしが歴史をしるせば、事実を知ることはできる。だが、その核心については、その場にいあわせた人間にたずねるべきなんだよ」

ダルトンが去ってしまっても、シェンナはしばらくそこから動けなかった。一度、過去についてたずねたものの、ホークに突っぱねられたときの記憶がよみがえる。昨夜、ホークは自分を抱きしめてくれた。真夜中から明け方まで、巣穴全体がしんと寝静まり、起きているのはふたりだけかと思われるまで、いっしょに踊りつづけたのだ。あのときほど自分が生きていると感じ、女としての自分を意識したことはなかった。しかし、ダルトンの言葉によって、シェンナにはまさにありのままの真実が突きつけられていた。体のふれあいがいくら親密さを増していようと、ホークはいまだに――ひょっとするとこれからもずっと――おのれの秘密をうちあけるほど彼女を信頼してくれてはいないのだろう。

《シェンナ》そんなわびしい思いを破って、ジャッドのテレパシーの声が彼女の頭の中に響いた。《ホークのオフィスに来てくれ。冷たい炎についてホークにうちあけたそうだが、その件について話しあいたい》

群れに危険が迫っていることを思いだして、シェンナの背すじに冷たいものがした

たりおちていく。《すぐに行くわ》

シェンナの表情のない顔、ただ真っ黒の瞳に気づいて、ホークは顔をしかめた。「シナジーに達するのを防ぐために、おまえはXファイアーを放出しているんだな?」どういう感情の変化なのか、ふたりきりになれば、すぐさま突き止めてやろうと思いながら、ホークはたずねた。

きびきびとうなずく。そのようすはアルファの前での〈スノーダンサー〉の戦士そのものだ。「地面に逃がせば、わたしにとって精神の安定を維持しやすくなるわ」

「どれくらいの頻度でやっている?」こうしてシェンナに質問するように提案したのはジャッドだったが、このサイの男は自分から質問するのは拒否したのだ。〝もっと答えがわかってから〟とだけ理由を伝えて。そのままにしておいたのは――いましばらくは――この副官（ルーテナント）に対する信頼があればこそだ。

「この三カ月で数回よ」シェンナは認めた。「それ以前は、半年ごとに一度か二度おこなっていた。わたしの考えでは、この変化は、みずからのパワーを制御する能力が高まっているからだと思うの――以前のように不注意に、うっかり放出することがなくなったせいで、パワーが高まるのが早いんだと」

ジャッドがはじめて口をひらいた。「近いうちにまた放出することになりそうか?」

「いいえ、そんなことはないと思う」だが、その口調にはためらいが感じられた。シェンナの自信にひびが入ったかのようだ。「最近、パターンが読めなくなっているけれど、それはたんにわたしの能力に変動があるからかもしれない。以前にもそういうことが一度か二度あった。なんら目に見える影響もなく、いずれまたもとにもどるでしょうけど」

ホークは鋭いまなざしでシェンナをその場に釘づけにした。「今度、地面に逃がすことになれば、かならずおれに伝えるように」シェンナをひとりで行かせるわけにはいかない。サイの連中に狙われているかもしれないのだから。

「イエス、サー」

ホークはそんなふうに慇懃無礼に〝サー〟と呼ばれたことはなかった。だが、その声には辛辣な響きがあり、内なる狼は満足して、おとなしくなった。途方に暮れた、不安げなシェンナなど目にしたくなかったからだ。ホークはジャッドのほうを向いた。

「ほかになにかあるか？」

「いや、まだコネから情報を得ようとしているところだ」ドアのほうを向いて、ジャッドは声をかけた。「シェンナ？」

ホークは片手を上げて制した。「彼女にちょっと話がある」

顔を上げ、ジャッドはホークに視線を返したが、シェンナのほうに伝えた。「外で待つんだ」その声は、副官(ルーテナント)が地位の低い戦士に語りかけるような、命令口調だった。

ホークの思ったとおり、シェンナは叔父としてのジャッドにはさからったかもしれないが、副官(ルーテナント)にはおとなしくしたがい――歯をぐっと食いしばってこらえてはいるが――ジャッドの前を通りすぎ、通路へと向かった。シェンナが退出して、ドアが閉まってから、ホークはふたたび自分の正面に立ったサイの男性にむかって、片眉をつりあげてみせた。

「あんたには忠誠をつくすつもりだ」ジャッドはどこまでも静かな声で言う。「だが、シェンナはおれのたいせつな姪っ子なんだ」

ホークにはこういうときが来るとわかっていた。すでに覚悟していたのだ。「彼女を傷つけたりしない」

「シェンナは強い」ホークの誓いなど耳に入らなかったように、ジャッドはつづけた。「実際の年齢よりもずいぶんおとなびている。だが、多くの点で、この巣穴のほかの女性たちよりもずっと傷つきやすい。まだ若く、不安定な時期に〈サイレンス〉を打ちやぶり、そのせいで精神や感情に変化が生じたからだ」

内なる狼はこんなふうに手厳しく諭されるのが気にいらなかったが、ホークはとにかくじっと聞いていた。「おれが見たところ」このオフィスに入ってきたときのシェンナの空っぽの目を思いだし、ジャッドに言った。「どうやら、シェンナは感情を抑えるのがずいぶん上手なようだが」

シェンナがそれだけ距離をおけるのは喜ばしいことのはずだった――こちらからすべては与えてやれず、そのせいで傷つくような恋人を、ホークはこれまで選んでこなかったのだから。しかし、昨夜、第一段階の〝肌でふれあう特権〟を求め、そのふれあいを存分に味わっていたとき、あることに気づいたのだ――シェンナが相手だと、自分はとてつもなく身勝手で、所有欲の強い男になってしまう。彼女はおれのものだ。シェンナのすべてがほしかった。

「おれが心配なのはそのことじゃない」ホークと目を合わせたとき、ジャッドの瞳は、意味ありげな、極寒の青色になっていた。「シェンナは愛する者のこととなると、いわばオフスイッチがないんだ。彼らを守るためなら、なんだってやるだろう。その意味がわかるか？」

ホークの唇がカーブをえがき、かすかに笑みを浮かべる。「まるで捕食者チェンジリングじゃないか」

「そうだ。ただし、チェンジリングとは異なり、シェンナは純真な親切心にかこまれて育たなかった。ふれあいや愛情などまったく無縁だったんだ」たいていのサイが冷たい環境で育つとはいえ、シェンナにはそんな最低限のふれあいすら与えられなかったという厳しい現実を、あらためて指摘する。「知的レベルでは、肌のふれあいが、なんらかの深い関係や献身をあらわすものではないと、あの子は理解しているかもしれない。しかし、あんたに対しては、そんなものはちっとも役に立たないだろう」抑えた口調だったが、それでもこの冷静な言葉には力がこもっていた。「あんたのほうでキーをまわすのなら、それを承知で、覚悟してやってくれ」それは警告だった。

ホークの内なる狼はその声をはっきりと、たしかに聞きとった――だが、ジャッドが言葉にしなかったことも理解した。「シェンナに近づくな、とおれにきっぱりと告げないのはなぜなんだ？」もはや手遅れとはいえ、身内が彼女を守ろうとは考えなかったとしたら、それは腹立たしいことだ。

ジャッド自身の怒りは、まるで氷の鞭のようだった。「あの子を子供扱いしろと言うのか。実際、シェンナはずいぶん小さいころから大人として決断を強いられてきた。自分の望みどおりに生きる権利をすでに手に入れている」

「そのことに怒りをおぼえないのか？　シェンナが一度も子供らしくふるまえなかったことに？」ホーク自身は、やり場のない怒りにさいなまれていたのだ。

「おぼえるさ――だが、シェンナはとにかく生きのびたんだ」心の奥ではどんなに激しい感情に駆られていようと、ジャッドはまつげ一本動かさなかった。しかし、息つく間もなく、一瞬にして、彼のとなりにある椅子がばらばらに砕け散っていた。

ホークの内なる狼はそれを見て、理解した。「できるものなら、やつらを皆殺しにしたいんだろうな」

「シェンナなら、自分の力でそれができるはずだ」

　オフィスの中で、ふたりが自分のことを話しているのだと、シェンナにはわかっていた。締めだされてしまったのはくやしいが、群れに加わってからずいぶんたつのだから、階層制度のことならよく理解している。実のところ、今日のような状況に対するいらだちはあるにせよ、シェンナはこうした配慮には感謝していた。

〈スノーダンサー〉は、本質的に、軍隊のように機能している――だが、その中心には温かい思いやりがあり、ここでの行動パターンを、シェンナの心は理解し、受けいれてきた。軍隊的な厳しさが、外部から、彼女のパワーを抑制するのに一役買ったのだ。もっと放任主義のところなら、自分は生き残れなかっただろう。それは絶対にまちがいない。

　しかし、だからといって、会話から当人を締めだして、密談をしているホークとジャッドの傲慢さを、こころよく思えるはずもなく、シェンナはそのことをふたりに思い知らせてやりたかった。いらだたしい思いがつのってきたとき、とつぜん、彼女の精神の感覚で、きらめくような喜びがはじけるのがわかった。《トビー》弟は驚くほど強固なシールドをそなえているが、なにかうれしいことがあれば、こうしておおっ

ぴらに感情を伝えてくる。《なにがそんなにうれしいの？》
《サッシャがここにいるんだよ》
シェンナは顔をしかめた。《ほんと？》自分が目にしてきたルーカスの保護意識の強さからすると、そんなことを許すようにはとても思えないが。
《ルーカスもいっしょなんだ。それにおおぜいの戦士も》
それなら納得がいく。《いい子にしてるのよ》
《ドリューが言うには、たまには悪い子になったほうがいいって》
《あんな人の言うことを聞いちゃだめ》だが、シェンナはトビーに笑い声を伝えた。ただの冗談だとわかるように。《とにかく、あんまり悪さをしないようにね》
弟からの愛情が、ぱっと星形になり、ひろがっていくのが感じられる。こうしたトビーのE分類の能力は〈サイネット〉ではうずもれていたのだ。トビーが彼女の精神から出ていくと同時に、ホークのオフィスのドアが押しあけられた。「サッシャとルーカスが巣穴に来ているそうよ」ジャッドにつづいて、通路に姿を見せたホークに、シェンナは報告した。
「知っている」ホークはスマートな黒い電話をかかげてみせる。「ライリーにすべてまかせておけばいいだろう。おれたちは」——シェンナと視線をからみあわせる——
「しばらく出かけるぞ」

いまはふたりきりではないのだから、シェンナは口答えしたりしなかった。だが、分岐点でジャッドがふたりから離れてから、さっそく口をひらいた。「わたしのことを話していたんでしょう」シェンナは話しだした。「それなら——」

「ジャッドのような叔父や」ホークがさえぎった。「兄弟、父親というものは、身内の女性に手を出そうとする男がいれば、いつだって、ふたりきりで〝話〟をしてきたんだ。これからもずっとそれは変わらないだろう。おまえがいくら文句をつけようとだめなんだよ」——からかうように、シェンナの三つ編みをひっぱる——「だから、あきらめるんだな」

ホークをにらみつけ、シェンナは髪をつかんでいた彼の手をふりはらった。「こんなにひどい男女差別的な発言なんて、聞いたことがないわ」

「だが、本当のことだからしかたないさ」ホークは肩をすくめてみせる。「今度、ライリーにたずねてみるといい。マーシーの兄弟や父親と、どんなおしゃべりを楽しんだのか」

いらだちに代わって、ふと好奇心がわいてきて、シェンナはたずねた。「インディゴはどうだったの？」この副官（ルーテナント）は群れの中でも第三番目に重要な人物であり、だれの保護も必要としていない。

「アベルのことなら知ってるだろう」インディゴの父親のことを、ホークは引きあいに出した。「どう思うんだ?」

そのとき、この傲慢な狼の勝ちだと、シェンナはさとった。アベルは娘たちを溺愛している。おそらく、大事な部分をもぎとってやるぞ、とドリューを脅したにちがいない。「どこに行くの?」シェンナはきいた。機嫌が悪いことを隠そうともしない。

「すぐにわかるさ」ミーティングルームの一室のほうをあごで示しながら、ホークが言う。「トビーがそこにいる」シェンナからたのんでもいないのに、ホークが気をきかせてくれたらしい。なんなら、弟に会っていけばいいという暗黙の許可を与えてくれたのだ。

「あの子のことなら心配ないわ」シェンナは答えた。狼の目をしたこの男性が、これほどかっかしながら、同時に、こんなに思いやりがあって優しいなんて。「サッシャとのレッスンを楽しんでいるはずだから」

「サッシャのほうも、なにか得るものがあるんだろう」

「彼女は特級能力者のEサイよ。トビーのE分類の能力は、ほんの三度しかないわ」

弟は特級能力者だが、それはテレパシーの分野についてだ。

「だが、とにかく、トビーはEサイの能力を持ちあわせている」ホークが指摘する。

「そして、実際に存在している」

たしかにホークの意見には一理ある、とシェンナは思った。トビーといっしょにいるとき、サッシャが不思議と深い喜びを感じているらしいのもうなずける。「わたしは同じX分類の仲間に出会ったことがないわ」どうしてそんなことをホークにつぶやいたのか、自分でもよくわからない。

ホークは黙ったままだった。やがて、ふたりで巣穴を出て、訓練コースへとつづく道を歩きはじめた。そのコースは、リアズが海外での任務を終えて帰還してから、いっそう難易度が増している。そこで、ホークがようやく口をひらいた。「低いレベルのXならどうだ？」シエラネバダのさわやかな、明るい日ざしを見あげながらたずねる。

なんて美しい男の人なの。「X分類はすごく稀なの」ホークがいぶかしげな顔をしたので、シェンナは説明した。「おそらく、その数はつねに十名にも満たないでしょうね」シェンナ自身がさぐりだしたXの平均余命からすると、それすら多めに見積もった数字だろう。「理論上、二度未満のXはその能力が顕在化しないから、Xだとはだれにもわからない。ほかの者は……わたしが十代のころに亡くなったXがひとりいるわ。わたしが連れてこられる前には、ふたり死んだという話も耳にした」

なんて悲しくてつらい事実だろう。これほど多くのXがこの世から消え去ったなんて。

「〈サイネット〉にいたころ、存命中のXを二名知っていたけれど」シェンナはつづけた。「そのうち、ひとりは精神に異常をきたしていて、もうひとりは精神が過敏だった」こうしてX分類について話していながら、槍で突き刺されるような激痛を背中に感じないのは、おかしな気分だった。それは第一段階の〝不協和〟であり、評議会が隠蔽しようとしている事実を口外するなという警告だった。「その男性と密に接することがあれば、きっと彼を刺激して、かっとさせてしまったでしょうね」

「それほど精神的に不安定なら、危険人物にはならないのか？」ホークが顔にかかったシルバーゴールドの髪をはらい、そのしぐさに、シェンナは思わず目を奪われた。

「ええ、そうね」シェンナはつぶやくように言う。「だけど、評議会が生かしておいたからには、なんらかの形で役に立ったからにちがいないわ」ホークほどみごとな髪の持ち主はいない、とシェンナは思った。狼のときの毛皮同様に、独特の色合いで美しい髪をしている。「どうして髪をのばさないの？」

「ルークみたいにか？」ホークは肩をすくめた。「そんな気はないね」

シェンナ自身、ちょうどうなじをかすめるくらいの髪の短さが気にいっている。わずかに毛先がはねるくらいの……女性がつい指でなでたくなる長さの髪。ふたりの関係がどこまでのものか、ホークがどこまで許してくれるのか、わからず、シェンナは腕を組んで、両手を脇にはさんだ。「人間の姿をしていても、あなたはどうしてそんなに狼に近いの？」

「人間の姿であっても、狼としての本能を優勢にしておくべき時期があったからだ――狼のほうが、人間の少年よりもずっと大人だったからな」訓練コースを越えて、ホークは森のほうへとシェンナを導いた。「おれの内なる狼はつねに表面に近いところにいる。おのれの経験によって、その傾向がいっそう強まったんだ」

正直な返答があったことに、一瞬あっけにとられ、シェンナはあわてて考えをまとめようとした。「チェンジリングの話だと、長いあいだ、獣のほうが主導権を握った状態のままなのは危険だって」

「やむをえなかった。アルファになったとき、おれは十五歳だったからな」

「そんなに若かったの？」

「先代のアルファが亡くなって、副官（ルーテナント）や上級戦士のほとんども同時に命を落としたんだ」

「それで、〈スノーダンサー〉の群れはまだ若い世代が多いのね」本来なら、群れの年齢層はもっと高いのだろうが、〈スノーダンサー〉はまったく異なっていた。シェンナはつづけて質問しようとしたが、気がつけば、ふたりは細い樹木の陰で立ち止まっていた。枝には優雅な葉が茂り、風に揺らめいている。

「おまえにはハンディをつけてやる」ホークが言う。「おまえがスタートしてから、二十分後におれがスタートする」人間の顔から、淡い色の瞳をした狼が、シェンナをじっと見つめていた。

19

腕の産毛が逆立つのがわかった。「なにをするの？」

「おれにつかまらないうちに湖まで行ってみせろ」ホークがゆっくりと、挑発するような笑みを浮かべる。とたんに、腹にまともにキックを食らったような衝撃を受けた。

「おまえが狼をだしぬけるほど利口かどうか、ためしてみようじゃないか」

「どうしてわたしがそんなことをしなきゃいけないの？」シェンナはこれまでしかるべき努力をはらい、いまの地位を手にしたのだ。「これはなにかのテストということ？」

「いいや」

腕を組みながら、シェンナは身がまえるように両足をひろげた。「それなら、やりたくないわ」

「おまえを誘っているんだが」ホークが小首をかしげる。およそ人間らしくないしぐさだ。「おれに負けるのが怖いのか？」

シェンナはぐっと歯を食いしばった。「あなたなんて、目をつむっていても勝てるわよ」

「怖いな」狼がシェンナをからかっている。

うなり声をあげられるものなら、シェンナはいまこの場でそうしていたはずだ。「そっちはぐるっとまわりこんで湖にたどり着いて、わたしの到着を待ってもいいんでしょう?」ホークは足が速い。ハンディをもらっても、むこうが勝つにきまっている。

だが、ホークはかぶりをふった。ゴージャスな髪がはらりとひたいにかかる。「そんなことをしたら、ちっともおもしろくないだろう?」

ホークの魂胆ならわかっている。こんなふうにあおれば、こっちが挑戦を受けて立つと思っているのだ。それでも、シェンナの持ち前の負けず嫌いに火がついた。このまますごすごとひきさがるわけにはいかない。「いいわ。時間を計って」

「よし」ホークが目を閉じた。「出発する前に、伝えておく。おまえが勝ったら、褒美をやろう」

「どんな?」

「驚くようなものさ」

ああもう。本当にうなり声をあげられるものなら。「わたしが負けたら?」

「湖にほうりこんでやってもいいな」

そんないたずらっぽい笑みを唇に浮かべたホークなど、信用するつもりはみじんもない。シェンナはすぐさま走りだした。ホークはとてつもなく足が速い——走る姿をまのあたりにして、のどから心臓が飛びだしそうになったことがある。きわめて美しい、生きた機械さながらの、流れるようにしなやかに力強く動く腱や筋肉の塊のような存在なのだ。ことスピードに関しては、ホークが断然勝(まさ)っており、シェンナに勝ち目はない。

しかし、狼と張りあうのなら、ほかにもやりかたがある。

ホークの内なる狼と人間の双方が、シェンナにやや失望をおぼえていた。彼女は湖へと一直線に向かっている。近くの川で匂いを消そうともしていない。野性的なスパイスと紅葉の匂いが、一本の光る糸のように前方にのびている。内なる狼にとってはまぎれもない誘惑だった。どうしても——「くそっ！」

またたくまに、ホークはさかさまに宙づりにされていた。一メートルほど下に、枯れた松葉におおわれた地面が目に入るばかりだ。右のくるぶしにはしっかりとロープが巻きついている。身をよじり、くるぶしに目をこらしてみて、ホークはやれやれとかぶりをふった。ふたたびまじまじと見つめる。思わず苦笑してしまった。なかなか利口な女の子だ。足首に巻きついているのはロープなどではなく、そこらじゅうに生えている太いつるだった。先に出発した二十分間のほとんどを、シェンナはこの罠を仕掛けるために費やしたにちがいない。いつもなら罠を避けられたはずだ——だが、ホークはこうした分野での彼女の力量を見くびっていた。思いあがった大馬鹿者だったのだ。

体をねじ曲げ、かぎ爪でつるを切りにかかる。

だが、あとすこしのところで手が届かない。

汗をかきながら、ホークはふたたびトライした。つるをようやく枝から切り離したときには、悪態が口をついて出た。さらに情けないことに、尻からどすんと落ちてしまう。内なる狼はおもしろくなかった……だが、これはいわばゲームなのだ。くるぶしにからみついたつるの残りをはぎとると、ホークは筋肉をほぐそうとストレッチした。それから、またシェンナの匂いを追いはじめる——今度はもっと慎重に。

行く手にシェンナが張ったつるが目に入り、ホークは罠にかからないように片足を上げて越えようとした。ところが、そのくるぶし——先ほどと同じ足の——が、穴にはまってしまった。うなり声をあげながら、落ち葉をはらいのけてみると、はたして、つるのむこう側に、シェンナが掘った穴が三つあった。その真ん中の穴にたまたまひっかかったのだ。

なかなかやるな。内なる狼がシェンナに感心して、そう思った。えらく利口だな。ホークはひどい目にあったくるぶしを穴からひきぬくと、ほかの仲間がひっかかるといけないので、数分ほどかけて罠をはずし、地面をもとにもどした――おそらくシェンナはこちらのそうした行動も読んでいたのだろう――それから、やりかたを変えることにした。シェンナの匂いのほうにまっすぐ進むのではなく、遠まわりしてななめに接近していくことにする。どうやら彼女が立ち止まったらしい場所には、もうひとつ、巧妙で抜け目のない罠を見つけた。またしてもそのあと始末に貴重な数分を失うはめになったが、それでも自分が罠にはまることを思えば、まだましだった。

五分後、藪の中から、ルビーレッドの長い髪がきらめくのが見えた。そのあたりはシェンナの匂いがとくに強く感じられる。追いつめ、地面に押し倒してやるつもりで、ホークは藪をかきわけようとした……が、あわてて手をひっこめた。あの女らしい体つきの、自分にとって悩みの種の女性の術中にまんまとおちいって、ツタウルシの藪に手を突っこむところだった。よくもまあ、ここまでこけにされたものだ。

にんまりしながら、ホークが視線を落とすと、藪の下にはシェンナのスウェットシャツが隠してあった。枝でそこに押しこんだのだろう。「なんてずる賢いサイだ」相手にとって不足はないとわかると、ホークは本気で追跡しはじめた。全身の感覚をひとつ残らず鋭敏にしながら、人間離れしたスピードで飛ぶように走っていく。

あ、あ、あそこだ。

シェンナは湖まであとほんの一キロほどの場所にいた。髪をうしろで束ね、Tシャツの袖から腕があらわになっている。地面にしゃがみこんで、またしてもホークに罠を仕掛けようとしている。さっそくおそいかかろうとせず、ホークはそっと移動して、彼女のようすを観察した。弾力のある枝と、ふたたびつるを使い、シェンナが手際よく罠をつくるのを見て、なんて頭がよく働くのだろう、とホークは感心した。

これまで何度もこのゲームに興じたが、相手はいずれも自分の匂いを隠して、ホークを混乱させ、見当ちがいの方向へと導こうとするばかりだった。与えられた時間を使って罠を仕掛けようとしたのは、シェンナただひとりだ――内なる狼は彼女の抜け目のなさに舌を巻いている。スピードの欠如があったからこそ、ホークは彼女に追いつけたのだ。だが、こうして追いついたのだから……こちらもすこしいたずらしてやるとしよう。

うなじにちくりと痛みを感じ、シェンナははっと動きを止めた。なにも聞こえない。あたりはしんとしている。ホークが第一の罠にはまったときのような大声は、もちろん聞こえなかった。あのとき、シェンナは十メートルも離れていない場所に潜んでいた。かろうじて罠を仕上げて、大急ぎでその場から離れたのだ。きっと、ホークがかんかんに怒るだろうと思った。

ところが、彼は笑いだした。

そんなことは思いもよらなかったが、シェンナはようやく気づいたのだ。これはゲームだと。ふたりはゲームを楽しんでいる。トビーやマーリーとの遊びは例外として、シェンナは軍事戦術の習得にかかわりのないゲームに興じたことはいままでなかった。弟やいとこが相手のときも、ふたりの楽しみを優先しているので、参加するというよりもみんなをまとめる役割を果たしていた。

これは――まさにゲームのためのゲーム、純粋な遊びなのだ。

効率を重視するXサイとしての自分は、時間のむだだと心の中でつぶやいたが、シェンナはそんな声を黙らせた。いまこの瞬間ほど、心が軽く、若々しく感じられたことはなかったからだ。太古の森の中をそっと動きまわり、淡いブルーの瞳とシルバーゴールドの髪を持つ狼をだしぬこうとして――「?!#」

シェンナののどから、意味不明の言葉が漏れた。気がつけば、地面から一・五メートルほどのところで足首から宙づりにされている。「そんな」シェンナはつぶやいて、信じられない思いであたりを見まわした。だが、当然ながら、こんな目にあっている理由はただひとつだ。「そっちの勝ちよ!」とうとう、やけになってさけんだ。

ホークが森の中から姿をあらわして、からかうような目でこちらを見ている。「そこでなにをしているんだ、ベイビー？」

「グルル」そんな獣のような声が出そうになり、シェンナはあわてて手で口をふさいだ。

頰にえくぼをつくって、ホークがうれしげに笑う。「もう一度やってみろ」

まさか。「おろしてちょうだい」

ホークはかかとに体重をかけて、体をうしろに揺すった。「それで、なにをくれる？」

「あなたをカリカリに揚げたりしないから」

「どのみち、そんなまねはさせないさ」のんきに、自信ありげに答える。まちがいなくシェンナを挑発しているのだ。

なんの前ぶれもなく、ホークの髪をかすめるように、ぱっと炎をほとばしらせてやったが、彼はすでに横に移動したあとだった。「ちっ、ちっ。ずるいまねはやめるんだな」

「うーっ！」シェンナは腹筋を使ってひっしに身をよじり、足首に巻きついたつるを手で狙おうとする。サイの能力でいましめを断ち切ってやるつもりだ。

「落ちたとき、ずいぶん痛い思いをするぞ」

シェンナは思わず動きを止めた。ホークは自分のときよりも高い場所に彼女がつるされるように罠を仕掛けたらしい。たしかに、痛い思いをするはず、だ。体をもどして宙ぶらりんの状態になると、シェンナはふうと息を吐いた。「なにが望みなの？」ほとんどうなり声に近い。そんな声を出したのははじめてだ。

そばまで寄ってくると、ホークは片手を彼女のうなじにあてがい、もう片方の手を腰にまわした。そうやってシェンナの顔をちょうどよい位置までずらすと、ぐっとかがみこんできた。彼女の視界にあるのは、半透明のアイスブルーの瞳だけだ。「大きくて悪い狼にキスをしてくれ」

シェンナののどが詰まりそうになる。言葉がのどにひっかかって出てこない。

だが、ホークはふたりのあいだの距離を埋めてしまおうとしない。「答えは〝イエス〟か？」

ごくりとつばをのみ、シェンナはうなずいた。

「ちゃんと答えろ」

「〝イエス〟」シェンナは片手で彼の肩をつかんで、無理やり声をしぼりだした。

「なにが〝イエス〟なんだ？」

いくらかいらだちがよみがえり、失っていた声がもどってきた。「ねえ、ちょっと。もう落ちたってかまわないんだけど！」

笑いながら、ホークが唇を重ねてくる。大きな手で彼女の頬をつつみこむ。もう片方の手はうなじにあてられたままだ。

ああ、なんて――。

ああ、なんて……でも、言葉ではとても言いあらわせない。ぞくぞくするような衝撃が、生々しく、荒々しく全身をつらぬく。胸がぱんぱんに張りつめ、両脚のあいだが熱くとろけてくる。なにしろ、ホークの硬い唇が、じらすようにそっと彼女の唇を味わい、何度もくりかえし、嚙んだり、なめたりしているのだから。重なりあった唇のあいだから、シェンナはあえぎ声を漏らした。すると、その褒美として、下唇に歯を立てられた。

それから、ホークの舌が、彼女の舌をぺろりとなめたのだ。

ああっ、い、いいわ。すごいわ。

もっととせがむように、シェンナはみずから舌を突きだした。のどの奥で低いうなり声をたてながら、ホークが興味深そうに愛撫を返した。シェンナのうなじを指でなでている。ほんのつかのま、息を吸うために唇を離したが、またすぐにホークは彼女の上唇を吸った。強く、男らしい歯で、からかうように下唇が嚙まれる。

ホークが顔を上げてしまったかと思い、シェンナは背中を弓なりにぐっとそらした。すると、ホークが口をひらいたまま唇を重ねあわせ、舌と舌をからみあわせた。ようやく唇を離して、ゆっくりとシェンナの首に鼻をこすりつける。「もう一回、キスするつもりだった」ホークがつぶやき、脈うつあたりに歯を立てた。「だが、おれの気分を害したからな」

放心状態のまま、シェンナはきいた。「そうなの？」

「おまえを地面に落とすようなまねを、おれが本当にすると思ったのか？」さらに首の下のほうを嚙まれた。今度はもっときつく。

シェンナはびくっとして、彼のたくましい肩をぎゅっとつかんだ。「いつでも好きに嚙んでいいわけじゃないのよ」いかにも支配的な男性らしいやりかただ。こちらがその気にさせてやるまでもない。

ホークが舌で嚙み跡をなめる。「つるを切れ」

今度は、問いなおすまでもない。シェンナは冷たい炎の狙いをつけ、レーザーのごとく照射すると、さっとつるを断ち切った。すかさず、ホークが受けとめてくれたので、一瞬たりとも落下の感覚をおぼえることはなかった。シェンナの足を地面におろすと、ホークは彼女を自分の胸に抱きよせた。彼女がバランスをとりもどすあいだ、片手で背中を支え、もう片方の手で彼女の髪をもてあそんでいる。

シェンナが顔を上げてみると、ホークがじっと、一心にこちらを見つめていた。どきんとして、肺からいっきに息が奪われてしまう。「おまえは遊び相手としてなかなか優秀だ」頭を下げて、唇を重ねながら、ホークがささやく。「また遊んでやってもいいだろう」

たがいの胸をぴたりと合わせて立ちながら、軽いキスをくりかえしていると、ホークのうなり声が振動となって、シェンナの全身に伝わってくる。「いつ？」なんとか声をしぼりだした。乳首が硬く張りつめ、胸のふくらみがありえないほど敏感になっている。いまホークにふれられたら、その刺激に耐えきれる自信がなかった。

「明日だ」ホークが身をかがめて、彼女の首に鼻を押しつける。軽く噛んでから、そこに唇をこすりつけた。「そろそろもどろう」

「あともう一分だけ」これは夢ではないかと怖くなり、シェンナはこらえきれず彼の首に腕をまわして、そのうなじを指先でなでた。ふたりにはかなりの身長差があるが、ホークはそのままじっと、シェンナに抱きつかれるままになっている。ホークの熱い息が肌にかかった。ほんのつかのま、こうしていたかった。

その夜、ウォーカーが自分のオフィスに姿を見せても、ラーラは驚いたりしなかった。昨夜も、ウォーカーは彼女のもとにやってきたからだ。いまだに傷ついている自分は、用心深く、感情的に距離をおこうとしていたが、同時に、この物静かな男性に対して複雑な、切ない思いをいだいているのもたしかであって、帰ってくれとはとても言えなかった——ことに、この男性にかすかな変化を、よそよそしい心の壁のようなものがすこし崩れてきたように感じていたからだ。

しかし、またしても墓穴を掘るのはいやだったので、昨夜、ラーラはこの男性がさっさと帰りたくなるような話題を切りだしてみたのだった。「マーリーの母親のことを一度も話さないのね」

意外なことに、答えが返ってきた。

「彼女の名前はイエリーン」ウォーカーが言った。その表情からは、かつて彼の子供を産んだ女性に対する感情はまったく読みとれない。「わたしたちは家族としてともに暮らした。心理学的な見地から、マーリーを、のちにトビーも育てるのに、それがもっとも安全な方法だとふたりとも考えたからだ」

表面上は、冷たく、論理的な根拠があったように聞こえるが、その裏には家族への愛情が隠されている。だからこそ、ウォーカーはほとんど自身の死を覚悟しながらも、子供たちが生きのびるわずかなチャンスに賭けたのだった。「妹さんのことは残念だったわね」ウォーカーは三人兄弟の長男で、ジャッドが末っ子だと、ラーラは知っていた。シェンナとトビーの母親は三人兄弟の真ん中で……あまりにも早く亡くなったのだった。

「クリスティンは天与の能力に恵まれていたが、それゆえ苦しんでいた」

「トビーにはあなたという伯父がいて、よかったわ」ウォーカーなら〈サイレンス〉

の中にあっても、幼い子供の悲しみや喪失感を理解できたにちがいない。「だが、わたしはシェンナを守りきれなかった」――暗く、とげとげしい言葉だ――「わたしたち一家からトビーを奪うようなまねは、だれにもさせるつもりはなかった」

シェンナがミンに連れ去られるのをなすすべもなく見つめ、この人がどんなにつらい思いをしたことか、ラーラには痛いほどよくわかっていた。だから、昨日は、舌の先まで出かかった質問をぐっとのみこんだのだ。しかし、今夜、休憩室の小さなテーブルにふたりですわり、ウォーカーの長い脚がふれそうなくらいすぐ近くまでのばされている中、ラーラはもはやこらえきれなくなった。「イエリーンは」彼女はたずねた。「どんな女性だったの?」

「わたしたちは遺伝子的な相性がよかった」ウォーカーは質問をはぐらかそうとしたが、その大きくりっぱな体には、内心の動揺はいっさいあらわれなかった。「ふたりの子供は能力度数の高い子供が生まれると予想されたが、マーリーはまさに遺伝学者によるその予測の正確さを示す、生きた証拠だった」

あからさまにそんなそぶりは見せないにせよ、ウォーカーがこれ以上立ちいったことをきかれたくないのは、ラーラにも察しがついた。だが、こちらは時計をもどすつもりはないのだ。あのキスの前のような関係にもどるつもりはない――あのころは、ウォーカーがそれとなくふたりのあいだに境界線をひくのを、黙って許していた。

「彼女になんらかの感情をいだいていたんでしょう?」本能がことごとく、彼に手をふれろとうったえている。きわめて根本的なレベルで結びつけと。だが、ウォーカーは〝肌でふれあう特権〟を彼女に認めていない。こうした奇妙な友情以上のなにかが、ふたりのあいだに存在するとしても、この人は女のほうから求めて、あっさり応じてくれるような相手ではない。

「わたしは〈サイレンス〉にしたがっていた」ウォーカーが答える。ジーンズをはいた脚が、ざらりとした愛撫となってラーラの脚にふれたとたん、思わず息をのんだ。この夜ごとの訪問に多大な期待をいだくのは危険だというのに。「だから、なにも感じていなかった」

「ウォーカー」

ラーラがいれたコーヒーを、彼はテーブルにおいた。「愛や愛情といったものはいっさいなかった――きみたちがいだくような感情は。しかし、たしかに、家族への真の責任感、義務感といったものはあったと思う。わたしは考えちがいをしていた」こうした冷ややかで、決定的な発言からすると、この件にはもはや踏みこんではいけないのだとわかった。

ウォーカーの支配性にあらがおうという決意からではなく、治療師としての心の、もっとも深い本能に突き動かされ、ラーラは口走っていた。「彼女に傷つけられたのね」

　ウォーカーのあごの腱がこわばった。「家族全員が〝更生処置〟の対象となったとき、彼女はもっとも理にかなった選択をした」あの日のことを、あの瞬間のことを、ウォーカーはけっして忘れないだろう。あのとき、〝更生処置〟の命令が下され、三日間の猶予を与えられた。そのあいだに、自身の管理下にある未成年者たちのことも含めて、身辺整理をせよというのだ。三日間で、娘と、実の息子にも等しい少年に、脳機能の消去処置を受けさせる準備をせよと。そんなことをすれば、子供たちは日常のきわめて単純な作業しかできない、いわば廃人へと化してしまうというのに。

「〝更生処置〟命令によれば、ローレン一族は〝不安定〟かつ〝望ましくない〟存在だと判断されたそうだ」クリスティンの自殺がその証拠のひとつとして挙げられていたが、ジャッドとウォーカー自身、それは都合のよい口実にすぎないとわかっていた。

「イエリーンの名前はその通告に記載されていなかった」

　この事態をどうするか、彼女と相談しようと、ウォーカーは家にもどった。ジャッドとふたりですでに立てていた計画について、説明するつもりだった。シェンナの持つとてつもないパワーが明らかになったとき、ふたりはいずれこんな日がくると思い、準備をしていたのだ。シェンナのみならず、ジャッドの強い念動力やウォーカーのテレパシー能力、さらに言えば、マーリーとトビーの芽生えつつある能力がすべてあわさって、ローレン一家はいわば脅威であり、無力化する必要があると見なされていた。

「わたしが部屋に入っていくと、彼女は荷物をまとめているところだった」はじめは、逃亡する準備でもしているのかと、ウォーカーは思った。どうして亡命計画のことを明かすのを思いとどまったのか、いまでもよくわからない――イエリーンはみずからの子宮にマーリーを身ごもったが、彼女にとってふたりの子供はいわば細胞の集まり……交換可能な存在でしかないと、心のどこかでいつも感じていたのだろう。「わたしを見たとたん、彼女は単刀直入に告げた。わたしとともに自分の遺伝子まで消えてしまうのはごめんだと」

ララの瞳孔が大きくひらき、黄褐色の虹彩が小さくなっている。「わたしにはとても理解できない」信じられないという顔つきで、困惑している。「とうてい理解できそうもないわ。わたしなら……」掌を上にして、ララは片手をテーブルの上においた。

話はここまでにしようと、無言でうったえかけている。

亡命後、ウォーカーは人とのふれあいを学んでいた。仲間と抱擁したり、背中を軽くたたいたり、肩をぎゅっと握ったりと。しかし、自分の中のなにやらとげとげしいものをなだめるときを除いて、理由もなく女性にふれたことは一度もない。ウォーカーがじっとしていると、ララはじょじょに手を閉じていき、テーブルからおろそうとした。

　はっと気づけば、ウォーカーはとっさに彼女の手首をつかんでいた。とくんとくんというラーラの脈が親指に感じられる。なんてやわらかい肌だろう。つい想像力がかきたてられる。彼女の胸のふくらみを、内腿をさぐってみれば、どんなに気持ちがいいことか。そこはきっといっそうやわらかいにちがいない。

「わたしはイエリーンじゃない」ラーラが口をひらいた。その口調には、はじめからウォーカーを圧倒してやまなかった、静かな力強さがある。「わたしなら、自分にとってたいせつな人たちから去ってしまったりしない」

　そうだ。ラーラはそんな人間ではない。だが――「イエリーンのことは、このこととは関係ないんだ」

「嘘つき」そのささやき声から、ラーラはひきさがるつもりがないのだと、ウォーカーはさとった。「彼女のせいで、あなたは自分でも受けいれがたいほど傷ついたんだわ。その心の傷のせいで、女性のことや恋愛関係となると、あなたはいまだに躊躇(ちゅうちょ)してばかりで決断できないのよ」

「かつてのきずなや」ウォーカーは黄褐色の瞳をしっかりと見つめかえし、嘘ではない、まったくの事実を述べているのだと、ラーラに伝えようとする。「子供たちへの愛情は、イエリーンがいなくなっても消えることなく、亡命後も変わらなかった。だ嘘をつくつもりはない……この女性のぬくもりのある、明るく輝く魂に惹かれている男たちは多いのだから、こんな告白をすれば、そのうちのだれかの腕に抱かれることを、ラーラ自身が選ぶかもしれないが。

そう思ったとたん、心が怒りで冷え冷えとしたが、ウォーカーはぐっと自分を抑えた。そんな感情をいだく権利など自分にはない。「わたしは〈サイレンス〉に長くいすぎたらしい」

ラーラがかぶりをふる。その表情は、ウォーカーには読みとれない。口の両端や目尻に扇状に細かいしわがあらわれている。「あなたは仲間とのあいだに、忠誠心や信頼という新たなきずなをつくったわ。わたしたちは……友だち同士なのよ」

「ああ」ウォーカーは彼女の手首の脈うつ部分をさすった。そこに口づけしたいと思う。肉体的な渇望を満たすだけなら、べつに問題はない。だが、ラーラはそれだけで満足するような女性ではない。彼女は治療師であり、家族をつくり、子供たちの笑顔にかこまれ、彼女自身と同じだけの、それこそ心の奥底からの愛情でつつんでくれるような〝伴侶〟を持つべき女性なのだ。「わたしにはそれ以上深いなにかを感じる能力がないらしい」傷ついた組織があまりにも分厚いのか、それとも、精神の、大事な感情的な部分が、修復不可能なほどこわれてしまったのか。とにかく、ウォーカーの心の中には、なにごとも突きぬけられない壁があった。相手がラーラであろうと、それは変わらないだろう。

コンピューター２（Ａ）より回収
タグ：私信、父親
処理を必要とする＊

差出人：アリス <alice@scifac.edu>
宛先：父 <ellison@archsoc.edu>
日付：一九七三年四月十日、午後十一時四十四分
件名：Re: 元気かい

お父さん、

わたしはいま、すごく興奮しているの！　たぶん、もうすこし冷静になるべきなんでしょうけれど、とてつもない相関関係を発見したかもしれないから。きっかけ

は、ジェイナ・アキムという女性の子孫をたどっていったことなの。この女性は、十六世紀に実在したXサイで、能力度数の高い一族の出身よ。この女性とその一族に関する情報は、事実というよりもどちらかといえば伝説に近いわ。でも、もし本当なら、それが答えになるかもしれない。

これがきわめて重要なことなんだけど、たいていの場合、Xはその能力があらわれはじめた時点ですぐさま特別な訓練を受けさせられるのに、ジェイナは一度も家族からひきはなされなかったの。当然、それこそが鍵にきまっているわ。いままでなぜ気づかなかったのかしら。たぶん、度数が弱いサイの精神では、能力が隠れているか、あるいは、その能力が顕著にあらわれないことだってあるのかもしれない――とにかく、自分の立てた理論が正しいかどうかわかるまで、まだ結論づけることはできないけれど。

その理論がまちがっていなければ、これはたんなる偶然ではありえないということになる――わたしの研究によると、精神的な次元における法則は、重層的で、幾重にも織られているようなものなの。あまりにも複雑なので、サイ自身もよく把握できていないほどよ。でも、肝心なことは、とにかくなんらかの法則があるということなの。

愛をこめて、
アリス

＊注：処理は充分には完了できなかった。両親の精神には、Ｘプロジェクトに関して、わずかにテレパシーによる消去の痕跡が見られる——双方とも、問題になりそうな、あるいは有益な情報は有していない。アキムの子孫は、みずからの遺伝系列に関していかなる発見があったとしても、それには気づいていない。

20

　あのキスの翌日の夜、シェンナがドアをあけると、ホークがドア枠に片手をついて、待っていた。

「たわむれる準備はいいか?」狼がたずねる。

　シェンナの心臓がどきんとして肋骨を打つ。あからさまな男っぽい匂いとからまりあうように、荒っぽく嚙まれる感触がよみがえってくる——ところが、前回の訪問のときと同じく、シェンナが誘いに応じようとする前に、彼の携帯電話がビーッと鳴った。

「大事な用なんだろうな」またしてもいらだちをあらわにして、ホークが電話に向かってどなった。

　そこで間があり、それからホークはぴんと背すじをのばした。その顔の表情を読みとったシェンナは、作業用ブーツをとってきて、しっかりした手つきで、さっとひっぱりあげてはいた。ホークはこちらを一瞥したが、なにも言わなかった。

「場所は?」ホークがきいた。冷静で、押し殺した声だ。なにかよくないことが起こったにちがいない、とシェンナは思った。「いや、おまえの言うとおりだ。まかせたぞ。ラーラを連れて、これからそっちに行く」

〈スノーダンサー〉の治療師の名前が聞こえたとき、シェンナはぱっと顔を上げた。ほどいてあった髪をざっくりとポニーテールにまとめると、ホークの横をすりぬけ、通路へ出た。電話の相手にさらに詳細をたずねているホークに、「ラーラに伝えるわ」と声に出さず、口の動きだけで言う。

ホークのまなざしはいかにもアルファらしく、先ほど彼女のドアをノックした、セクシーな捕食者チェンジリングのそれではない。彼はいったん電話を中断して、シェンナに伝えた。「地下ガレージに彼女を連れてこい。医療キットは予備も用意したほうがいい――複数のけが人がいる。ジャッドには連絡しなくていいぞ。さっき何度か瞬間移動(テレポート)したばかりでまだ回復していないからな」

ホークがふたたびうなずくや、シェンナはその場から駆けだして、治療師の居住区画へと急いだ。そこは診療所のすぐとなりだった。返事がない。だが、診療所のほうをのぞいてみると、ラーラがデスクの前にすわって、医学雑誌らしきものを読んでいた。すでにわかっている情報をすべて簡潔に治療師に伝えながら、医療用品を準備するのを手伝った。

「あなたは二級レベルの医療訓練を受けているわね？」さっと手際よく、作業を進めつつ、ラーラがたずねる。

ラーラが医療用品を詰めるあいだ、シェンナは荷物運びとして、医療キットのボックスを持っておいた。「豹の群れにいるあいだに、三級のクラスを修了したわ」すべての戦士は補助的な技能を身につけるように義務づけられている――シェンナにとっては、自身の思考プロセスからすれば、技術者の訓練を受けるほうがずっと楽だったはずだが、どんなレベルであれ、人の役に立てるとしたら、それはかけがえのない天からの贈り物（ギフト）ともいうべき喜びだ。Xのしるしを持つ者として、自身の暴力性をすこしでも中和できればという思いもあった。

「そうだったわね。あなたの医療資格については報告を受けたわ」なにやら決心するように、治療師はうなずいた。「ルーシーは朝晩、交代なしにぶっつづけで働いたから、起こしたくないのよ」看護学校を卒業したばかりで、ラーラの専任の助手を務めている若い〈スノーダンサー〉の名前を挙げる。「あなたが手伝ってちょうだい」そのときラーラの携帯電話が鳴った。短い会話を終えてから、伝える。「ホークからよ。さらに助けがいるわね」

「ジャッドは消耗しきっているわけじゃない」叔父がどこまで瞬間移動（テレポート）したのか知らないが、夕食のときに子供たちといっしょにいるところを見かけている。そのときに、彼のエネルギーレベルがどの程度なのか、判断できたのだ。「現場までわたしたちを瞬間移動(テレポート)させるのは無理でしょうけど」ジャッドのTkサイとしての能力については、念動力を使った細胞レベルでの治療も含め、ララはすでに説明を受けている。そのことに気づいて、シェンナは言った。「けが人の面倒ならみることができるわ」

「ジャッドを呼んで」ラーラはそう言ってから、ひたいをさすった。「かわいそうだけど、やっぱりルーシーも起こさざるをえないわね」

それから五分後、ラーラとシェンナがあわただしく用意して、数名の仲間にも荷物運びを手伝ってもらいながら、ガレージにたどり着いてみると、ジャッドはすでにそこで待っていた。「ホークは先に出発した」医療キットをトラックの荷台に固定しながら、告げる。「おれがハンドルを握り、きみたちを現場まで連れていく。べつのチームが、けが人を巣穴に運ぶためのストレッチャーを大型のトラックに載せて、あとからやってくる手はずになっている」

「ルーシーもいっしょに行くわ」ラーラはふりかえって、ガレージの入口のほうを見た。「そろそろだと――あっ、来たわね」

髪をくしゃくしゃにした、目の赤いルーシーが、急いで後部座席のシェンナのとなりに乗りこんでくる。「どんな状況なの?」

「複数の仲間が銃で撃たれたわ」ラーラが答える。「レーザーによるやけどを負った者もいる」

「致命傷は？」ジャッドは車を出して、せまい山林道へと入った。「もっと早く現場に送りこんでやれるかもしれないが、そうするとおれのほうはエネルギーを消耗してしまうからな」

「治療を手伝ってもらえるほうがいいのよ。わたしたちが到着するまで、ホークがみんなの命をつなぎとめてくれるはずだから」

ちらっと治療師を見ると、ジャッドはまさにシェンナがたずねようとした質問を口に出して言った。「血のきずなで結ばれた者には、ホークがパワーを送りこむことができるのは知っているが、群れのほかの仲間にもできるのか？」

「ええ、そうよ」ララはそう応じながら、先ほど彼女に支援を要請してきた仲間から、新たに連絡が入っていないかどうか、携帯電話をチェックしている。「副官(ルーテナント)との血のきずなを、あるいはわたしとのきずなを通してほど、簡単でも効果的でもないけれど、ホークはその存在の力だけで、仲間たちをつなぎとめられるわ」

「階層組織だからなのね」シェンナは言った。群れを支える基盤の真の深さに、はじめて気づいた。「そんな極限状態にあっても、群れの狼たちはアルファの命令にしたがうんだわ」

「そのとおりよ」

ルーシーがうしろに手をやって、寝起きの乱れた髪を三つ編みにまとめようとしたので、シェンナは彼女のほうを向いた。「よかったら、やってあげるわ」

「お願い」

「ほとんど寝てないけど、だいじょうぶなの?」外見上、共通点があるわけではないが、ルーシーはどことなくライリーと似ていると、シェンナは思った。たぶん、ふたりともつねに冷静で、おちついているからだろう。これまで耳にした情報からすると、今夜はそんな冷静沈着さがぜひとも必要とされるはずだ。

ルーシーはうなずいた。「看護学校が休みのあいだに、CTX社でしばらく働いたことがあって、そのころは、徹夜なんてしょっちゅうだった――報道の世界は二十四時間休みなしだから」そう言ったとたん、彼女のお腹が鳴った。「うっかりしてたわ。なにかお腹に入れておくべきだった。夕食もとらずに寝ちゃったわ」

「ほら」ジャッドがグラノーラバーを後部座席に投げてよこした。「上着のポケットに入っていた」

「恩に着るわ。いまここで愛してるって言いたいくらいよ」ルーシーは包装紙を破りながら、そう言った。

ジャッドが本当にその栄養補助食品を持っていたのか、それとも念動力を使って器用にもどこかから〝とってきた〟のか、シェンナにはなんとも言えなかった。念動力にともなう代償を、彼女自身まのあたりにしてきたので、その能力が文字どおり簡単なものではないと知っている。だが、それでもX分類の炎や痛みに比べたら、シェンナにとっては念動力のほうがまだよかっただろう。

巣穴の領域の境界あたりで、一行を待ちうけていたのは、まさにそんなXのパワーを思わせる、すさまじい暴力の痕跡だった。〈ダークリバー〉のなわばりと接するその付近は、モミの木が群生し、星のきらめく美しい夜空に向かって高くそびえている。地面に突きさしてある屋外用ランプの明かりにシェンナの目が慣れてくると、もう一名は二名の猫族の姿があった。そのうちの一名は、けが人の応急手当てをしている。ほか腕に銃創があるのがわかった——それでもほかの者たちを助けようとしている。ほかの者たちのほうがさらに重傷を負っていたからだ。

「ああ、なんてこと」トラックの荷台から、医療キットをおろしながら、ルーシーが小声で言う。「見張りを交代するために、リアダンはきっと早めにここに来ていたのね」

看護師の視線の先を追ってみると、大柄で陽気な狼が、腹部の傷から大量に血を流しながら、木の幹にもたれるようにしてすわっているのが、シェンナにも見えた。

「かなりの重傷だわ」エリアスもそうだ。その上級戦士は片方の脇腹をレーザー銃で撃たれたらしい。やけどを負い、すさまじい痛みにおそわれているはずだが、それでも歯を食いしばって悲鳴をこらえている。「ホークはどこ?」

ふたりとも、同時にその答えを見つけた。シムランが地面に倒れており、首の傷から血がしたたりおちている。彼女はエリアスと組んで歩哨に立っていたはずで、リアダンがこの境界区域での持ち場をひきつごうとしていたのだ。命にかかわるけがだ――いや、そうだったにちがいない――とシェンナにもわかる。シムランのそばで、ホークがしゃがみこみ、血まみれの傷口を片手でしっかりと押さえている。狼の淡い瞳を見れば、彼が一心不乱に集中しているのがわかる。この歩哨の女性の命を、おのれの意志力のみでつなぎとめているのだろう。

ホークのむきだしの背中にきらりと汗が光るのを見て、彼がここまで走ってきたのだと、シェンナはようやく気づいた。このなわばりの山や森、川や湖に関して言えば、ホークのスピードはいかなる乗り物をも凌駕(りょうが)している。しかし、シムランが息をひきとる前にここまでたどり着いたとなると……想像を絶する、まさに猛烈なスピードでここまで駆けつけたにちがいない。

「リアダンはジャッドにまかせておけばいい」シェンナは分担を決めようと、ルーシーに話しかけた。この冷たい地面に横たわり、血を流している者たち全員のことを考えていては、きっと立ちすくんでしまうだろう。「エリをお願い。わたしは豹たちの具合を調べるわ」

シェンナがマツの古木のざらざらした幹にもたれさせようとしても、バーカーはなにも言わなかった。かなりの失血により、足もとがふらついているせいだろう。「貫通しているわ」傷を調べてから、シェンナは言った。「弾丸による重大な損傷はないと思うけれど、念のために、もっとちゃんとした資格のある人に診てもらったほうがいいでしょうね」圧力注射器に抗生物質を入れると、シェンナはそれをバーカーの皮膚に押しあてた。

たちまち、薬剤が体の組織に到達する。それから、バーカーに断られないうちに、間髪をいれず、シェンナは痛み止めも打っておいた。「タムシンに傷を診てもらうほうがいい？」〈ダークリバー〉の治療師の名前を口にした。

質問に答えたのは、バーカーのかたわらにもどってきた、彼のパートナーらしき女性、リーナだった。「あと一時間ほど、彼が持ちこたえられそうなら。タミーがこっちに向かってるから」

シェンナはスキャナーを使い、バーカーのバイタルサインを測定した。「いまは安定しているわ」なにやらかすかに物音がしたので顔を上げてみると、この空き地はいつしか野生の狼たちにとりかこまれていた。狼たちのなめらかな黒い影が、闇の中でうごめいている。

「ホークといっしょに、狼の群れもやってきたの」信じられないというふうに、リーナがかぶりをふる。「きっと見張りにでも立っているつもりなんだわ」

「そうね」シェンナはずたずたになった傷口を消毒しはじめた――バーカーがうっと痛みをこらえる。「あなたたちはどうして巻きこまれたの?」事の真相については、あとでたしかめればいい。けが人がみな無事だとわかってから。

「わたしたちの持ち場は、エリアスとシムランの持ち場と一部重なっているのよ」リーナが説明する。シェンナはこの色っぽい金髪の女性戦士に向かってうなずき、貫通銃創の両側を滅菌パッドで押さえるようにうながした。こうしておいて包帯を巻き、タムシンの到着を待てばいいだろう。「だから、ときどき、二、三分立ち止まっておしゃべりしているの。今夜、ここに着いたとたん、サイのやつらがいきなり姿をあらわした」そこで口ごもり、顔をしかめた。「ごめん、気を悪くしないで」

「気にしてないわ」シェンナは自分がどんな存在かわかっている。状況がちがっていれば、評議会お抱えの暗殺者になりさがっていたかもしれない。「やつらは瞬間移動(テレポート)してきたのね?」

リーナはバーカーの、汗のにじんだひたいにかかった濃い茶色の髪をはらってやり、チェンジリングらしくさらにぴたりと体を寄せた。「ステルス機から懸垂下降してきたのよ」

それなら納得がいく。瞬間移動(テレポート)できるTkサイは数の限られた、貴重な存在なのだ――ただし、ここ数カ月、ヘンリー・スコットがそうした部下の数名をあっさりと捨て駒にしたところを見れば、そうは思えないのだが。「どうして敵は瞬時にしてこれほどの打撃を与えられたのかしら？」

「とにかく力で圧倒しようとしたのよ。明らかに、みな殺しにするつもりだったみたいね」

「敵の航空機はほとんど音もなく近づいてきた」リーナの優しい手に顔を寄せながら、バーカーが言う。「だが、やつらが下降してきた瞬間、おれたちはかすかな音をとらえたんだ」シェンナが包帯をしようとすると、彼はぐっと歯を食いしばった。先ほどの痛み止めでは、銃創の激痛を抑えきれないようだ。

バーカーのおおよその体重からすると安全だと判断して、シェンナは痛み止めの量を増やすことにした。

バーカーが異議を唱えなかったのは、それだけ痛みがひどい証拠だろう。「そうやっておれたちが敵の来襲に気づいたことと」シェンナが圧力注射器を押しあててから、バーカーはつづけた。「それから、リーナ、リアダン、そしておれがここにいたことで、情勢が変わったんだ――敵はおれたち三人の存在を予期していなかった」

シェンナの胃のあたりがひやりと冷たくなる。敵によるこの五人の殺害未遂は、おそらくまだ氷山の一角にすぎないだろう。その恐ろしい事実が、じょじょに身に染みてわかってきた。「気分が悪くなってきたら」包帯を巻き終え、シェンナはバーカーに伝えた。「すぐに知らせてちょうだい」

「おれのことなら心配ない」白っぽいしわが、彼の唇の両端に刻まれている。

「〝ショック死した大馬鹿者〟って墓碑銘を記されたいの？　そんなはめになりたくないでしょう？」

バーカーが明るい茶色の目を丸くする。「さすが、インディゴにしごかれただけあるな」冷や汗で肌を濡らしながら、バーカーはぶつぶつ言った。「おれがやせがまんをしたところで、リーナが告げ口するさ」

「それがわたしの仕事なんだから、お馬鹿さん」リーナは、彼のひたいをこぶしでごつんとやるふりをした。

そのようすにほっとして、シェンナは立ち上がり、ルーシーのところへ行った。彼女はすでに意識を失ったエリのそばにすわりこんで、手当てをしている。エリは左半身全体にやけどを負っていて、下から生々しいピンク色の皮膚が一部露出している。

「鎮静剤で眠らせたの？」シェンナは幼いサクラのことを思い浮かべずにいられない。父親がこんなひどいけがをしたと知ったら、どんなにあの子が悲しむことか。それにエリの〝伴侶〟のユキも……。

「痛みがかなりつらそうだったから」怒りを抑えた、張りつめた声だ。「ララーに診てもらわないと。でも、シムランとリアダンのほうがもっと危ない状況だわ」

「ラーラなら治せるのね？」吐き気をおぼえながら、シェンナはなすすべもなく、意識のない戦士のそばにひざまずいた……彼女自身、人を焼くことができるからだ。いかなるレーザー銃よりももっとひどく。

「ええ。でもすこし時間がかかるでしょうね」

ああ、よかった。「わたしにできることは？」

「この枝を地面に突き刺すのを手伝って。そうすれば、防寒シートをかぶせても、エリの肌に直接ふれないから」

それが終わると、シェンナは立ち上がり、ラーラがシムランのもとを離れて、ジャッドのいる、リアダンのそばへと移るのを見てとった——その若者も意識を失い、顔面蒼白になっている。さほど離れていない場所では、ホークがシムランの体を丸めるようにしてひざの上に抱きかかえている。彼女の頭はホークのあごの下にうずめられ、つややかな黒髪が彼の腕に流れおちている。シムランがぶるぶるとふるえているのに気づき、シェンナはトラックへと駆けもどり、銀色の防寒シートをもう二枚ひっぱりだしてきた。「これを」一枚をバーカーのためにリーナに手わたしてから、シムランの体をシートでおおいに行った。

傷にさわるといけないので、揺らさないように注意しながら、ホークは弱った歩哨の体にシートを巻きつけてやった。「みんな無事なんだな」その瞳にも、声にも狼の気配が感じられる。

　ホークの群れへの激しい愛情を、シェンナはいまほどひしひしと感じたことはなかった。「ええ」質問されたわけではなかったが、シェンナは答えた。「エリアスの状態がいちばん深刻かもしれない――すくなくともラーラが手当てをするまでは」リアダンの治療を手伝ってから、ジャッドの体力が残っていたとしても、細胞親和性(Tk・セル)念動力者の能力でもってあのやけどを治せるかどうかわからない。「それまで鎮静剤で眠らせておくわ」

　防寒シートの端をシムランの足の下にはさみこんでから、シェンナはあたりを見まわし、ラーラのために運んできた備品のことをふと思いだした。「ボックスのどれかにエネルギードリンクが入っていたはずよ。意識のある仲間全員に飲んでもらうわ」

癒やし手もけが人も体力をつける必要がある。とくに夜は冷えこむのだから。


　なんと冷静で、有能なことかと、シェンナの姿を見つめながら、ホークは心の中でつぶやいた。シェンナはしなやかな、すばやい動きで空き地内を歩きまわり、半ば脅すように、半ばなだめすかして、みんなにエネルギードリンクを飲ませている。内なる狼はすくなからず、そんな彼女のことを誇りに感じたが、いまははるかにつらい事ったとき、ホークは声をかけた。「ラーラ？」群れの治療師がリアダンからあとずさった。

すぐさま、答えが返ってくる。「ええ、もっとちょうだい」

頭の中で本能的に願うだけで、アルファとの血のきずなを通して、副官(ルーテナント)たちのパワーが、ホークの中に流れこんでくる。インディゴの信じられないほどの愛情、ライリーの揺らぐことのない忠誠心、マサイアスの静かな決意、リアズの激しさ、アレクセイのかろうじて抑制されたパワー、クーパーの断固たる不屈の精神、ジェムの荒々しい炎を思わせる情熱、ケンジのおだやかな意志の強さ、トマスのエネルギッシュな荒々しさ。今夜、欠けているのはジャッドのひやりとした、冷たい感触だけだ——このサイの男性は、ラーラがその場からよろよろと離れて、エリアスのもとへと向かっても、リアダンの最後に残った傷を癒やすことに集中している。

ホークはこうして得たパワーを、いかなるアルファもかならず群れの治療師と結んでいるきずなを通して、ラーラへと注ぎこんだ。すると、彼女の頰にぱっと赤みがさした……が、ラーラがエリの焼けただれた皮膚に両手をかざしたとたん、その頰の色がまた真っ白になった。ラーラは涙をこぼさない。一度も泣いたことがない——群れの仲間を無事に救うまでは。そうなってはじめて、ラーラはその場にくずおれるだろう。

屋外用ランプの明かりに照らされ、濃いルビー色の髪がきらめいたかと思うと、シェンナが到着したばかりのトラックへと駆けより、屋外用のストレッチャーをおろすのを手伝った。シェンナもここで、この血にまみれた場所で、くずおれたりしないだろう、とホークは思った。シェンナはそんな弱い女性ではない。彼女は評議会に屈することなく生き残り、おのれのすさまじい能力(ギフト)による過酷な運命にも負けずに生き残った……そして、アルファの狼とのゲームにも、もうすこしで勝利するほどの女性なのだから。


これでやるべきことはすべてやった、とラーラが告げてから、ホークはほんの数分でシャワーを浴びてシムランの血を洗い流すと、すぐさま診療所へともどってきた。

「どんなようすだ?」ラーラにたずねる。シェンナが病室を行き来して、患者から目を離さないようにしているらしい――治療師は、全員の容体が安定してから、ルーシーとジャッドに休むように伝えていたのだ。

「リアダンとシムランはもうだいじょうぶよ」ラーラはそう言って、荒々しく、あちこちにはねたカールに手をやった。その指が、一瞬ふるえたかとおもうと、こぶしを握って脇におろした。「タミーから聞いたわ――バーカーもよくなるんですって」

「エリのことだが」ラーラがその上級戦士のことを口にしないので、ホークはあえてたずねてみた。「すこしずつやけどを癒やしていく必要があるのはわかっている。だが、あいつのやけどはどれくらい深刻なんだ？」

ラーラはちらっとエリアスの病室のほうを見た。そこで、首から爪先まで湾曲したパネルにおおわれ、エリアスはベッドに横たわっている。「命にかかわる傷は治したわ。でも、治療にかかるのがずいぶん遅かったから、エリアスの体はショック状態におちいってしまった。彼が目をさますまで、確実なことはなにも言えないわ」

「おまえは全力をつくしたんだ」そう言ったものの、治療師にとっては言葉だけでは充分ではない、とホークは知っている。オフィスに行って、ふたりきりで話そう――そうすれば、ラーラも治療の瞬間のストイックな顔ではなく、素顔にもどれるはずだ――と誘いかけたとき、エリアスの病室から思いがけない人物が出てくるのが目に入った。

同時に、ユキが診療所に飛びこんできた。一瞬、立ち止まって「ありがとう、ウォーカー」とささやきかけると、このサイの男性の手をさっとなでてから、エリアスが意識不明のまま横たわっている病室へと入っていった。

祖父母にあずけた娘のサクラのようすを見にいったユキは、まさか、ウォーカーが病室に立ち寄り、この負傷した戦士を見まもってくれているとは思わなかったのだろう。だが、ホーク自身、考えてみれば、それはべつに驚くことでもなかった。エリアスとウォーカーがふたりで話をしているのを一度ならず見かけていたし、ふたりの娘たちがいっしょに遊んでいるのにも気づいていた。ふたりの男性のあいだには友情が芽生えていたのだろう。

「エリのことなら、ユキが見ていてくれる」ウォーカーはラーラに言った。その熱心なまなざしは、彼女の目の下のくまや、口のまわりのしわを見のがさなかったらしい。「ほかのけが人たちは鎮静剤で眠っている。彼らが目をさますまで、きみにできることはないんだ。休んだほうがいい」

ラーラの唇が真一文字に結ばれた。「わたしなら、だいじょうぶよ」腕組みをしながら、彼女はホークのほうに向きなおった。「一晩じゅう、みんなの状態をチェックしておくわ――なにか損傷を見のがしていたらいけないから」

ウォーカーの反応を、ホークはじっと待った。

相手の男性も、腕を組んで言った。「ホーク、ラーラの足もとがふらついているのはわかっているはずだが？」きわめて理性的な声だ。

ラーラの目に怒りの炎が燃えあがる。だが、ホークは同意せざるをえない。「一時間だけ休め――みんなのことなら、おれが目を離さないようにする」ホークはそう命じて、彼女を抱きよせると、髪に鼻をこすりつけるようにしてキスをしてやった。

「ウォーカーをむかつかせるためだけに意地を張るんじゃない」このふたりのあいだ

でなにが起こっているのか、内なる狼には知る由もないが、それでもなにやら張りつめた空気がただよっているのはわかる。

ラーラが怒りをあらわにして、整った顔をゆがめる。「意地を張るですって?」だが、ホークの腕に抱かれ、緊張を解いた。「でも、休んだほうがよさそうね。なにかあれば、すぐに起こしてちょうだい」

ふたりのやりとりを見つめるウォーカーの真剣なまなざしに、ホークは気づいていた。その長身のサイ男性が、ラーラのあとについて、ソファーのある彼女のオフィスへと入るのも見のがさなかった。ふたりをそっとしておいてやろうと、声の聞こえない場所まで移動することにして、ホークはけが人のようすを見にいった。すると、シエンナがリアダンのベッド際にすわって、彼の手を握っていた。「リアダンのお母さんが泣きだしたので、お父さんがしばらく彼女を外に連れていったの」ほとんど声を出さずに伝える。彼女の瞳には星々は見あたらない。「眠っている息子に泣き声を聞かせたくなかったんでしょうね」

リアダンの両親がもどるまで、ホークは彼女といっしょに待っていた。内なる狼がなぐさめを与えようとすると、その夫婦は拒もうとしなかったが、息子が目をさますまでは本当の意味でなぐさめられることはないのだ。両親がリアダンの手を握り、息子の肌にふれて、黙って力になろうとするのを見まもりながら、ホークはおのれの指をシェンナの指にからめて、ふたりで病室を出たのだった。

21

オフィスのドアがかちっと閉まると、ラーラは彼の存在を意識して、うなじがちくちくするのを感じた。疲労のせいで、ウォーカーと距離をおくという決心がにぶってしまいそうだ。だから、とにかく時間を稼ごうと、スウェットシャツを身をくねらせて脱いだ。先に、血を洗い流すために二分だけシャワーを浴びたときに、色あせたジーンズの上に身につけていたものだ。内なる狼は、すこしのあいだも、けが人から目を離したくはなかったが、医師としての自分は、医療現場では清潔さがだいじだと自覚していた。

「ねえ」とうとう、ラーラは口をひらいた。「たしかにわたしたちは友だち同士よ」——友人としての関係を受けいれ、この男性への思いを断ち切って、これからの人生を生きていこうと決意したというのに、そんな言葉を口にすると肉体的にも傷つくような気がする——「だけど、本当にひとりにしておいてほしいの」痛々しい嘘だ。ラーラは治療師であり、狼なのだ。群れの仲間のそばにいたい。しかし、だれよりも、愛する男性のそばにいたい。残念ながら、女性として、狼として、ラーラが選んだ男性は、望みをかなえてくれそうにない――〈サイレンス〉とイエリーンという名の見知らぬ女性が、ラーラがこれまで出会ったなかでも最高の男性を傷つけ、だいなしにしてしまった……その傷を癒やして、もとどおりにすることはできないだろう。

すでに心は悲しみ沈んでいるというのに、その真実が重くのしかかってきて、ラーラはソファーにぐったりとすわりこんだ。それから、身をかがめて、ブーツのひもを解こうとした。

そのとたん、ところどころで銀色の筋がかすかに光る、濃い金色の髪が、ラーラの視界いっぱいにひろがった。ウォーカーがひざまずいて、代わりに靴ひもを解こうとしたのだ。「やめて」ラーラはささやいた。今夜の悲惨な事件のせいで、身を守るすべがすべて打ち砕かれてしまった。もはや魂の痛みを、この男性が占めるべきはずの、胸の空っぽの部分を隠しておくことができそうにない。

ウォーカーはそのうったえにかまわず、手際のよい、しっかりした手つきで、ひもを解いてブーツを脱がせ、それから靴下も同じように脱がせた。ラーラはもはや止めようとするのをあきらめた。この身をひきさかれそうな欲求にあらがうのをやめてしまった。すぐ下にあるたくましい肩を、布地にぴたりとおおわれたがっちりした筋肉を、ただうっとりと見つめていた。

みんなの話では、ウォーカーは〈サイネット〉で教師をしていた、ということだった。しかし、それだけではないように、ラーラはうすうす感じていた——ウォーカーにはなにやら影のようなものや隠された真実があるように思われる。この人はそうした秘密をけっしてうちあけてはくれないだろう。ウォーカーはそういう男性なのだ。「眠るといい」深みのある声でそれだけ伝えると、ウォーカーは立ちあがって、ソファーから落ちていた毛布をひろいあげた。

疲労と、彼の不屈の意志に負けて、ラーラは頭を横たえ、目を閉じた。毛布が体の上にひろげられ、彼の手が、あちこちにはねて顔にかかった髪を、はらってくれるのが感じられる。その手の優しさにのどが詰まりそうになったが、それでもラーラは目をあけようとしなかった。この陽炎（かげろう）のように揺らめく一瞬、ウォーカーはこわれてしまったわけではないという幻想にひたった。明日はもうまもなく訪れるのだと信じた。

いったん休憩室に入ると、ホークは小さなテーブルのそばにある椅子に腰をおろして、シェンナをひざの上にひきよせた。彼女は思わず身をこわばらせた。「なにをするの？　だれかが入ってくるかもしれないのに」

内なる狼が歯をむきだしにする。低いうなり声を胸の中で響かせた。「おれがこのことを、ふたりのことを隠すつもりだと思うのか？」

「いいえ」だが、どことなくとげとげしい、距離感がまだあった。狼も人間も、それが気に食わない。「おれが仲間を抱きしめるのを見てきただろうに」

「わたしを抱きしめたことはないわ」その簡潔な発言には、感情がまったく感じられず、ホークはぎくりとした。

「そうだな」ホークは同意して、濃い色合いの美しい髪をなでた。「今夜はおまえを抱きしめたいんだ」

しばらくして、シェンナはようやく緊張を解くと、片手を彼の肩にまわして、頭をもたせかけてきた。ホークにはわかる——彼女のことを知っているからだ——こちらからうながさないかぎり、シェンナはこれ以上なにも言おうとしないだろう。シェンナはそうあっさりと自分の思いを他人にうちあける人間ではない。ひとりきりで戦うことに慣れている。だが、これからはそうではないのだ。

彼女の肩に片腕をまわし、もう片方の手で彼女の腿のなめらかな筋肉にふれながら、ホークは語りかけた。「エリのやけどのことがこたえたんだな」彼自身はシムランのほうに意識を集中していたが、内なる狼はシェンナが到着したことに気づいた。それで顔を上げてみると、シェンナがその傷ついた戦士に目をとめたとたん、その瞳が真夜中の色に変わるのがわかったのだ。

シェンナは黙ったまま、なかなか返事をしなかった。ようやく、か細い声で、とつとつと話しだした。「わたしもだれかを傷つけてしまう。あんなふうに……しかも、もっとひどく」どうして自身の能力の真の恐ろしさを認めてしまったのか、自分でもよくわからずに話している。「だれにもわかってもらえないけれど」

一瞬、ホークの手が腿の上で止まったかと思うと、ふたたび、小さく、ゆっくりとした動きで腿をなではじめた。「おれに話してくれ」

シェンナはこの秘密をずっと隠してきた。自分が怪物だとみんなに思われたくなかったからだ。だが、今夜、それはむなしい期待にすぎないとわかった。自分は怪物なのだ。その事実はどうしようもない。「わたしが五歳のころ」記憶がよみがえり、心がきりきりと痛む――冷たい炎の鞭が飛び、苦しげな、甲高い悲鳴があがる。焼けただれた皮膚と溶けたプラスクリートの、吐き気をもよおすような臭い。シェンナに優しくふれるばかりだった手のやわらかい皮膚が焼けて、データパッドの表面と溶けあわさってしまったからだ。「母にやけどを負わせてしまったの」

「ああ、ベイビー」思いやりにあふれたホークの声音に、シェンナは声を詰まらせてしまいそうになる。

「そんなことがあったとしても、わたしはまだ運がいいほうなの」シェンナは言った。耳をつんざくような母の悲鳴を一生忘れられないだろう。「不運な者は、Xのしるしがあらわれはじめたとき、自分の能力のせいで焼け死んでしまうおそれがあるから」ほかのほとんどの能力分類とは異なり、Xの場合、能力がまだ目ざめていないうちに特定するのは、ほぼ不可能に近い。

「だが、おまえの母親は死ななかった」

「ええ、母は強力な精神感応者(テレパス)だった」当時の段階では、シェンナのシールドはごく基本的なものでしかなく、必要とされる精神的な保護は、母親が提供してくれていた。結果として、クリスティンは娘の精神に完全にアクセスすることができた。「最初の一撃を受けて、母は唯一やれることをした。わたしを気絶させたのよ」医師たちは母の傷をほとんど治すことができたが、データパッドによるものだけは無理だった。死ぬ日まで、クリスティンの掌は、プラスクリートが皮膚に融着したままだった――母はそのことでシェンナを一度も責めなかった。

ホークがさらにしっかりと彼女を抱きよせた。彼女の腿をなでていた手を上げて、頬をつつみこんでくれる。罪悪感にさいなまれ、シェンナは目をそらして、うつむいてしまいたかった。だが、これまでホークにそんなまねをしたことはない。顔を伏せてしまえば、彼の内なる狼に、弱さのしるしを見せてしまうことになると、本能的にわかっていたからだ。「そのときに、ミンがやってきたわ」羞恥心のせいで胃が硬くなっていたが、シェンナは狼のブルーの瞳を見かえしながら、つづけた。「ミンは即刻、わたしを家族からひきはなしたかった。ただ、わたしが生まれてからずっと、母は無意識のうちに娘の衝動を抑えていたの」

ホークは批判的な顔つきはしておらず、ただ真剣な表情を浮かべている。「それはふつうのことなのか？」

「ある意味ではね。たいていの場合、サイの子供は自分の能力をどう扱えばいいのかわからない。だから、ほとんどの親は子供から精神的な目を離さないわ」

「チェンジリングの大人たちが、子供たちから目を離さず、たまたまかぎ爪でひっかきあったりしないように気をつけるのと同じだな」

そう言って、ホークがふたりのあいだに共通点を見つけようとしたので、シェンナの胸の中の氷の塊がわずかに溶けたような気がした。「ええ、そうね。でも、わたしの母はとても強力なサイで、特級能力者（カーディナル）レベルの精神感応者（テレパス）だった――娘の能力の暴走を防ぐためにどれだけ多くのパワーを使っていたか、母自身気づいていなかった。母がもっと弱いサイだったら……」シェンナはかぶりをふった。ふたたび、体が骨まで凍えるようだ。「わたしはもっと早くに自分自身を、あるいはほかの子供を死に追いやっていたでしょうね」

その冷静で、ほとんど抑揚のない言葉の裏に、ホークは彼女の心に深く根ざした痛みを感じとった。五歳だって。まだほんの子供じゃないか。それなのにミンの管理下におかれることになった。「きみの母親もいっしょに行ったのか?」

シェンナがうなずく。「当時は知らなかった。わからなかったの。でも、わたしの母はちがっていた。たいていの女性なら、わたしのような娘はミンにひきわたして、すべての責任から解放されたかったでしょうね。でも、ミンが母の代わりに精神的な次元でわたしを支えるようになってからも、母は書類にサインして、わたしの母親としての権利を放棄しようとはしなかった」輝くばかりのプライドとともに、そこには激しいまでの、深い優しさがあった。

「でも」シェンナはつづけた。「この力をコントロールするすべは、母には教えられなかった。母の専門能力はコミュニケーションであって、ミンのような〝精神的な戦闘〟ではなかったから。四カ月かけて、ミンはわたしを無事に隔離して、彼自身のテレパシーによるシールドの中に閉じこめた。それから、訓練がはじまったわ。過酷だった」

簡潔な言葉。だが、なんと恐ろしい内容だろう。「おまえをそんなむごい目にあわせたミンが、おれは憎い」――そうやって隔離され、封じこめられ、シェンナのおびえた子供の心は独房に閉じこめられたようなものだ、とホークにはわかるからだ――

「だが、おかげで、おまえは生きのびられたわけか」

「ちがうわ」シェンナは反論した。「ミンのおかげで〈サイレンス〉に支配されるようになっただけよ。ふつう、サイは十六歳で〈プロトコル〉の全課程を修了する。わたしは九歳までにすでに〈サイレンス〉にとらわれていた。ときには、だからこそ、母はトビーを産むことにしたんじゃないかと思うの——ミンがわが家に足を踏みいれた瞬間、母はわたしを失ったも同然だとわかったから」

それでも、シェンナはみずからの魂をけっして失ったりしなかった、とホークは思った。狼にも負けないほど強く、激しく、トビーを愛する能力をたもってきた。家族とのきずなをたもってきたからこそ、子供たちの命を救うために亡命したのだ。そうした精神の愛情にあふれた側面を評議会から隠し、守りとおしたとは、シェンナは子供ながら、驚くほど強い意志を持っていたにちがいない。その事実に、ホークは愕然とした。

どれほど彼女のことを誇りに思うか、恥じいる理由などいっさいない、とホークが伝えようとしたとき、かすかな音が聞こえた。「シムランが目をさましたようだ」

シェンナは流れるような動作でひざの上からおりた。自嘲(じちょう)気味に子供時代をふりかえるうちに暗く、重苦しい表情をしていたが、いまは心配そうな顔をしている。「ラーラを呼んできたほうがいい？」

「いや、おれが先にようすを見てこよう。だが、ほかの者たちを見てきてくれないか？」

シムランの病室に入ってみると、傷ついた歩哨の女性は、すぐそばにすわっている女性に弱々しい笑みを見せているところだった。そばにいるのはひょろっと背の高い、俊足の戦士で、しばしば、巣穴の領域内でホークのメッセンジャーとしての役割を担っていた。「イネス」手の甲で彼女の頬をなでながら、ホークは声をかけた。「いつもどってきた？」

「十分前よ」ホークの脇に顔をうずめたとき、イネスは身をふるわせていた。「どんなにひどいけがをしたのか、シムランは教えてくれないから」

シムランが口をひらいた。「そんな必要はなかったのよ」かすれた声で言う。

しーっと言いながら、イネスはベッド脇のテーブルに手をのばして、水のボトルをつかんだ。「悪いけど、アルファに話しているんですからね」たしなめるような言葉だが、愛情たっぷりの口調だった。負傷した歩哨の女性が水を飲めるように、イネスはボトルにストローをさした。

イネスがボトルをおろしたとき、ホークは彼女のこめかみにキスをした。「かなりの重傷だった」シムランのしかめ面にも動じず、ホークは言った。「だが、おれがつなぎとめておいた。あきらめたりするものか」

「あなたが頑固者でよかったわ」イネスは細い腕でしっかりとホークを抱きしめてから、ベッドにかがみこむと、このうえなく優しい手つきで、顔にかかったシムランの髪をはらった。

ホークがリアダンの病室をのぞいてみると、その見習い戦士はまだ鎮静剤で眠っていた。だが、エリアスのほうは意識がもどっており、無傷のほうの脇腹に顔をうずめている〝伴侶〟の頭に、そっと手をおいていた。よかった。よい知らせなのだから、起こさなくても、ラーラは怒ったりしないだろう。そう思ったホークがふたりをそっとしておこうと病室から出ていきかけたとき、シェンナがすれちがうようにして入ってきた。「さあ」声をかけて、温かいスープの入ったカップをユキの手に握らせる。

「飲んで。でないと、いつまでもこの人にうるさく言われるわよ」

「なにもうるさくなんか言ってないぞ」しゃがれ声で言う。「ほら、飲むんだ」

ユキの濃い色の、濡れたような表情豊かな目の下には、黒い影ができている。まぶたは腫れて赤くなっており、鼻の頭もやはりそうだった。だが、〝伴侶〟に向かってしかめた顔は、気力が不足しているようにはまったく見えない。「いつもえらそうなんだから」

「おまえはおれといっしょにいる運命なんだぞ」

「そうよ」たまらなく親密そうな笑みを浮かべる。他人が見てはいけないような気がするほどだ。「これから、すくなくとも百年はね」

ちょうどそのとき、病室の戸口の、ホークのとなりにラーラが姿を見せた。眠っていたらしく、頬にはクッションの跡らしきものが残っている。「なにを騒いでいるの？」輝くような笑顔でそうたずねてから、ラーラはホークとシェンナのふたりを追いはらうしぐさをした。「ふたりとも休んでちょうだい。明日、また手を借りることになるといけないから」

ウォーカーが診療所にもどってきたのを見て、ホークは黙ってしたがうことにした。

「ちょっと新鮮な空気でも吸いにいこう」シェンナに声をかける。

「いいわね」

ふたりで外に出たが、シェンナは安全地帯（ホワイトゾーン）にある、なだらかな小山の斜面にもたれてから、ようやく口をひらいた。「すてきでしょうね。そう思わない？」

草におおわれた地面の、彼女の頭のそばに、ホークは片手をついて体を支えた。内心では、肌にふれたいという渇望につねに苦しめられていたが、内なる狼は不思議なほど満足している。「なんのことだ？」彼女の髪を指に巻きつけ、人さし指と親指でこすりあわせる。

「百年ものあいだ、だれかといっしょにいることよ」その声には憑（つ）かれたような欲求が感じられ、ホークは一瞬、心が揺さぶられた。「ここに来るまでは、そんなことができるなんて思ってもみなかった」

「サイやチェンジリングのほとんどは、百歳を超えてから、すくなくともあと三十年は生きるんだぞ」ホークはそう答えて、ふたりの腿がこすれるほど身を寄せた。「そんなにめずらしいことでもないだろう」

シェンナは身を離そうとはしなかった。彼女の匂いが意図せぬ愛撫となって、ホークの全身の感覚をなでる。「でも、ふたりで……それだけ長くいっしょにいれば、どんなに深く相手を知ることができるか、ふたりの愛が、どんなにいろんな思いが詰ったものになるか」

そろそろはっきりさせておくべきだろう、とホークは思った。「そんなふうにたとえ話をするんじゃない、シェンナ。おれとおまえ。ふたりのことを知りたいんだろう？」

「そのことなら、こっちはちゃんと、はっきりさせておいたじゃないの」とげとげしい物言いとともに、胸の前で腕を組んでみせる。

内なる狼は、シェンナのそんな気の強さを気にいっている。だが、ホークといっしょにいるのなら、複雑な事情がかかわってくる。そのことを、シェンナにしっかりと理解させる必要があった。その事情のすべてを。彼女の髪に手を入れ、その手を握りしめると、ホークはぐいと体を押しつけていく。やがて、シェンナは腕組みをやめて、彼の腰に両手を当てざるをえなくなった。「おれのものになるというのは、おまえにとってどんなことを意味するか、わかっているのか？」

シェンナの脈が激しく打ち、ホークは思わず首のそのあたりをぺろりとなめたくなるほどだったが、それでも、彼女は一歩もひかなかった。

「たとえなにがあろうと、おまえに〝伴侶〟の――」ホークは言いかけた。シェンナには嘘をつくつもりはない。

「わかっているわ」シェンナがさえぎった。「いろいろと耳にしたから……大体のことはわかっているつもりよ」

おれの賢いサイなら、当然だろう、とホークは思った。だが、ぜひとも伝えておきたいのは、それだけではない。「同年齢の若い男たちと、もうふざけるわけにいかないんだぞ」シェンナの強情そうなあごをつかんで、ホークは言った。「おれ以外の男とダンスしてもいけない。自分さがしをする時間もない。おまえはいまのままで、おれと向きあうんだ。おれのものになる前に、性的な好奇心を満たす自由もない」

いまこの瞬間、ホークの支配的な力をまのあたりにして、シェンナは彼がこれまでどんなに自制していたのかをはっきりとさとった。ためらいがないわけではない。実際、彼女には知識があり、とてつもない精神的なパワーを持ってはいるが、男性の……いや、この男性のこととなると、本当の意味ではどう対処すればいいのかわからなかった。あらゆるシールドを突きやぶって、シェンナの心の芯まで揺さぶったのは、この男性だけだ。心のほかの部分が〈サイレンス〉に支配されようと、そこだけはひたむきな決意でもって守ってきたのだった。

「怖いんだな？」ホークの笑みに、愉快そうなようすはまったくない。「それでいい、ベイビー」それから、ホークは彼女にキスをした。優しくさぐるようなキスでも、からかうような楽しげなキスでもない。おのれの欲するものを正確に把握し、なんのためらいもなく手に入れようとする男のキスだ。彼女のあごをつかんでいた手を動かして、好みの角度に顔をかたむけると、下唇を強く噛んだ。シェンナははっと息をのみ、口をひらいた。

のどの奥で低いうなり声をあげながら、ホークが舌をさしいれ、おれのものだといわんばかりに、徹底的に彼女を味わいつくそうとする。シェンナはつい全身をおののかせてしまった。キスをいったんゆるめることなく、ホークはさらに口腔の奥までさぐってくる。舌でなめ、味わい、貪欲に求めながら、その硬く、たくましい体の隅々まで彼女に感じさせようとする。ホークの肉体に比べて、自分の体がこんなにやわらかいなんて、いまはじめて知ったような気がする。彼の体のほうが、こんなに燃えるように、自分の体よりもずっと熱いなんて。

そのキスは、ある意味ではレッスンだった。終わってみると、シェンナの唇は腫れぼったくなっており、彼の手でふれられ、敏感になった体は、どこもかしこも渇望をうったえ、熱くうずいている……そのとき、ふと気づいたのだ。ひょっとすると、自分で思ったほどには、よく考えていなかったのかもしれないと。

22

特級能力者（カーディナル）のXを手に入れたら、どんなふうに活用できるか、〝ゴースト〟は頭に思いえがいてみた。その気になれば、ジャッドをあざむくことなど造作もない。そんなことは百も承知だ。だが、ひとつだけ問題がある――みずから反逆の炎を燃やそうとしたのには、また、流血の暴動によって評議員たちを皆殺しにしないのには理由があって、それが〝ゴースト〟を押しとどめ、持ちあわせているはずのない良心としての役割を果たしていたのだ。

結果として、はぐれ者のXをどうやって支配するか、策を練る代わりに、〝ゴースト〟は〈サイネット〉の流れに飛びこむことにした。〈サイネット〉は、世界中の何百万ものサイによって生みだされた精神的なネットワークで、どこまでもひろがる闇を背景に、それぞれの精神が氷のような白い星々となって散らばっている。〈サイネット〉は地球上のいたるところに存在する、無限の広大なネットワークだった。

この広漠たるシステムの中には、いわばデータの川が流れている。ネットワークにリンクしているサイの精神によって、毎日欠かさずアップロードされる膨大な情報が、そこを流れているのだ。このネットワークは、地球上で最大のデータベースであり、サイ種族全体の知識の宝庫だった。用心しなければ、情報の重みにうずもれてしまうおそれがあるが、〝ゴースト〟は慣れたもので、情報の流れの中を危険なほど静かに、すべるように進んでいく。ほとんどありえないほど迅速に、的をしぼって、データを取捨選択した。

アリス・エルドリッジの死亡時期やその様態については、うわさやささやき声、陰謀説が飛びかっていた。〈サイネット〉から情報が明らかになるにつれて、そうしたうわさなどのすべてが〝ゴースト〟の意識の表層へと浮かびあがってくる。いずれもたいした内容ではない。〈アロー〉が非の打ちどころのない仕事ぶりで、〈サイネット〉からエルドリッジの情報を完全にぬぐいさったか、あるいは本人の死から年月がたつうちに、データが劣化していったのか。

そこで、〝黒曜石のデータベース〟のほうをあたってみることにした。これは〈サイネット〉の守護者かつ資料管理者である新種の知性体、〈ネットマインド〉によって作りだされたもので、万一、〈サイネット〉が機能を停止して、壊滅的なことになった場合にそなえたバックアップデータだ。〝ゴースト〟みずから、それを〝黒曜石のデータベース〟と名づけた。内部に保管されたデータの複雑性ゆえに、それは真っ黒な壁のようにしか見えないからだ。この〝黒曜石のデータベース〟の存在に気づく者は、めったにいない。

アクセス方法を知る者となると、ますます稀だろう。

アリス・エルドリッジの二本目の論文に関して、なにか情報があるとすれば、それはここに蓄積された膨大な情報の中に埋もれているはずだ。そうでなければ、シェンナ・ローレンは自分の力だけで、なんとかするほかない。

23

翌日の昼すぎ、ホークは巣穴から出ようとしたところを、シェンナに呼びとめられた。「待って」そのこわばった背すじを見れば、シェンナが昨夜のことをいっさい忘れていないのは明らかだ。

ホーク自身、忘れるはずがない。「手短にしろ、ベイビー」そっけない言葉が口をついて出た。たしかに、シェンナを怖がらせるつもりだったが、本音を言えば、まさかあっさりと成功するとは思っていなかった。おかげで、内なる狼はいらだっている。

「これからミーティングだ」

「昨夜の襲撃の件なら、このことを聞いておいたほうがいいわ」シェンナは早足で、ホークと並んで歩いた。ホークが外に出て、車を駐車してある場所へと向かっても、遅れずについてくる。

「話してみろ」

「あのやりかたは、ミンがつねづね口にしていた作戦なのよ」

「群れの士気をくじくための奇襲攻撃か」五名のチェンジリングを殺害できれば、さぞかしもうけものだったろう。「そんなことだろうと思ったさ」ホークの怒りは冷ややかなものだ。内なる狼は、明敏かつ的確に思考している。

「いいえ、それだけじゃない」ホークが歩幅をひろげたので、シェンナはほとんど小走りになっている。「これは消耗戦のはじまりなの。やつらは局所攻撃によって群れの兵力を低下させてから、総攻撃をかけるつもりなのよ。それまでは、こちらが反撃しようにも明確な標的がなく、守りを固めるためには兵力を分散せざるをえない。そうやって、群れの戦力をさらに分断化しようとしている」

シェンナの自信ありげな口調に気づいて、ホークは足を止めた。「たしかなんだな」

「ええ」シェンナには迷いはいっさい見られない。鋼のように冷ややかな観察力にもとづく確信があるだけだ。「黒幕がだれであれ、物理的な侵入をこころみれば、チェンジリングの鋭い感覚で察知されるとわかっていながら、念動力者(Tk)ではなくステルス機を使ったということは、敵のTkたちが、なにかほかの活動に従事しているという証拠だわ」

「敵には念動力者たちがいる、と思っているのか」

「あれだけの作戦を実行できる力があれば、Tk部隊を指揮下におけるだけの影響力を持っているはずよ」シェンナは両手を腰にあてた。「数時間、ブレンナの手を借りたいの。あるエリアの衛星写真を入手したいのよ」

シェンナは見習い戦士であって、そんな厚かましい要求をする地位にはない――しかし、彼女は、たいていの場合、評議会における軍事作戦の首謀者と見なされるサイの、いわば秘蔵っ子だったのだ。「どうやって場所を特定するつもりなんだ?」要求を即刻しりぞけることなく、ホークはきいた。

シェンナは指でこめかみを軽くたたいてみせた。「おそらくいまもそうでしょうけど、かつて、軍事戦略にかけては、ミンの右に出る者はいなかった。この襲撃の黒幕がだれであれ、ミンのように頭を働かせたら、わたしはやつらの裏をかくことができるはずよ」

この件に関する変動要因について、ホークはしばらく検討してみた。シェンナの目にぱっといらだちの色が浮かぶのが、目に見えるようだ。それでこそおれのシェンナだ、と内心にんまりしながら、ホークは思った。「ブレンナの手を借りるといい――だが、三十分だけだ」ホークは告げた。「彼女にはやるべき仕事が山ほどあるからな」

シェンナは眉をひそめたが、黙ってうなずいた。「ブレンナのところに行く前に、できるだけエリアをしぼりこんでおくわ――そのほうが効率がいいはずだから」

それから一時間半たっても、巣穴へと駆けもどっていくシェンナの赤い髪が、シエラネバダのまばゆい日ざしを浴びてきらっと光るようすが、ホークの目にまだ焼きついていた。いま目の前にいる女性は、シェンナとは似ても似つかない。この女性の魂には燃えるような情熱はまったくない。ニキータ・ダンカンは共感能力者(エンパス)の娘を産んだが、やがて、その娘を見捨てた。娘が愛情いっぱいの女性だというのに、その母親はとことん冷酷な女性だった。外見すらも、母と娘は正反対だった。

ニキータは冷たく白い肌、日系の血をひくらしい瞳、高く張った頰骨の持ち主で、かみそりのようにまっすぐな漆黒の髪がよく似合っている。一方、サッシャの肌は暖かい茶色で、豊かにこぼれおちる黒髪は、巻き毛でやわらかい。顔つきも優しく、もっと丸みをおびている。ふたりともまちがいなく美しい女性だった。だが、ひとりには爬虫類(はちゅうるい)の血が流れており、もうひとりは見ず知らずの他人を救うために自分の血を流すだろう。

「具合はどう、サッシャ・ダーリン？」ホークは小声でささやきかけた。ニキータは席についているもうひとりの評議員のほうを向いて、なにか話しかけている。謎めいたアンソニー・キリアクス——長身で、洗練された物腰の男性で、黒髪はこめかみのあたりが白くなっている。

彼の左側から、サッシャは不安げな顔をした。「そろそろ生まれそうよ。とにかく、そんな気がするの」

彼女がそんなふうにぼそぼそと言うと、ホークは思わず笑みを漏らしてしまった。

だが、ルーカスはおもしろくないらしい。サッシャのこのミーティングへの出席について、ふたりはいったいどんなに派手なケンカをしたのだろうか――もちろん、出産予定日が間近に迫っているのだから、ルーカスはサッシャを心底かっかさせるようなまねはしなかったはずだが。あえて想像してみるなら、おそらく、危害を加えるおそれのある人物のすぐそばまで、身重の〝伴侶〟を近寄らせるなど、考えただけで、内なる獣は頭がおかしくなってしまいそうだったにちがいない。それでも、豹のアルファはぐっとこらえて、黙ることにしたのだろう。今回にかぎって、共感能力者であるサッシャも、相手の気持ちがわかっていないらしい。

彼女の耳もとに唇を近づけ、ホークは小声で言った。「スイートハート、愛しているよ。わかっているだろう。だが、ルーカスをここから連れだしてやったほうがいい。でないと、やつは正気を失っちまうぞ」

サッシャは凍りつき、こちらをじっと見つめた。一瞬にして、その瞳が真夜中の色になる。「ああ、なんてこと」彼女がささやく。「わたしとしたことが、うっかりしていたわ」

「たぶん、きみが妊娠九カ月半になるからだろう」

あきれたようにぐるりと目をまわすと、サッシャは顔を寄せてきて、ホークの頬にさっとキスをした。

ルーカスのうなり声がはっきりと聞こえる。

「ルーカス」同時にサッシャが声をかけた。「気分がよくないわ」

とたんに〈ダークリバー〉のアルファは椅子をうしろに押しやると、サッシャを抱きかかえて、あっというまに部屋から連れだしてしまった。アンソニーとニキータがそのようすをまじまじとながめている。背後で壁にもたれていたヴォーンが、猫族らしいしなやかな動作で、すかさずルーカスの席にすべりこみ、一方、ネイサンは、サッシャがすわっていた席におさまった。テーブルのむかい側から、ニキータはいまもドアのほうをじっと見つめたままだ。

「まだ生まれるわけではないわ」一瞬のちに、沈黙を破って、評議員は告げた。娘にテレパシーを送っていたのだ、とホークは気づいた。

なかなか興味深い。

「そろそろなのか?」マックス・シャノンが部屋に入ってきて、たずねた。「遅れてすまない——交通渋滞につかまってしまった」

「あんたのJは、刑事?」質問に答えず、ヴォーンが問い返す。

「こっちに向かっている」マックスは、彼の妻である元司法サイ(ジャスティス)のことを口にした。彼女自身の〈サイレンス〉はこわれてしまっているが、いまも〈サイネット〉にリンクしているのだ。「なにか情報をつかんだのかもしれない」

〈サイネット〉につながっている人間を、ホークは信用するつもりはない。〈サイ評議会〉はその触手を、精神的な次元のどこまでも深くのばしているにちがいないからだ。だが、マックスのJに対して、とくに反感をいだいているわけではない。実を言えば、彼女のことはなんとなく気にいっている――ソフィアの瞳には陰りがあった。ちゃんと人生を生きている、氷のような人物ではない、ということだ。

となりで、ライリーが身動きするのがわかった。「ふたりとも、こちらから送った報告書に目を通してくれたのか？」

「もちろん」ニキータとアンソニーが同時に答えた。

またしても、なかなか興味深い、とホークは思った。このふたりは、みんなに隠れて、ほかにいったいなにを企んでいるのだろうか。

「わたしたちはどちらも、あなたたちの群れに対して攻撃を仕掛けたりしていないわ」ニキータが言う。「信じるか信じないかは、そちら次第よ。けれど、さしあたって、この地域を弱体化するなど、論理的に意味をなさないのだから」

つまり、ほかの評議員たちの存在が脅威でなければ、ニキータはチェンジリングの血を流していたかもしれないということだ。とはいえ、とホークは思った。ニキータについて知っていることをすべて考慮すれば、彼女はおのれの利益を優先するはずだ――戦争となれば、彼女にとって大きな損失となる。さらに、ニキータの警備主任は、非の打ちどころのない行動規範の持ち主であって、これまで体を張って無辜の人々を守ってきた男なのだ。

　アンソニーについては、これまで何度も、猫族はこの男のことを信用してきた。加えて、この男は、何十億ドルもの価値のあるFサイたちの一大帝国を支配している。いかなる人間も、なにがあろうと、その地位を揺るがせることはできないだろう。さらに重要なことに、〈ナイトスター〉グループは、これまでつねに、相手が予知への対価を支払うならば、だれとでも——ヒューマン、サイ、チェンジリング——喜んで取引を行ってきた。

　いま、マックスがテーブルをとんとんとたたいた。「さらに言えば、ニキータもアンソニーも、それだけの人的資源を持ちあわせていない。わかりきったことだ」みずから弱みを認めることで、先手を打っておこうというのだ。

「ほかにも除外できる者はいるか？」ネイサンが、身を乗りだした。ルーカスの近衛の中でも最古参で、ライリーにも負けないほど冷静沈着な男だ。

「ケイレブではないわね」即座に、ニキータが答える。「いまのところ、ほかの用件に気をとられているようだから」

「われわれの情報によれば」ライリーが口をさしはさむ。「ケイレブは〈アロー部隊〉の実権を握ったか、あるいは、もうすこしで握ろうとしているそうだが」

長く、慎重な沈黙がつづいた。「きみたちはすぐれた情報源を持っているようだ」

ようやく、アンソニーが応じた。「そうだ。たしかに〈アロー〉はその忠誠の対象をミンからケイレブへと移したらしい——この部隊にとって、優先事項はつねに〈サイレンス〉と〈サイネット〉の完全性だった。ミンから離れたのは、あの男がその優先事項を見失ってしまったからだ。ケイレブはそのような過ちをくりかえさないだろう」

そこは、ジャッドがコネから集めた情報と一致している。

「タチアナの場合、スコット夫妻を後押ししている可能性があるわ」ニキータがつけ加える。「でも、自分にはねかえってくることのないように、ふたりとは充分な距離をおいているでしょうね。ミンについては、評議会ではスコット夫妻に反対意見を述べていたわ。それに、内部の問題のほうに意識を集中しているようね」

ホークはそこで議論に加わった。「この件はスコット夫妻のしわざだと、ふたりとも確信しているようだが」こちらも独自の情報から同じ結論に達してはいたが、ニキータとアンソニーの口からその理由が聞きたかった。

「スコット夫妻が敵対する者を排除して、〈サイネット〉を完全に掌握したがっているのは疑いようがない」アンソニーが答える。堂々たる顔だちには、なんの感情もあらわれていない。だが、この男性にはカリスマ性があり、予知能力者たちを指揮下においていなかったとしても、やはり有力な人物であったはずだ。「夫妻にとって、いまの段階では、ケイレブは歯向かうには手ごわすぎる。そうなると、邪魔者はニキータとわたしだけということになる――われわれは行動をともにしており、しかも、労せずして守りの固い地域に拠点がある」

「スコット夫妻のしわざだという確証はつかめないでしょうね」ニキータが冷ややかに、そっけなく言う。その口ぶりがいかにも彼女にふさわしい、とホークは思いはじめていた。「夫妻は、証拠を残すようなまねはしないはずよ」

　七十分後、ホークはふたたびミーティングをひらいていた。今回は、もっと緊密な関係にある仲間ばかりが集まっている。ホーク自身、ライリー、ジャッド、先ほどの話しあいにも参加した〈ダークリバー〉の近衛（センチネル）二名、さらにルーカスとサッシャ。このアルファペアのキャビンのすぐ外で落ちあった。今日、ホークは豹のアルファをからかおうとしていない。群れの仲間以外の者たちが、自分の〝伴侶〟のすぐそばにいるのだから、相手はおそらくかなりいらだちをつのらせているはずだ。いくら狼が同盟相手だろうと関係ない――〝伴侶〟を守ろうとするのは獣の本能なのだから。

　正直なところ、ルーカスがこのようなミーティングに同意したことに、ホークは驚きをおぼえたのだった……いや、たぶん、そんなことはなかった。サッシャとルーカスは、ホーク自身も含めて、アルファたちがこぞってうらやむような関係を築いている。サッシャはたんなる恋人でも、よい意味での遊び相手でもない。よきパートナーであって、ルーカスにとって、なにかあれば、まずアドバイスを求める相手なのだ。

本能的に、ホークはシェンナのことを思い浮かべた。まだあまりにも若い……若すぎる。

〝おそらくいまもそうでしょうけど、かつて、軍事戦略にかけては、ミンの右に出る者はいなかった。この襲撃の黒幕がだれであれ、ミンのように頭を働かせたら、わたしはやつらの裏をかくことができるはずよ〟

そこまで深い知識をどうやって手にしたのかを思いだして、ホークはつい顔をしかめながら、ルークのほうに向きなおった。「おまえの勘ではどうだ?」ヴォーンが身につけていた目立たない通信システムを通して、相手のアルファがミーティングを傍聴していたことは知っている。

「ニキータの言うとおりだ──あの襲撃事件がスコット夫妻のしわざという証拠はいっさいない。あらゆる点から考えて、やつらが首謀者にちがいないが」ルーカスは無精ひげの生えたあごをさすった。「だが、証拠など必要ないだろう?」

「反撃したとしても、標的をまちがえたら」ホークが応じる。「奇襲攻撃のチャンスを失うことになる」

「わたしの母のはずがないわ」キャビンの外壁にそって並べられた、クッション付きの籐椅子から、サッシャが発言する。「自分の母親だから擁護するわけではなくて、母の考えかたがわかっているからよ。〈スノーダンサー〉が所有する企業などに、だれかが敵対的買収をこころみたとしたら、真っ先に母を名指しで非難するでしょうけれど」

「アンソニーでもない」ヴォーンはそう言っただけで、理由を明確にはしなかった。だが、アンソニーの娘と〝伴侶〟のきずなを結んでいることから、このジャガーチェンジリングの発言は、信憑性が高いと思われる。これがはじめてではないが、アンソニー・キリアクスの忠誠がどこにあるのか、ホークはまたしても首をかしげた。

「ミンやケイレブ・クライチェックについては、おれはニキータと同意見だ」ジャッドが言う。「〈アロー〉を失い、打撃をこうむったミンは、いまも残った軍隊の強化に追われているだろう。これは絶対的な自信を持って言えるが、これほど大規模な作戦行動を、〈アロー〉はまだケイレブのためにはとらないはずだ」

いつもながら実務的に、ライリーが重要な質問をする。「クライチェックには、ほかにも工作員がいるんじゃないのか？」

「ああ。だが、実のところ、あの男自身、強力な念動力者なので、なにか事を起こすにしても、他人の力を借りる必要はないんだ。地震をひきおこして、街を壊滅させることも可能だからな」

「やれやれ」ルーカスがひゅうと口笛を吹き、ヴォーンも思わず声をもらした。「本当なのか?」

「やつのパワーは、能力度数が無意味に思えるほどで、その上限をはるかに超えている」ジャッドは事実を淡々と語っている。「稀代(きたい)の戦略家でもあるから、完全にやつを除外することはできないだろう。だが、ケイレブの地域には、ふたつの強力な群れが存在している。そのどちらにも攻撃を試みたようすはない」

「〈ブラックエッジ〉と〈ストーンウォーター〉か」ライリーがうなずく。「やつらとも通信回線を使って連絡をとってみたが、話を聞いたところ、クライチェックとしては、むこうが干渉しないかぎり、こちらも干渉しないという主義らしい。ここまでわざわざ出向いて、おれたちにケンカをふっかけるとはとても思えないな」

「クライチェックをはずすとすれば」ホークは言った。「アンソニーとニキータが口にした三名が、やはり残ることになる」

「その三名全員をターゲットにしよう」ルーカスが硬い声で言う。「局所攻撃、やつらのやりかたどおりに」

負傷した仲間たちの血の匂いと痛みがどっとよみがえり、ホークはうめくようにして同意した。「容赦なく、迅速に行うんだ」彼らの群れには鋭い牙があり、なんのためらいなくその牙をむくことができると、敵に思い知らせてやらねば。

「スコット夫妻とタチアナは」ジャッドが言う。「いずれもほとんど鉄壁のセキュリティーで守られている。そうやすやすと近づけないはずだ」

「その三人じゃなくてもいいわ」サッシャは口をひらいたが、すぐにあくびをした。

「失礼」

だれもがくすっと笑った。おかげで、その場の緊張がふっとゆるんだ。

「ええと、ちょっと居眠りしちゃったけど、わたしが言おうとしていたのは」――サッシャは、となりで壁を背にして立っている〝伴侶〟の腿のほうに寄りかかった――「なにもその三人を狙う必要はない、ということなの。三人を象徴するなにかを狙えばいい。大きくて、目立つようなものを」

ジャッドがサッシャに視線を向ける。「きみは本当に共感能力者（エンパス）なのか？」

「わたしはニキータを母として育ったのよ」

ヘンリー・スコットについては、標的の選択はどちらかといえば簡単だ――ロンドンにある彼の屋敷は、高級住宅街にあり、何百万ドルもの価値がある。おまけに、ジャッドは〈アロー〉として、そこやその周辺地域に出没していたことがあり、セキュリティーをかいくぐるすべなら心得ている。ショシャーナ・スコットについても、たいして問題はない。一カ月前、彼女はドバイに大規模なオフィスビルを購入していた——現在、テナントはまだ入っておらず、セキュリティーはまだ万全ではなく、最低限しかなされていない。

「負傷者を出すな——攻撃する前に、警備員はどこかに避難させておくんだ」ホークは告げた。無辜の人々を殺害すれば、評議会と同列になってしまうからだ。「それだけは絶対にゆずれない」

「わかった」ルーカスはサッシャの肩をそっとつかんだ。「そっちはロンドンにだれかいるのか？　ジェイミーがそのあたりをうろついているから、あいつをひっぱりこむつもりだが」

ホークはさっとうなずいてみせた。猫族と比べると、狼たちはそうしょっちゅう各地をうろつきまわっているわけではない。だが、評議会が侵略的な姿勢を強めているため、〈スノーダンサー〉も、世界じゅうの主要都市やその周辺にあえて人員を配置することにしていた。ライリーが一匹狼タイプの仲間たちを交代で派遣しており、彼らは故郷が恋しくなればもどってくる。こうして近ごろ帰還したのがリアズだった。

赴任先では、国際ビジネスにおける〈スノーダンサー〉の利益をはかるのが、彼らの主な仕事だが、ほかの方面にもひそかに目を光らせており、収集した情報を巣穴へと送ることになっている。こうした一匹狼たちはいずれも上級戦士であり、この種の情報収集をこなすだけの能力を充分にそなえている。「ドバイのほうも問題ないだろう」飛行機で楽に移動できる距離に、〈スノーダンサー〉の仲間がいるはずだ。

ルーカスはうなずいた。「あとはタチアナをどうするかだ」

「むずかしいな」ジャックが口をひらいた。「彼女は複数のヒューマン系企業の株主になっている――そうした会社のどれかを狙えば、罪のない人々をおおぜい巻きこんでしまうだろう」

そのとき、ホークの携帯電話が鳴った。発信者コードを見たとたん、内なる狼が興奮気味にぱっと意識を集中する。「待ってくれ」みんなにそう断ってから、ホークはすこし離れた場所へと移動した。「話してくれ、プリティ・ベイビー」たしかに、シエンナのこととなると、どうも自分をうまくコントロールできない。自制するとみずから決めたはずだというのに。

電話のむこうから聞こえてきたのは、ブレンナの声だった。「ずいぶん甘い台詞をささやくのね」辛辣に言う。

内なる狼がにやりとする。「彼女に代われ」

「いいわよ――彼女は念のためにもう一度チェックしていたのよ」

「ブレンナといっしょに、敵のTkチームが侵入した場所を特定したわ」シエンナは単刀直入に切りだした。「こちらが調べたかぎりでは、やつらは爆発物を仕掛けていたようね。インディゴが仲間を連れて現場を確認しにいったの。送られてきたデータからすると、敵はますます抜け目なくなっている。金属部品はいっさい使用されておらず、地中深くに敷設されているので、チェンジリングの鋭い感覚をもってしても探知できない。爆発物の真上に立ってみないと、その存在がわからないはずよ」

ホークの内なる狼が歯をむきだしにする。だが、彼の思考プロセスは、氷のように冷たく、理性的なままだった。「よくやった、ふたりとも」爆発物についてはイ ンディゴにまかせておけば心配ないだろう。ホークは別件についてたずねた。「シェンナ、タチアナ・リカ＝スマイズについてだが、ミンのもとにいたとき、数ある資産の中でも、彼女がとくに重視している不動産や企業があったかどうか、知らないか？」

「彼女はよその会社の株主になることが多いわね」シェンナが答える。「自分で会社を作るというよりも。でも……ちょっと待って」

ブレンナが電話に出た。「あなたのプリティ・ベイビーは、なにか調査中よ」

「知ったふうな口をきくんじゃない」

「シェンナにはこっちの声が聞こえないところまで、さりげなく移動しているのよ」

「なぜだ？」

「ちゃんと求愛しているのかどうか、ききたいからよ。まったくもう、ホーク、女の子にはせめて花束のひとつも贈ってあげなきゃ」

「おれはそういうタイプじゃない」いまのところ、求愛がどうのという段階ではない。

昨夜、避けがたい事実として、はっきりとわかったのだ。シェンナは、とてもホークにかかわる真実に対処できる状況にはない。そう思うだけで、ホークは携帯電話をぎゅっと握りしめていた。

「簡単なことじゃないの」ブレンナがぶつぶつ言う。「フラワーショップに電話を入れて、花束を買えばいいんだから」

ホークの内なる狼はブレンナが大のお気にいりなので、いらだっているようすはない。「いい子だから、彼女と話をさせてくれ。ミーティングにもどらないといけないんだ」

「すぐに代わるわ。その前に――わたしの、わたしのプリティ・ベイビーはどうしてるの？」

ちらっと視線をやると、ジャッドはヴォーンの話を聞いているらしく、顔を地面のほうに向け、眉根を寄せている。かつて暗殺者だった男にはめずらしいことだ。「ジャガーとたわむれているぞ」

「ちっともおかしくないわ、ミスター」それだけ言うと、ブレンナは電話をシェンナに代わった。ふたたび、シェンナの声が聞こえる。

「確認をとるべきだとは思うけど」彼女が言う。「タチアナはいまも、ある彫刻作品を単独で所有しているようね。イギリスのケンブリッジにある、小さな公園の真ん中に立っているものよ」

「彫刻作品だと？」

「ええ。ミンも妙だと思って、訓練の一環としてわたしに調査するように命じたの。百年前、スマイズ一族がある取引で多額の富を得て、その際に制作を依頼したものよ。こういう情報が役に立つのかどうかわからないけど……」

「おまえにキスしたいくらいだよ。それこそ、体じゅうに」シェンナがはっと息をのむ音を聞きながら、電話を切ると、ホークは仲間のもとへもどった。「タチアナのほうのターゲットも決まったぞ」シェンナにはもうすこし時間をやることにしよう。しかし……ホークは狼なのだ。上品な、文明化されたやりかたで事を進めるつもりなどない。シェンナは自分のものだ。彼女のほうが、ホークに対処できるようになるべきなのだ。

コンピューター２（Ａ）より回収
タグ：私信、父親
必要な処理を完了＊
差出人：アリス <alice@scifac.edu>

宛先：父 <ellison@archsoc.edu>
日付：一九七三年四月十四日、午後十時三十二分
件名：Re: Re: Re: 元気かい

お父さん、

そうね、このあいだのメールはわけがわからなかったわね。ひょっとしたら、すごい発見をしたかもしれないと思って、すっかり興奮していたみたい。でも、お母さんに電話したから、お父さんも知っているはずだけど、わたしの理論は、もっとべつの人たちも協力してくれないと、証明するのは難しいでしょうね。でも、その人たちは、本当のところは、Xたちの利益を最大限に考えていないかもしれない。わたしが〈サイネット〉にいるのなら、自分でたしかめられるのに。

愛をこめて、
アリス

＊注：一九七三年四月十日付けメールの注を参照のこと。両親は、有益な、あるい

は問題になりそうな情報を有していない。最終的な措置は不要。

24

攻撃を受けた翌日の夜、ウォーカーが診療所へと入っていくと、ちょうどララーがエリアスの病室から出てくるところだった。「彼の具合は?」

こちらを見あげた彼女の目の下には、濃い紫色のくまができていた。昨夜、うたた寝をして目をさましてから、あまり休んでいないのは明らかだ。「だいじょうぶよ。よくなっているわ。今回の治療でエリアスの体が回復するのを待ってから、また次回の治療を行うつもりよ。しばらくはここに入院することになりそうね」

リアダンの病室で、ルーシーがパネル上のデータを確認しているのを見てから、ウォーカーは片手をさしだした。「いっしょに来てくれ、ララ。ちょっと休憩したほうがいい」

「だめよ。そんなわけには――」

彼女の手をつかんで、ウォーカーは言葉をさえぎる。「いっしょに歩いてここから出るか」おちついた口調をたもっているものの、無茶なことを言っているのは承知のうえだ。「あるいは、ホークのまねをして、きみをかついで無理やり連れだすか」そういう強引なやりかたもそそられるが、それを口にするのは時期尚早だ。いまのところはまだ。

ラーラがぽかんと口をあける。「まさか、あなたはそんなことをしないわ」

ウォーカーはじっと待っていた。ラーラの目が彼の表情をとらえ、本気だということを知るのを。

濃い黄褐色の頬をほんのりと赤色に染めて、ラーラが言った。「はったりじゃないのね」ふりほどこうと、彼女は手をすこしひっぱったが、ウォーカーは放そうとしなかった。「ルーシーに伝えておかなきゃ」

「彼女なら、もうこっちを見ていたさ」ラーラの手をひいて、ウォーカーは歩きはじめた。

ラーラが小さなうなり声をたてた。彼女のそんな声を耳にするのははじめてだ。

「わたしは狼なのよ。犬じゃないんだから」

「自分自身をもっとたいせつにするんだ。この扱いではペット以下だ」

それきり、ふたりとも黙ったまま、巣穴から離れた。やがて、滝のそばまでやってきた。その滝は、冬場は凍結してしまうが、いまは大きな水しぶきをあげている。

ラーラの手を放すと、ウォーカーは岩棚を指さした。「倒れてしまわないうちに、そこにすわるといい」

「ああもう！」ラーラは両のこぶしで彼の胸をたたいた。「わたしが腹立ちまぎれに変身して、しっぽでもふれれば満足するの？」怒りのせいで、黄褐色に近い瞳が濃い色合いへと変化しており、誘いかけるような、やわらかい唇はきっと結ばれている。

「いや」ラーラの手首をつかんで、ウォーカーは言った。華奢な骨の感触が、この手に伝わってくる。「きみの世話をやかせてほしいだけだ」それはまさに抑えようのない欲求だった。ラーラが自分で自分を傷つけるのが、どうしてもほうっておけない。ウォーカー自身、なぜなのかわからない。こんな気持ちになったのははじめてだ。

ラーラはかぶりをふった。「こんなことはだめよ」声を詰まらせ、ウォーカーを押しやろうとする。「友だちならいいわ、ウォーカー。でも、それ以上のことについては、あなたに権利はないのよ――自分から拒否したんだから」

「ラーラ」手首を放そうとせずに、ウォーカーは口をひらいたが、彼女はふたたびかぶりをふった。

「あなたは正直に話してくれた。だから、わたしも正直に話すわ。あなたが求めている権利、手に入れようとしているもの、それは親密な関係を結ぶ権利なのよ」表情ゆたかな彼女の目が潤んでいる。「あなたにはその権利を与えられない。その権利は、わたしがともに人生を築き、子供をつくる男性のものだから」

ふたたび、ラーラがぐいと手をひいたときには、ウォーカーは彼女の手首を放してやった。そして、彼女が去っていくのをながめた。

滝の水しぶきが、肌にひんやりと、やけに冷たく感じられた。


爆発物の監視や探知が行われた翌日、シェンナは空いた時間を見つけた。〈ダークリバー〉となにやら計画を進めているらしく、ホークは忙しいようだ。群れでの地位が低いせいでその計画から締めだされてしまったことに悶々(もんもん)とするよりも、せっかくの時間を有意義に使うことにして、サッシャと話をしに行くことにした。

森を抜けて、キャビンのそばまで近づいたとき、その共感能力者(エンパス)の女性が、ルーカスと暮らしているキャビンの前で行ったり来たりしているのが目に入った。「おじゃましてごめんなさい」

「なにを言ってるの」さっと片方の手で、シェンナの頬をあたたかくつつんでくれる。

「あなたならいつでも歓迎よ」

「ルーカスはどこなの?」予定日まであとほんの数日とあって、遠くにいるはずはないのだが。

サッシャは人さし指を唇にあててから、その指で頭上を示した。特級能力者(カーディナル)の視線の先を追ってみると、一頭の黒豹が、樹上の家を支えている太い枝の一本に優雅に寝そべっているのが、シェンナにも見えた。出産後、サッシャの体調がよくなり次第、ふたりはその樹上の家にもどるつもりらしい。

「すごい」ルーカスの獣の姿をはじめて目にして、シェンナは思わずささやきかけた。「なんて美しいの」

けだるげに、豹がしっぽをゆらゆらと揺らした。

サッシャが笑った。「あなたの声が聞こえたんだわ——ちょっとうとうとしていただけみたいね。昨夜はほとんどずっと、わたしの背中をさすってくれていたから」

「すわったほうがいいんじゃない?」

むっとして、サッシャがにらみつける。「シェンナ、わたしになぐり倒されたくないわよね」

「子供を身ごもるのがどういうものか、よくわからないの。ただの知識としてなら、知っているし、あなたのそばにいていくらか学んだこともあるけれど」シェンナは認めた。「わたしの母がトビーを身ごもったときには、そばにいなかったし」あのときは、〝精神的な戦闘〟を専門能力とする人物によって生みだされた、テレパシーの牢獄に閉じこめられていた。恐ろしい経験だったが、それでも過去を変えたいとは思わない——ミンは自分の理想どおりにシェンナを訓練し、戦うための技術を教えてくれたからだ。その技術があるからこそ、弟や家族、自分の群れ……そして、愛する男性を傷つけようとする敵と戦えるだろう。

「それはわたしだって同じだわ」片手で腰を押さえながら、サッシャは手をのばして、シェンナの髪を耳のうしろにかけてくれた。「話があったんでしょう、子猫ちゃん？」

シェンナは顔を上げて、ルーカスのほうを見てから、声を落とした。「ひそひそ声でしゃべっても聞こえてしまうかしら？」

「残念ながらね。近ごろ、蝙蝠(こうもり)並みの聴力があるみたいだから」

豹はうなるような低い声をたてたが、枝からおりようとはしなかった。

豹のアルファを尊敬しているとはいえ、声を聞かれてしまうかと思うと、シェンナにはこの件について話すのがどうもためらわれた。「気にしないで。とにかく、ゆったりくつろいだほうがいいわ」

「あなたと話すのは、すこしも負担じゃないのよ」たしなめるような顔つきになる。「ルークはスフィンクスみたいなものよ。そうでしょう、猫ちゃん？」グルルと低くのどを鳴らして、〝伴侶〟が応じると、サッシャはほほえんだ。「今日の午後はご機嫌ななめのようね」

ぜひとも答えを必要としていたので、シェンナはたずねてみることにした。ルーカスの口の堅さを信用するほかない。「ホークのことなの」サッシャがゆったりと歩きつづけたので、並んで歩きながら、切りだした。「わたし、その……あることが起こって」シェンナとしては自分の胸に秘めておきたかったが、あの攻撃の夜、ふたりのあいだになにがあったのか、おおまかに説明した。「それから、ホークは忙しいみたい。でも、ばったり出くわしても、なにもしようとしないのよ——彼の狼が警戒しているようだけど、いったいなぜなのか、わからなくて」

「うーん」サッシャはお腹をさすった。首をかしげて、なにやら耳を澄ましているようだ。「ああ、そうね」

共感能力者（エンパス）から、その〝伴侶〟へと、シェンナは視線を移した。「ふたりはテレパシーで話ができるの？」まさかそんなことがあるなんて。

「妊娠中にきずなが急に増したようなのよ」片手のつけ根を腰にあて、もう片方の手でお腹をそっと支えながら、サッシャは息を吐いた。「ルーカスの言うとおりだわ——あなたのほうからやってくるのを、ホークは待っているんですって」

「ホークは待つような男性じゃない」シェンナにもひとつだけわかっている。それだけは絶対に変わらない事実なのだ。だからこそ、ホークがいきなり慎重に距離をおくようになった理由がはっきりせず、途方に暮れてしまったのだ。「サッシャ」共感能力者（エンパス）の苦しげな表情に気づいて、シェンナは言った。「腰が痛いんじゃないの」

「すわっているほうがつらいのよ」シェンナが外にある籐椅子のほうを指しても、サッシャはだいじょうぶだと手をふって、そのまま歩きつづけた。「つまり、ホークは知る必要があるんだわ。楽な道ではないと知りながらも、あなたがみずから意識的に、彼といることを選んだのだと――ただ、あれだけ尊大な男性だから、じきにがまんしきれなくなって、あなたのほうが追いつめられるはめになるでしょうけど」

サッシャがさらりと冗談めかして言うと、黒豹が枝の上からさっと飛びおりてきて、体をこすりつけるようにして彼女のとなりにきた。サッシャの唇がカーブをえがき、笑みを浮かべる。共感能力者（エンパス）は、誇らしげな豹の頭を片手でなでた。「それに――」

あっと声がもれたかと思うと、透明な液体が彼女の脚を伝っていく。

荒々しい、色とりどりの火花となって、ルーカスが変身する。「サッシャ、破水したのか？」豹の緑色の目が大きく見ひらかれた。

「昨日の深夜から、軽い陣痛があったの」胸を波うたせながら、サッシャはうちあけた。「でも、あまりに早くタムシンを呼びたくなかったから」

それ以上なにも言わず、ルーカスは〝伴侶〟を抱きあげ、体に負担をかけないように慎重に運ぼうとする。「シェンナ」

「わかってるわ」〈ダークリバー〉の治療師の通信コードを自分の携帯電話に登録しておいてよかった。シェンナは電話のタッチパッドを軽くたたこうとしたが、うまくいかない。もう一度やってみる。

タムシンの冷静な声が返ってくると、シェンナのとりみだした心もおちついた。

「あなたもいっしょに行ってちょうだい」治療師が言う。「陣痛の間隔をはかって、こっちにつねに報告してほしいのよ。やってもらえる？」

シェンナはとっさにうなずいたが、タムシンには顔が見えないことにすぐに気づいた。「ええ、もちろん」自分は特級能力者(カーディナル)のXであり、〈スノーダンサー〉の戦士なのだ。陣痛の間隔だってはかってみせる。サッシャに赤ちゃんが生まれるのだから！

「十分足らずでそっちに行くわ」

シェンナはキャビンの中に入り、ノックしてから寝室の奥へと進んだ。ルーカスはスウェットパンツをはき、サッシャを抱いたままベッドに腰をおろしている。片手は彼女と指をからませ、もう片方の手でいたわるようにお腹をさすってやっていた。

「タミーが来るまであとどれくらいだ？」

「十分もかからないわ」

サッシャが目をぱちぱちさせる。「そんなに早いの？」

「おれがそんなに馬鹿だと思うのか？」ルーカスがうなり声をあげる。だが、その手はほとんど耐えがたいほど優しい。「陣痛がはじまっているのは知っていたさ。この頑固者め」

サッシャはうれしそうに笑ったが、とたんに顔をしかめた。「ああ、またはじまったわ」

シェンナはさっそく間隔をはかりはじめた。

ふたたび痛みがはじまるのをサッシャが感じたとき、タミーがドアから入ってきた。いかにも有能な、まったく動じていないようすだ。「来てくれてほっとしたわ」まだだいじょうぶだと思いこんでいたが、どうやら自分の体のほうが予定を変更してしまったらしい。

「ずっと近くにいたのよ」笑顔で答えると、治療師は優しく、しっかりした手つきでふれながら、お産の進み具合をたしかめた。「シェンナはネイトといっしょにキッチンにいるわ。まもなくみんなが顔を見せるとわかってるから、食事を用意しているのよ――あの子は恐ろしく手際がいいわね」

「たぶん」押しよせてくる痛みから気をそらそうと、サッシャはその話題にしがみついた。「わたしが破水したとき、気絶するんじゃないかと思ったけど」

「いや、それはおれのほうだ」耳もとで、ルーカスがうなるようにささやく。「さあ、いいか。もう馬鹿なまねはやめるんだぞ――練習したとおりにしろ。〝伴侶〟のきずなを通して、痛みをおれに送りこむんだ」

ルーカスに痛みを与えるなど、サッシャの意にとことん反するが、出産のときに彼の助けを拒んだりしたら、絶対に許してもらえないだろう。「ひどい言いかたね。妊産婦の扱いがなってないわ」

サッシャの耳朶をそっと噛む。「おれにとってはじめての経験だからな」

彼女の胸がたちまちいっぱいになる。「わたしもそうよ」お腹を波うたせ、ルーカスの手をぎゅっと握ると、サッシャは陣痛の苦しみを、〝伴侶〟のきずなを通して、すぐそばでしっかりと抱いてくれている豹の男性へと送りこんだ。

一瞬、体をびくっとさせたかと思うと、ルーカスがしゅっと息を吐いた。「やれやれ。女という種族をあらためて尊敬する気になったぞ」

タムシンがふんと鼻を鳴らす。「ちょっと、まだこれからが本番なのよ」サッシャのほうをちらっと見て、つけ加える。「しばらく散歩でもしたほうが、楽になると思うわ。キャビンの裏手に行くなら、ネイトがみんなに伝えて、場所を空けておくでしょうけど」

「ええ、そうね」それからの数時間は、サッシャの人生において怖くてたまらない――だが、同時にもっともすばらしいときだった。くたくたになり、髪がべったりと顔の横に貼りついているが、サッシャはルーカスの手にしがみつき、おそってくる陣痛に耐えた。陣痛の時間はじょじょに長くなり、出産が近づいてくるのがわかる。やがて、サッシャはもはや自分の足で立っていられなくなった。ルーカスが、彼女の豹が、ほとんどの痛みを受けとめてくれたが、筋肉がずきずきと痛み、まるで体の中にゼリーが詰まっているようだ。「ああ、どうしよう」陣痛がはじまって三時間目が終わるころ、サッシャは思わずつぶやいた。

「えっ?」タミーとルーカスが同時にたずねる。ふたりの声には、懸念の色が強くにじんでいる。

「赤ちゃんが、このままお腹の中にいたいんですって」赤ん坊がいまの状態にむっとしているのが、サッシャには感じられた。「こんなふうにぐいぐい押しだされるのが気にいらないみたい。お願い、やめてって」

タムシンが目を見張った。「まあ、赤ちゃんがそんなふうに感じるのは、みんな知っているけど、あなたにはその気持ちが実際にわかるのね。それなら——かわいいベイビーに出てくるように説得してちょうだい。そろそろ生まれるはずなんだから」

サッシャは赤ん坊の心にそっとふれた。《ママの腕の中もあたたかいのよ》そう言ってなだめてやる。《パパもあなたにキスして、なでなでするのをいまかいまかと待っているのよ。そうしてほしくないの?》

まだ言葉を知らないはずだが、赤ん坊は声をあげて、きっぱりと拒否する。

「出ておいで、お姫(プリンセス)さま」ルーカスは深みのある声でささやきかけながら、彼の胸に背中をあずけて横になったサッシャのお腹を、力強く、愛情にあふれた手つきでなでた。「おまえの誕生をずっと心待ちにしていたんだぞ。そこに閉じこもっていたら、どうやって抱きしめてやれるというんだ？」

　赤ん坊はまだ納得していない。だが、わずかにためらっているのが、サッシャには感じられる。「そのまま話しかけて」ルーカスに伝えるとともに、彼女自身も優しくささやきかけながら、赤ん坊を安心させようとする。すると、ふたたび、陣痛がはじまり、サッシャは思わず背中をのけぞらせた。

　赤ん坊がぎくりとして、怖がった。

《だいじょうぶ。安心して》サッシャはあたたかい愛情で赤ん坊をつつみこんでやった。《ほら、ママがいるから》

「いまよ」タムシンが命じる。「いきんで」

「聞こえたかい、プリンセス？」サッシャのこめかみに唇を押しつけ、ルーカスがささやきかける。「ママを助けてやるんだ。出ておいで」

　ふたりの子供はまだ完全に納得してはいないが、ようやくその気になったらしい。ぎりぎり間に合いそうだ。

　次に陣痛がはじまったとき、サッシャは思わずベッドから体を弓なりにそらせてしまった。ルーカスに痛みを送ることすら忘れている。彼の手をがっちりとつかんで離さず、ただひたすらいきんでいた。

「もう一回」タミーの声がはげました。「がんばって、スイートハート」

サッシャが身をふるわせ、息をしようとしたとき、ルーカスが彼女のもう片方の手にも指をからめてきた。かがみこんで、彼女の耳もとに唇を寄せる。「おれがそばにいるぞ、サッシャ・ダーリン」

それが、サッシャの耳に聞こえた最後の言葉だった。もう一度だけ、いきんだ。するといきなり、お腹の中から、赤ん坊がいなくなった。荒々しい産声が響きわたる。わたしたちの赤ちゃん。サッシャの胸がぎゅっと締めつけられる。ルーカスが息を止めるのがわかった。「へその緒を切って」サッシャはうながした。ルーカスは〝伴侶〟である自分を抱きしめたいものの、ふたりの赤ん坊も抱きあげ、あやしてやりたくて、迷っているにちがいない。「早く」

ルーカスは注意深く体をうしろにずらして、サッシャをベッドにおろすと、タミーの指示にしたがってへその緒を切った。それから、驚嘆の面持ちで、泣いている赤ん坊を腕に抱きあげる。そんな〝伴侶〟の姿を見て、サッシャは胸にあたたかいものがこみあげるのを感じた。この瞬間のことは、きっと一生忘れないだろう。「しーっ、スイート・ダーリン」深みのあるささやき声が、母親と赤ん坊をつつみこんだ。「パパがいるから、だいじょうぶだぞ」ルーカスが顔を上げたとき、猛々しい緑色の瞳がきらめき、わが子を守ろうとする愛情にあふれているのがわかった。この子が、たとえ一瞬でも、望まれていない、愛されていない、と感じることは絶対にないだろう、とサッシャは思った。

震える指で、サッシャはマタニティスモックの上のボタンをはずした。ルーカスが無言で、、肌と肌がふれあうように、そこに赤ん坊を横たえる。涙が頰を伝うのを感じながら、サッシャは赤ん坊のやわらかい体を抱きしめた。〝伴侶〟が彼女の頰をつつみ、ひたいを重ねあわせる。「ああ、愛しているよ」

涙で頰を濡らしながら、サッシャは笑った。「あなたにはかわいいプリンセスができたのに？」

ルーカスがほほえみ、えくぼができる。その瞳に猫の存在が感じられた。「おれが言ったとおり、女の子だったろう」

25

赤ん坊の産声が聞こえたとき、シェンナはびくっと跳びあがりそうになった。

あれからもう何年もすぎたような気がする。ようやく寝室のドアがひらいて、ルーカスがやわらかい白い毛布でつつんだ小さな――とても小さな――命を抱きかかえて、姿をあらわした。この二時間のあいだに、近衛（センチネル）やその〝伴侶〟は全員が駆けつけており、どっとキャビンになだれこんできた。

「紹介しよう」ルーカスがそう言って、激しいまでの優しさにあふれた笑みを浮かべる。「ミス・ナディヤ・シェイラ・ハンターだ」

ドリアンが赤ん坊の顔をのぞきこむ。「抱かせてもらえるか?」

「変なまねをするんじゃないぞ」そう言って、ルーカスは赤ん坊を金髪の近衛（センチネル）にわたした。ところが、たちまち、ドリアンは自分の〝伴侶〟や仲間の〝伴侶〟たちにとりかこまれてしまった。女性たちは彼の腕から赤ん坊を奪いとり、さんざん抱いたりあやしたりしてから、ようやく、仏頂面になったドリアンに返したかと思うと、すっとサッシャに会いにいってしまった。まもなく、寝室から笑い声が聞こえてきた。

　順番待ちの人数が減ったところで、シェンナは自分も赤ん坊を抱かせてもらおうと思った。そろそろと部屋の中を移動していき、気がつけば、マーシーのとなりにたどり着いていた――彼女は、ネイトからナディヤを奪いとっていたらしい。そもそも、ネイトはクレイから、クレイはドリアンから赤ん坊をとりあげていたようだ。

「ほら」マーシーが言う。「抱いてみたい？」

「なんだか怖いわ」そんな言葉を口にしたのは、シェンナにとって生まれてはじめてだ。

　マーシーは笑いながら、どうやって頭を支えてやるか、やりかたを教えてくれた。シェンナは赤ん坊を腕に抱いてみた。「すごくちっちゃいのね」毛布をはらって、小さな顔、きゅっと握った手、小さな指、小さなつめをながめた。ルーカスとサッシャのベイビーは、みんなからいくら褒めそやされても、すやすや眠ったままだったが、いま、握った手をちょっとふってから、またおろした。シェンナはすっかり魅了されてしまった。何時間だって見つめていられそうだ。

　しかし、この部屋にいるみんなが、赤ちゃんを抱こうと待っている。シェンナはしぶしぶ彼女をヴォーンにわたした。ジャガーの近衛（センチネル）は、眠っている赤ん坊の鼻先にそっと人さし指をふれた。「やあ、小さなナディヤ」ヴォーンが言う。「きみはとてもかわいいね、プリティ・ダーリン」

ルーカスがほほえんだ。「サッシャもそんなふうに赤ん坊を呼ぶつもりらしい」手をのばして、注意深く赤ん坊を抱いているヴォーンの腕から、わが子を奪いかえす。「こっちにおいで、プリンセス。そろそろママが寂しがっているぞ――この連中のハートをひきさいてやるのは、またあとにするといい」

すると、その場の全員がどっと笑った。その笑い声を強く心に残したまま、その夜、〈スノーダンサー〉のもとに帰ってから、シェンナはこの件を仲間に報告したのだった。

「母子ともに元気だと連絡を受けた」ホークがカウンターにもたれながら言う。みんなで休憩室に集まっているところだった。「だが、いまのところ、おれはまだ出向かないほうがいいかと思ったんだ」

シェンナはホークのむかい側のテーブルにすわっていたが、いますぐ立ちあがり、ふたりのあいだの距離を詰めて、ふたたび肌にふれたくてうずうずしている。この二十四時間のあいだ、ふたりは一度もふれあっていない。すでにホークにふれて、キスをしたいまとなっては、なんの接触もなかった以前にどうやって耐えていたのか、想像もつかなかった。「そのほうがいいと思う」シェンナは答えた。「いま、ルーカスはかぎりなく豹に近くなっているから」アルファの瞳は豹のそれになっていた――喜びのせいだが、それでも獣であることにちがいはない。「どんな赤ちゃんだった？」となりから、ブレンナがたずねる。すっかり興奮して、そわそわしている。

「とても小さくて、目をきゅっとつむっていたわ」

「マーリーもそんなふうだった」笑いが止んだころ、ウォーカーが言った。「お気にいりのおもちゃでもとりあげられたみたいに、わんわん泣いたものだ――物理的、精神的次元の両方で」

ジャッドが兄をちらっと見る。「たしかに、声が大きかったたな」

ふたりがマーリーの誕生に立ちあっていたとは、シェンナは知らなかった。そのことをたずねようとしたとき、ブレンナがそばにすわっていたジャッドの腿に手をおいた。「〈サイネット〉ではどんなふうに出産するの、ハニーパイ？」最後の呼びかけは、ふたりだけに通じる冗談らしい。ジャッドが〝伴侶〟の唇をとんとんとたたいて、こう言ったからだ。「それはやめておく約束だろう」

ブレンナの質問に答えたのは、ウォーカーだった。「強力な精神感応者（テレパス）が」シェンナの左側にすわっていた伯父が、その場所から説明する。「母親を無意識に近い状態へと導いていく一方で、陣痛のあいだ、胎児の精神をコントロールする」

長い沈黙が流れた。

そのことを知らなかったシェンナは、ついたずねてしまった。「赤ちゃんのほうは傷つけられたりしないの？」

ウォーカーがかぶりをふる。「これは、〈サイレンス〉以前から、われわれの種族が行ってきたやりかただ――精神感応者はまだ幼い精神を扱う訓練を受けている。われわれには、なんらかの方法を考える必要があった。出産時、どの次元においても、女性は痛みを中和することができないのでね」

その出産方法が胎児に害を与えないというウォーカーの主張を、シェンナは信じることにした――サイがあれだけたいせつにしている精神をみすみす危険にさらすはずがない。「タミーの声が聞こえたんだけど、サッシャが赤ん坊に話しかけて、出てくるように説得したみたい。お腹の赤ちゃんとそんな結びつきがあるなら、陣痛に耐えるかいがあるんじゃない？」その瞬間、ホークと目が合った。狼のブルーの目に、暗く、読みとることのできない感情がちらっと浮かぶ。

たずねるまでもない。ホークは彼の〝伴侶〟と、この世に生まれることのなかった、ふたりのあいだの子供のことに思いをはせているのだろう。だが、このときはじめて、シェンナは目をそらそうとしなかった。亡霊に屈しなかった――すでに話に聞き、知っていたからだ。〝伴侶〟の結びつきがある場合に比べると難しいが、チェンジリングは長期的かつ献身的な関係の中で子供をつくることができ、実際にそうしたケースがあったのだと。

シェンナの挑戦するようなまなざしに、ホークがいぶかしげに目を細める。やがて、ほかのみんなが休憩室から去ってから、ホークはさっと彼女の手首をつかんでひきよせ、ささやいた。「狼と本気でたわむれたいんだな、ベイビー？」

胃がひっくりかえるような感覚におそわれたが、それでも、シェンナは覚悟ができていた。「そっちこそ、Xをうまく扱えるのかしら、狼さん？」

26

四時間後、オーストラリア南部にある防備を固めた敷地内で、タチアナ・リカ＝スマイズは、かつてはりっぱな大理石の彫刻だったものの残骸の画像をじっとながめていた。損失は――とるに足りない額だ――どうでもいい。この破壊は警告だった。そして、その目的はみごとに達成された。タチアナは通信パネルを使って、ヘンリーに連絡をとろうとした。

ロンドンの屋敷にはつながらなかったので、〈サイネット〉を通してヘンリーの行方を追った。「あなたのほうは――」相手が精神的なあいさつに応じるや、用件を切りだそうとする。

「その件は、いまは話せない、タチアナ」相手に礼儀をつくそうともせず、ヘンリーは言葉をさえぎると、自分の精神の中へと消えてしまった。

こうしたすげない扱いに、タチアナは慣れていない。だが、彼女は愚か者ではないのだ。〈サイネット〉から離れると、つね日ごろ、ヘンリーに関する情報収集に利用している、スパイ衛星からのデータを呼びだした。スコット夫妻の〝協力関係〟において、ヘンリーのほうが主導権を握っているきざしが見えてから、監視を強化しておいたのだ。

二秒遅れて、映像が鮮明になる。ロンドンにあるヘンリーの屋敷は、無残にも倒壊していた。ながめるうちに、じょじょにわかってきた。内部から人々は避難したようだが、建物そのものは完全に破壊されている。爆発物はいずれもきわめて的確に配置されていたらしい——ヘンリーの強固なセキュリティーをかいくぐり、屋敷に近づけるとは、犯人はいったいだれなのか、という疑問がわいてくる。

いまや第三の標的の存在が明白となり、タチアナはニュースチャンネルを次々と切り替えてみた。ほんの数秒のうちに、目当てのものが見つかった。ショシャーナのガラス張りの堂々たる新高層オフィスビルは、窓をおおっているブルーシートを波うたせながら、いっきに崩れていった。一分もしないうちに、骨組みだけの姿になった。容赦なく照りつける砂漠の太陽のもとで、金属のフレームがぎらりと光っている。

結論は明快だった——スコット夫妻はチェンジリングを見くびっていたのだ。またしても。

携帯電話を手にとると、タチアナはヘンリーにメールを送った。相手の心境をおもんぱかっているしるしとして、この通信方法を選んだのだ。〝そっちでなんとかしてちょうだい。わたしは無関係だから〟

タチアナのそっけないメッセージから三分後、ヘンリーは電話を受けた。

「こちらの誤算でした」男の声が言う。「しかし、いまならまだなんとか対処できます」

「つまり」ヘンリーは答えた。「ここで手をひくわけではないのだな」

「はい」

27

「これで敵の動きをいったん食いとめられただろう」報復から四日後、〈スノーダンサー〉のなわばりを見わたす崖の上に立ち、ホークはライリー、リアズ、インディゴの三人に語りかけた。「だが、やつらはひとつだけ成功した。おれたちは厳戒態勢をとっている――このままではいずれ群れが疲弊するだろう。いつまでこの状態をつづけられると思う？」

「そのことなら、おれに考えがある」ライリーが、眼下のひらけた場所を一瞥する。歩哨の姿をさがしているのだとホークにはわかった。「戦士たちはこのペースで、注意力を低下させることなく、一週間は見張りをつづけられるはずだ――それぞれが五日間、持ち場を守り、それから、ほかの分野を専門とする仲間と交代する」

ちょうどそのとき、一頭の狼が眼下の緑におおわれた土地を駆けぬけ、地平線までつづくかと思われる、鬱蒼としたモミの森へと消えていった。黄褐色の大柄な狼の姿を見て、タイだ、とホークは思った。「相手にさとられることなく、実行できそうか？」ほんのかすかな弱さも露呈するわけにはいかないのだ。

「段階的に行えばいい」インディゴが答える。山の日ざしを浴びて、彼女の名前の由来となった藍色の瞳が、いっそう鮮やかに映る。「巣穴の領域のもっとも近くにいる者がまず持ち場から離れて、そこからすこし離れた場所の当番の者たちが、代わりにそこで見張りにつく。そうやって順繰りにうまく交代していけば、だれにもちがいがわからないはず――こっちが獣の姿になれば、〈純粋なるサイ〉には見分けがつくはずがないんだから」

「おまえだけはべつだ」リアズがホークに向かってぼそっと言う。「なにしろ、悪趣味なことに、〝おれはここにいるぞ、さあ、撃ってみろ〟と敵にいどむような毛皮の色をしているんだからな」

「雪がふったら、どっちが標的にされるか、見ものだぞ」ホークはちらっと視線を向けて、斜面を駆けのぼってきた野生の狼の群れを歓迎してやった。狼たちはインディゴとライリーの横に――ホークの両側に――割りこんできて、毛皮を脚にこすりつけてくる。

「すっかり甘やかされてしまって」やれやれとかぶりをふりながら、インディゴが言う。「ホークのことを自分たちのリーダーだと思っているのよ」

ホークの唇がわずかにカーブをえがく。「ローテーションを組んでくれ。だが、ひとりの当番を一週間のうち四日にしておくんだ——完全な防衛体制に入った場合にそなえて、全員にしっかり休んでおいてもらいたい。それで機能しそうか?」

ライリーとインディゴがふたりともうなずいたが、口をひらいたのはインディゴのほうだ。「実のところ、そのほうがうまくいくと思うけれど」野生の狼の一頭がぐいぐい押してくると、彼女はうなり声をあげた。

するとと、狼はおとなしくひっこんだ。

「猫族のほうはどうなんだ?」リアズがたずねた。しゃがみこんで、べつの狼とふざけてケンカをするふりをしている。「街のほうでも人手が必要になるんじゃないか?」

「その件についてはマーシーと話をした」ライリーが答える。「反対意見がなければ、役割分担を決めて、おたがいに協力しあうことにする。豹たちがサンフランシスコを中心に守りを固め、おれたちはほかの周辺区域を担当するんだ。歩哨の配置についても重複しないようにうまく連携して、〈ダークリバー〉と〈スノーダンサー〉の土地を合わせて、いわばひとつの大きななわばりとして扱うことになる」

だれも異議を唱えなかった。つかのま、四人は豊かに緑なす谷や松の木々のとがった梢、雪化粧をした山々のぎざぎざした頂を、はるかに見わたしていた。美しい土地だ。だが、それ以上に、ここは迷いこんだ、あるいは傷ついたいかなる狼をも受けいれてくれる、彼らにとってきわめてたいせつな土地でもある。

「戦うぞ」ホークは静かな声で言った。「最後まで」

〝そっちこそ、Xをうまく扱えるのかしら、狼さん？〟

評議員たちへの報復作戦、それにつづく、なわばりの安全を維持するための措置、ほかにもアルファとしての役目もあって——シェンナの見張り当番のスケジュールのせいもあるが——ホークはしばらく彼女からの大胆な挑戦を受けてたつことができなかったが、今日、ようやく獲物を追いかける用意ができた。ところが、あいにく、ジャッドからじゃまが入ったのだ。

出ていこうとしたとき、そのサイの男性がオフィスに入ってきた。「南アメリカにある〈純粋なるサイ〉の基地について、話がある」壁の通信画面を用いて、片側に監視映像を、もう片側に地図を呼びだす。

「これはごく最近のものか？」となりから、ホークはたずねた。

「今日の早朝だ。この基地の目的に気づいてから、ずっとあらゆる動きに目を光らせている」

山奥に人知れず隠されたこの小さな〝村〟は、ますます増えつつあるヘンリー・スコットおかかえの狂信者どもの訓練施設だと、ホークは知っていた。

「この基地を発見したときに話しあったように」ジャッドがつづける。「あのときは、破壊したり無力化したりする意味はまだなかった」

「敵の潜伏場所を突きとめるほうが得策だったからな」ホークはつぶやくように言い、猛禽（もうきん）の姿に変身した鷹チェンジリングによる航空写真を拡大した。

ジャッドはふと考えた。〈ウインドヘイブン〉との同盟交渉をはじめたとき、ホークはこうした事態を見こしていたのだろうか。アルファの抜かりのなさを思えば、もし本当にそうだったとしても、不思議はないだろう。「だが」基地内の人口を示したシートを呼びだし、映像に重ねながら、ジャッドはつけ加えた。「ここ三週間で、基地内の人口が急増している。さらに大量の武器も運びこまれつつある。やつらの標的に関する情報も、依然として変わらない」つまり、サンフランシスコの街、巣穴の領域だ。

「敵は、こちらの防御があやうくなるほどのスピードで、それだけおおぜいの人員や武器を瞬間移動（テレポート）できるのか？」

ジャッドはしばらく頭の中で思案した。「やつらの中に、ヴァシックという〈アロー〉がいれば、やっかいなことになるだろう」ヴァシックはTk-Vであり、〈サイネット〉における唯一の、真性瞬間移動者（テレポーター）だった。さらに、この男は場所のみならず人間のもとへと移動できる、きわめて稀なTkだった。それほどの能力があるのだから、ローレン一家が〈サイネット〉から離脱するや、二秒後には追ってきていたにちがいない。亡命前に、ウォーカーがかなりのテレパシー能力を駆使して屈折シールドを紡ぎ、その方法をシェンナやジャッドに教えることで、それぞれの精神を守ったからこそ、そうした事態を避けられたのだ。

残るふたりの子供たちについては、ウォーカーが保護したのだった。だが、トビー、マーリー、おそらくシェンナも、もはやそうしたシールドを必要としないだろう。三人の外見はかなり変化しているので、ヴァシックには標的を〝ロック〟できないはずだ。「監視映像には、ヴァシックが映っているようすはない」ジャッドはつづけた。「それに、ヘンリーが〈アロー〉の支援をとりつけたきざしもない」しかし、ジャッドの勘では、〈アロー〉の中には、〝純粋化〟や完全なる〈サイレンス〉の考えには賛同せざるをえない、と感じる者もすくなくとも数名はいるだろう。おのれのすさまじい暴力性から解放されて、心の平安を手にできるならば、と。

ホークは以前の報告書を呼びだした。「おれたちとの前回の小競(こぜ)り合いで、ヘンリーは数名の念動力者を失ったようだが」

「そうだ。やつの軍隊に残存すると思われる人数を多めに見積もったとしても、基地にいる兵士全員をＴｋによって移動させるのはとうてい無理だろう。理論的に考えると、ヘンリーは念動力者のパワーを、実際の攻撃のためにセーブしておきたいはずだ。つまり、敵は部隊を、通常の方法で移動させるということだ」画像サイズを大きくして、ジャッドは半ば完成した滑走路を示した。「いざとなれば、どうやってやつらを無力化するか、そろそろ考えておくべきだろう」

「なにか案はあるのか？」

「ひそかなやりかたとは言えないが、基地全体に爆発物を仕掛け、爆破することはできる。武器の備蓄してある区画を狙うんだ」夜の闇にまぎれて瞬間移動（テレポート）して、爆薬を仕掛け、セキュリティー・システムに侵入を検知されることなく、その場から姿を消せるだろう。「遠隔操作できるようにすれば、必要なときに爆破できる」

　ホークは画像を変更して、より詳しい地形図や航空写真、人口を示すシートを映しだした。「おまえが単独で実行するには、この基地は広すぎる——瞬間移動（テレポート）すれば、体力を消耗するからな」最後に、アルファはそうつけ加えた。ジャッドの能力に対する理解がうかがえる。以前なら、ジャッドはそのことに驚きをおぼえただろう。だが、いまは、ホークが副官（ルーテナント）ひとりひとりの能力をとことん知りつくしていると知っている。「パワーの回復を待つ必要があるうえに、二回目の侵入は発覚の恐れが増すだろう」

　ジャッドも同意せざるをえない。「アレクセイとドリューの両名はこうした作戦に適任だと思うが、いざというときに瞬間移動（テレポート）できない者がいれば、危険をともなうだろう。緊急に脱出するとなれば、おれのほうでひとりは連れていけるが」さらにむずかしい問題がある。「敵は、サイ以外の精神につねに警戒しているはずだ。たとえかすかでも侵入者の気配があれば、施設全体が投光器で明々と照らしだされてしまう」言うまでもなく、〈純粋なるサイ〉の部隊がいっせいに捜索を開始するはずだ。

地図を消してから、ホークは名簿を呼びだした。「ふたつの群れに属するサイたちだ。おまえの作戦に必要とされる訓練を受けた者は？」

ローレン一家が〈スノーダンサー〉の群れに加わった当初なら、ホークは二名のサイにこれほど重大な作戦をけっしてまかせなかったにちがいない。ジャッドは頭の下がる思いだった。チェンジリングの群れが、これほど深くまで、誠実に、サイの一家を受けいれてくれるとは。いったん群れに加われば、ごく基本的なレベルであろうと、仲間の信頼を裏切れば、群れから追いはらわれるだろう。妙なことに、〈アロー〉をたがいに結びつけている血のきずなと似通っている。このふたつに相関関係があるとは、おかしな気がするが。

「ウォーカーは並はずれて強力な精神感応者(テレパス)だ」ジャッドは答えた。「だが、爆発物を扱うような訓練はいっさい受けていない」兄ははるかに繊細なものについての訓練をうけてきた。「アシャヤには軍事的な能力はない。フェイスもサッシャもそうだ――もちろん、能力があったとしても、サッシャの体のことを考えると、いまはそんな無理はさせられないが」

ジャッドはべつの通信画面を起動した。そこに映しだされた女性は、群れの仲間ではないが、友好的と判断された組織とかかわりがある。「カーチャ・ハースはある程度の軍事訓練は受けているが、おれが調べたところでは、この任務には適任とまでは言えない」

「どちらにせよ、サントスがとても許可するとは思えないが」ホークはあごをさすりながら、カーチャの夫――〈シャイン財団〉の理事長――のことを口にした。「おまえの情報提供者で信頼のおける者は？」

〝ゴースト〟とその謎の目的のことを、ジャッドは思った。「いや、いない」それから、群れに属するサイのリストに、もうひとり、名前をつけ加える。「彼女なら、軍事訓練の経験はもちろん、敵による感知をのがれるだけの精神的な能力も持ちあわせている」

「だめだ」きっぱりと告げる。譲歩の余地もない。「まさか、おまえのほうから提案するとは、信じられん」

「あの子の存在や能力を無視するほうが」亡くなった姉にそっくりの少女を守りたいという、本能的な欲求にさからい、ジャッドは反論した。「作戦そのものに加えるよりも、ずっと危険なんだぞ」シェンナは強力なサイであるのみならず、規律を守り、戦術的な状況において命令にしたがうすべを学んでいる。「マリアが彼女にはからずもいどみかかったのには理由がある。おれだけじゃなく、あんたもそれがわかっているはずだ」

ホークは一度ならず、何度も、冷酷なやつだと呼ばれたことがある。とはいえ、身内に関してはけっしてそうではない――群れの仲間みんなの命をたいせつにしている。仲間のためなら、ためらうことなく、おのれの命をさしだすだろう。「命の危険があるような状況に、見習い戦士を送りこむわけにはいかない」

「そういうことじゃない」

相手の静かにいどむような態度に、ホークの内なる狼が毛を逆立てる。「マリアやリアダン、タイだろうと、そんな状況に追いやるつもりはない」

「その三人には、いずれもミン・ルボンのもとで十年も暮らした経験はないはずだ」ジャッドは話をつづけた。ホークの瞳が、狼の明るい色へと変わっている。「彼女なら、九歳のときに、爆発物の扱いを教えこまれている」

元〈アロー〉のほうに、ホークはぱっと向きなおった。「いくら〈サイネット〉においても、まさか子供にそんなまねはしないだろう」

「いや、するんだ」刺すように鋭いまなざしで、ジャッドは石壁を凝視している。「幼い子供に精神のコントロールをたたきこむには、なにかひとつまちがえただけで、自分ともども爆破されるように設計された部屋に閉じこめるのが、もっとも効果的だったというわけだ」

ホークの内なる狼は、シェンナをむごい目にあわせたろくでなしどもをずたずたにひきさいてやりたかった。激昂のあまり、うなるように発せられた声もほとんど聞きとれないほどだ。「くそっ、ジャッド。おまえは〈アロー〉だったんだろうが！」

ジャッドがびくっとした。それはほんのかすかな動きでしかなく、内なる狼が捕食者の目で相手の男をじっとねめつけていたからこそ、見のがさなかったのだ。「マーリーもトビーもまだ幼かったので、亡命するような危険はおかせなかった」的確に、氷でおおわれたような言葉を吐く。「〈サイネット〉とのリンクを断ち切れば――実際に脱出するなら、そうせざるをえないと以前からわかっていたが――たちまち、ふたりは命を落としてしまったはずだ」

ホークのデスクにあった金属製のペーパーナイフが、さっと浮かびあがったかと思うと、またたくまに石壁に突き刺さっていた。その衝撃で、ナイフの柄がぶるぶるとふるえている。ジャッドは目を閉じ、こぶしを握りしめた。二分ほどして、ようやくふたたび口をひらく。「おれたちは待つほかなかった」その言葉の暗い響きから、そうして待つことがどんな犠牲をともなったのかが、ありありと伝わってくる。

相手が狼であれば、ホークはその肩をぎゅっとつかんでひきよせ、抱きしめていただろう。だが、ジャッドは狼ではない。ペーパーナイフの柄を握って、うめきながらひきぬくと、サイの男にわたしてやった。「こいつに怒りをぶちまけるといい」

ペーパーナイフが入念にねじられ、複雑な形に変化したかと思うと、ぐしゃりと押しつぶされて、原型をとどめない金属のボールへと変化した。ジャッドは念動力を使って、それを何度も何度も壁にたたきつける。石の破片が床に飛び散った。

「いずれそこから助けだしてもらえると、シェンナは知っていたのか？」サイの男性がようやくまたしゃべることができるだろうと判断して、ホークはたずねた。自分が見捨てられていないと、シェンナは知っていたのだろうか？

「知らされていなかった。ずいぶん長いあいだ」ジャッドはへしゃげたボールをつかまえ、ぎゅっと手に握った。「まだ幼すぎたからだ。そうして、シェンナはそれからずっと、人生の大半をミンのもとですごすことになった。あの子のシールドが強固になり、自分の思考をミンに隠しておけるようになって、ようやく計画をうちあけられた」

星々の輝く特級能力者（カーディナル）の瞳と、どこまでも濃い紅色の髪を持つ、まだ幼い少女のころのシェンナの姿を、ホークは思いえがいてみた。爆発物だらけの部屋に閉じこめられたとき、シェンナははっと息をのみ、胸が締めつけられたにちがいない。そのときの恐怖もありありと想像できる。「自分の能力をすこしでも誤って使えば……」

「最初は嘘にすぎなかったんだ」ジャッドがつづける。「ミンがそんな偶発的な事故で特級能力者(カーディナル)のXを失うような危険をおかすはずがなかった。シェンナがなにかミスをすれば、爆発をひきおこすにせよ、それは彼女を気絶させ、今度はもっと気をつけるように、ちょっとしたけがをさせる程度の危険性の低いものだった」

ホークのかぎ爪が切りさくようにとびだす。「だが、それから?」

「シェンナがみずから希望したんだ。そうした命の危険のある部屋に入りたいと」金属のボールが宙に浮かび、くるくると目にもとまらぬ速さで回転する。「おれたちといっしょに亡命しても危険がないかどうか、どうしてもたしかめたかったからだろう」

自分の命をもてあそぶようなまねをしたシェンナに腹を立て、彼女の首を絞めてやりたいのか、それとも彼女をぎゅっと抱きしめ、この世界から守ってやりたいのか、ホーク自身、判断がつかない。ただ、もちろん、どうしようもなかったのだ――シェンナはXであり、彼女の精神は武器となるのだから。「おまえの命令にしたがうのか?」内なる狼にかぎ爪でかきむしられるのがわかる。だが、狼すら、この決断が正しいと知っているはずだ。

「ああ」すこし間があって、金属のボールがホークのデスク上に着地して、そっと止まった。「シェンナがついさからおうとするのは、あんたの命令だけだ」

彼女はまったくおびえていない、とホークは思った。あれだけ過酷な経験をしながらも、シェンナはつねに恐れることなくホークに立ちむかおうとしてきた。なかなか骨がある。「ぎりぎりまで念入りに計画を立ててくれ——できるだけ迅速に侵入、脱出しろ」

ジャッドはさっとうなずいた。目には氷のように冷ややかな決意をにじませている。かつての記憶がよみがえったのだろう。「今日じゅうに準備をしておく。精神的なパワーを蓄えるために、明日の朝、飛行機で近隣の都市まで移動するつもりだ。日が暮れてから、シェンナを連れて基地まで瞬間移動(テレポート)する。計画を詰めるのに、あんたも参加するか?」

「いや」シェンナのこととなると、おのれの本能的な欲求がじゃまになるはずだ。ホークはそのことを自覚している。「報告だけでいい」

「いまからシェンナに話をする」

「ジャッド」相手の副官(ルーテナント)が立ち止まると、ホークはそばにひきよせ、荒っぽく抱きしめた。サイであろうと、この男は〈スノーダンサー〉の一員なのだ。「感謝している。シェンナを連れだしてくれて」彼女がそこで傷ついていることを、ホークがまだ知らなかったときに、守ってくれて。

身を離したとき、ジャッドの瞳は真夜中の色になっていた。「あの子はおれたちのだれよりも強い」

ジャッドが去ってからも、その言葉はしばらくホークの頭の中をめぐっていて、なかなか消えようとしなかった。とはいえ、おのれの決断をあっさりと受けいれられたわけではない。なにしろ、ホークはまだ若い女性を、おのれの女を危険地帯へと送りこもうとしているのだ。

正気とは思えないほどの獰猛さでもって、ジャッドは〝伴侶〟を欲していた。巣穴の技術施設で勤務中だった彼女をほとんどひきずるようにして、ふたりの寝室へと連れていき、そのまま壁に押しつけた。唇を奪うと、彼女は苦しそうにあえいだが、服をひきはがしても、あらがおうとしなかった。ジャッドはジーンズの前をあけ、彼女の腿をつかんで体を持ちあげた。

おちつけ、性急すぎるぞと、心の中で警告する声が聞こえる。歯を食いしばり、ジャッドはペースを落とそうとした。

優しいささやき声がして、耳に熱い息がかかる。「いいのよ、気にしないで。わたしの中に来て」

「ブレンナ」熱く濡れた狭い器官へと、一気に突きいれると、彼女はぶるっと身をふるわせた。

ブレンナが彼の背中に爪を食いこませ、両脚を腰に巻きつけてくる。そうやってキスをしながら、しっかりと抱きしめてくれる。ジャッドは〝伴侶〟への焼けつくような、深い欲求に身をまかせた。

のちほど、ふたりでマットレスの上に横たわって、ジャッドは彼女にすべてをうちあけた。「あの子にこんな危険なまねをさせたくはないが、なんらかの形で発散させてやらないと、危険なレベルまでストレスが蓄積されてしまうだろう」

ブレンナは彼の胸を指先でなぞっている。「わたしたち女性はね、男の人が思うよりもずっとタフなのよ」となりで肘をついて体を起こし、掌に頬をあずける。「そんなふうにもう守ってあげなくてもいいはず——本人が必要とするものを与えてやるだけでいい。つまり、彼女が自分の人生を生きられるよう、支えになってあげればいいの」

「これまでむやみと干渉したことはないが、ホークとの件については……シェンナのほうに用意ができているかどうか、なんとも言えないんだ」

「スイートハート、ホークの相手をする準備ができている女性なんて、ひとりもいないわ」きわめてそっけない返事をしながら、ブレンナは顔を寄せて、彼のあごに愛情たっぷりにキスをする。「だけど、わたしが見たところ、彼女は一歩もひいてないわね」

〝伴侶〟の言葉と愛撫が、ジャッドをつなぎとめ、おちつかせた。「きみにたのみがある」自由を制限されることなく、みずからの人生を生きる権利を勝ちとったこの女性に、ジャッドは告げた。「おれに遠隔起爆装置をつくってほしい」

青色のまじった茶色の、驚くべき瞳で彼の目をのぞきこみながら、ブレンナが鼻と鼻をくっつけてくる。「いつもずいぶんロマンティックな、甘い言葉をささやいてくれるのね」

ジャッドの胸の奥から笑い声が漏れて、ブレンナの笑い声とまじりあう。〝伴侶〟が彼の頬をつつみこみ、優しく唇を重ねあわせてくる。それだけで、ジャッドはたちまちわれを忘れ、彼女の魅力に酔いしれていた。

コンピューター2（A）より回収
タグ：私信、父親、Eサイ
処理が必要だが、未完了＊

差出人：アリス <alice@scifac.edu>
宛先：父 <ellison@archsoc.edu>
日付：一九七三年十二月十一日、午後十一時二十三分

件名：Re:〈サイレンス〉

お父さん、

〈サイレンス〉の考えには、わたしも不安をおぼえているわ。だから、サイの公文書保管人(アーキビスト)を信用して自分が導きだした結論をうちあけるわけにはいかないのよ――いまは、サイの人々のあいだになにやら不穏な空気が流れているから。でも、朗報もあるわ。友人のEサイのひとりが、わたしの〝スパイ〟として働いてくれることになったの。ほら、共感能力者(エンパス)なら信頼できるから、なんでもたのめるのよ。彼が言うには、わたしの仮定が正しいかどうか、簡単にたしかめられそうなんですって。期待どおりの結果が得られたら、わたしの理論を検証する方法を考えないとね。

〈サイレンス〉の話題にもどると――知っていると思うけれど、ジョージは精神感応者(テレパス)で、この人ほど感情豊かな男性には会ったことがないわ。そんなジョージですら、ときには他人の声が聞こえなければいいと思うみたい。わたしの知っているXたちはみんな〈サイレンス〉に賛成しているわ。しかたのないことでしょうけれど。

この件について、お父さんもサイの同僚たちと話しあってみた？

愛をこめて、
アリス

P・S　お父さんの誕生日を忘れたわけじゃないのよ。ちゃんとプレゼントを用意しているから。

＊注：このEサイは〈サイネット〉から姿を消している——生存を確認する、あるいは遺体を発見するこころみは、ことごとく失敗に終わった。警察やあらゆる病院施設には、すでに積極的に警告を発している。

（上巻終わり）

◉訳者紹介　河井直子（かわい　なおこ）
関西学院大学卒。英米文学翻訳家。主訳書:コリンズ『ハンガー・ゲーム』(メディアファクトリー)、ウエスト『ATOM』(角川書店)、シン『冷たい瞳が燃えるとき』『気高き豹と炎の天使』『燃える刻印を押されて』『裁きの剣と氷獄の乙女』(扶桑社ロマンス) 他。

雪の狼と紅蓮(ぐれん)の宝玉(上)

発行日　2015年5月10日　初版第1刷発行

著　者　ナリーニ・シン
訳　者　河井直子

発行者　久保田榮一
発行所　株式会社 扶桑社

〒105-8070
東京都港区芝浦1-1-1　浜松町ビルディング
電話　03-6368-8870(編集)
03-6368-8858(販売)
03-6368-8859(読者係)
http://www.fusosha.co.jp/

印刷・製本　図書印刷株式会社

ISBN978-4-594-07251-3 C0197